Je n'étais qu'un fou

Du même auteur

J'aurais préféré vivre, Plon, 2007 ; Pocket, 2008.
Je le ferai pour toi, Flammarion, 2009 ; J'ai lu, 2010.
Longtemps, j'ai rêvé d'elle, Flammarion, 2011 ; J'ai lu, 2012.
Si tu existes ailleurs, Flammarion, 2012 ; J'ai lu, 2013.
Si un jour la vie t'arrache à moi, Flammarion, 2013 ; J'ai lu, 2014.

Thierry Cohen

Je n'étais qu'un fou

Flammarion

© Flammarion, 2014.
ISBN : 978-2-0813-3294-2

À Solal, Jonas, Yalone et Amiel.

Prologue

À la fin de ce roman, je serai mort.

Est-ce mon corps ou mon manuscrit qu'ils découvriront en premier ? La question peut paraître puérile. Mais le travers du romancier est de ne pouvoir s'abstenir d'imaginer quelle chronologie des événements servirait le mieux la fin de l'histoire.

Après tout, quel écrivain peut s'enorgueillir de pouvoir faire du dernier chapitre de sa vie le premier de son ultime roman ?

L'ironie également me séduit. Après tant d'intrigues conçues autour de la quête du sens de la vie, je vais m'atteler à découdre les pans de mon existence en traquant le sens de ma mort.

Selon toute logique, le plan doit être le suivant : la découverte de mon corps, l'effroi, les pleurs, les questions puis le manuscrit.

Ils liront ces lignes et parleront de coïncidence, de vision prémonitoire, de mysticisme ou de malédiction. Ils utiliseront les mots qui ont brodé la trame de ma notoriété afin de tisser celle de mon linceul littéraire.

Les attachés de presse profiteront de cette opportunité pour obtenir une large couverture médiatique et mon dernier roman sera un succès plus important encore que les précédents.

Mon éditeur, après avoir pleuré ma disparition, envoyé des fleurs à ma famille et s'être fendu d'un communiqué de presse, réunira l'équipe marketing pour préparer ma dernière campagne de promotion. Une campagne sans auteur, sans dédicace et, pourtant, une véritable aubaine commerciale puisqu'il s'agira d'offrir à mes lecteurs éplorés un roman posthume, livrant les clés de ma vie en même temps que celles de ma mort.

Ils l'achèteront avec une dévotion mêlée de recueillement, comme on caresse les derniers objets d'un défunt. Mais qu'auront-ils compris de mon parcours ? Comment auront-ils interprété ce que je leur aurai confié ? Y verront-ils une œuvre de fiction, sacralisant cette imagination qui leur aura procuré tant d'heures de plaisir, ou une confession destinée à démythifier le personnage que les médias ont lentement construit ?

Peu importe. Ils se jetteront sur ce qu'ils croiront être mon testament.

Puis, quelques mois plus tard, ou l'année suivante, à la date anniversaire de ma mort, mon éditeur et mon agent proposeront une réédition de l'ensemble de mon œuvre. Comment nommeront-ils cette offre ? Le pack célébration ? L'offre d'adieu ? Le coffret hommage ?

À présent, il faut que je cesse de me réfugier dans l'ironie sous prétexte de paraître plus fort. J'ai peur, bien entendu. Pour les miens, pour moi.

Je vais me vider de mes jours en même temps que de mes mots et cette hémorragie verbale, cette longue agonie, sera mon dernier acte de vie. Et, aussi surprenant que cela puisse être, j'y trouve un certain plaisir. Écrire ce roman, au prix de mon existence, a fait renaître en moi cette passion que je croyais éteinte.

Je n'ai jamais été aussi proche de ce feu que tous les artistes tentent d'approcher pour enflammer leur âme et

Prologue

voir surgir de la fusion de leurs idées, l'expression pure de leur créativité.

L'homme a peur, le romancier s'enflamme.

*

Il n'était pas prévu que j'écrive ce prologue. Mais j'ai tenu à sacrifier à cette coutume qui m'a incité à toujours commencer mes histoires en semant le doute, la terreur, la confusion dans l'esprit de mes lecteurs.

C'est également pour moi une manière de vous dire adieu. De vous demander pardon, aussi.

Je sais, vous ne me comprenez pas. Pas encore.

Sachez seulement que lorsque j'étais dans le mensonge, chaque roman était non pas un acte d'amour mais de séduction. Celui-ci, s'il est réussi, malgré le peu de temps dont je dispose, vous conduira à me détester. Oui, raillez-moi, tenez mes émotions à distance, ne les laissez pas vous envahir ! Dans le cas contraire, vous me regretteriez. Cette inclination à la compassion, qui fait de l'homme l'animal le plus sensible et, parfois, le plus stupide de la création, pourrait altérer votre lucidité et vous inciter à absoudre mes erreurs.

Je n'ai jamais mérité votre amour. Je vous ai leurrés en même temps que je me trompais. Par bêtise et par vanité, autres sentiments qui caractérisent la race humaine et la mènent à sa perte.

Et c'est cette même vanité qui me permet de trouver du plaisir dans l'écriture de ce dernier roman quand je ne devrais ressentir que de la honte et de la peur. Parce que j'ai la sensation qu'il est le plus vrai. Parce qu'il me semble qu'il est le plus fort. Mais aussi parce que j'ai la fatuité de penser que mon histoire servira à d'autres, qu'elle évitera à ceux qui me ressemblent de perdre l'amour des leurs pour d'illusoires désirs de puissance.

Je n'étais qu'un fou

Je suis au terme de mon destin. Un incroyable destin qui, las de chercher un équilibre artificiel entre réalité et mysticisme, entre la vie d'ici et celle d'ailleurs, a décidé de donner au mot « fin » la plénitude de son sens.

Alors, par vanité et souci d'esthétisme, je vais commencer ce texte en vous disant adieu.

Partie 1

Révélations

Chapitre 1

Avant la parution de mon premier roman, j'étais un père de famille heureux. Ma femme et moi formions un couple uni par une complicité qui suscitait l'étonnement des candides, l'admiration des idéalistes, la jalousie des vaincus. Bien entendu, nous avions connu des moments de crise mais, conscients de la chance de nous appartenir, nous avions su les dépasser.

Nous nous étions rencontrés à l'âge de vingt-deux ans, lors d'une soirée à laquelle ni elle ni moi n'étions censés participer. Le hasard se nomme destin quand il s'évertue à écrire les premières pages d'une histoire.

Elle avait fait son entrée, au milieu d'un groupe de filles et, n'y voyez aucune tentative d'offrir un cliché déjà servi dans mes romans, j'avais immédiatement su qu'elle serait mienne. C'était plus qu'une intuition, presque la lecture d'une vérité écrite dans l'espace qui nous séparait.

Elle était belle, souriante et affichait une candeur que peu de filles possédaient ou souhaitaient dévoiler.

Je m'étais approché d'elle, lui avais tendu un verre et proposé de trinquer.

— Et à quoi voudrais-tu boire ? demanda-t-elle, amusée par mon aplomb.

— À notre rencontre… À notre amour… Aux enfants que nous aurons.

Vous pourriez croire qu'il s'agissait de l'élan prétentieux d'un jeune séducteur en veine de formules ridicules. Il n'en était rien. J'avais seulement exprimé une conviction.

Jusqu'alors, envisager l'amour me plongeait dans un état d'anxiété. Sans doute parce que j'avais vu la seule femme que j'avais aimée partir dans une ambulance vers un lieu dont elle n'était jamais revenue. Même si par la suite on m'avait expliqué que l'état psychologique de ma mère nécessitait qu'elle soit suivie, je ne m'étais jamais départi du sentiment d'avoir été abandonné. « Elle reviendra », m'avaient dit mes grands-parents après m'avoir accueilli chez eux. Mais ma mère s'était enfermée dans sa folie. Et un jour elle s'en était libérée, en même temps que de la vie. On ne me révéla jamais les fondements de sa maladie ni la manière dont elle s'était suicidée. Mais, dès lors, j'avais nourri pour la gent féminine une attirance qui confinait à la fascination et une suspicion qui virait à la peur quand certaines disaient m'aimer. L'amour conduisait donc à l'abandon, à la mort et, jusqu'à ma rencontre avec Dana, aucune fille ne m'avait donné envie d'hypothéquer cette vérité. Mais Dana avait dans les yeux la force apaisée de ces femmes qui savent où la vie les mène.

Et cette sérénité faisait écho à ma volonté de prendre pied sur le gué d'un chemin rassurant, menant vers l'avenir.

Le lendemain, elle me rejoignait dans mon petit appartement. Une semaine plus tard, elle y emménageait.

Je ne me souviens pas avoir senti le doute s'immiscer dans nos décisions. Il me semble que l'évidence avait pris le contrôle de nos vies et nous guidait vers les années que nous avions à entreprendre ensemble.

Un jour, j'avais demandé à mon grand-père comment je reconnaîtrais celle qui m'était destinée. Il avait réfléchi un moment en se caressant le menton, amusé par ma préoccupation et, conscient de l'importance de ces échanges fondateurs, m'avait déclaré :

Révélations

« Pose-toi trois questions. Est-elle gentille ? Car les femmes méchantes sont un poison que l'on est obligé d'avaler chaque jour à doses suffisantes pour souffrir, jamais pour mourir. Et la méchanceté chez une femme peut s'appeler jalousie ou caprice. Ensuite... Ai-je envie qu'elle devienne la mère de mes enfants ? Car tu portes en toi un amour si fort pour ceux qui un jour t'appelleront papa qu'il te sera impossible d'imaginer les confier à une femme qui ne les mériterait pas. Enfin... Serai-je capable de la voir vieillir à mes côtés et de lui offrir le spectacle de ma décrépitude ? Car, si tant est que tu partes avant elle, il faut de beaux sentiments pour ne pas perdre sa dignité en même temps que sa tête ou ses fonctions physiques. Si tu réponds oui à ces trois questions, n'aie plus aucun doute et offre-lui ta vie. »

Dana m'a rendu heureux, m'a donné une fille, et nous aurions sans doute vieilli ensemble si je n'étais pas devenu écrivain.

Chapitre 2

Quelqu'un a dit que *chacun d'entre nous possède son Everest*. Construire une maison, faire le tour du monde, sauter en parachute, partir pour Saint-Jacques-de-Compostelle, Jérusalem ou La Mecque, chanter devant un public… Tout le monde caresse un projet dont le grandiose se niche dans la difficulté, voire l'impossibilité de le réaliser à court terme mais que nous confions à la promesse de l'avenir, en attendant d'avoir le temps, l'argent, le courage…

Le projet que je chérissais depuis mon adolescence était d'écrire un roman. Non pas de devenir écrivain et d'accéder aux rayons des librairies mais de parvenir à créer une histoire, des personnages, de me battre avec les mots pour leur faire dire les sentiments. J'avais grandi à Lowell dans le Massachusetts, dans un de ces quartiers modestes où s'étaient entassés les ouvriers de l'industrie textile avant que la crise ne déplace les entreprises vers le sud. Les bâtiments en briques rouges ne suffisaient pas à colorer le triste paysage urbain. Mais Lowell possédait pour moi un charme particulier : Jack Kerouac y était né. Le père de la Beat Generation avait fréquenté l'école et le lycée du quartier voisin, puis il avait travaillé comme pigiste pour le journal local avant de prendre la route. Il y était revenu pour écrire et j'aimais l'imaginer hantant les bars, en proie à ses doutes existentiels. Il était pour moi un modèle, celui du père que je n'avais pas eu, de l'artiste hanté par ses démons, de l'aventurier qui avait pris la route, de l'auteur de textes sublimes.

Après mon entrée à l'université de New York, dans le quartier de Greenwich Village, j'avais écrit plusieurs petites nouvelles, pour m'exercer et tester ma capacité à raconter des histoires. Mais tenir la distance du roman me paraissait être une entreprise difficile, réclamant du souffle, de la volonté et du talent. Plus tard, j'avais confié à Dana ce projet fou et mon désespoir de pouvoir un jour le réaliser. Avec sagesse, elle m'avait dit de laisser le désir devenir suffisamment fort pour étouffer mes doutes et libérer ma pudeur.

J'attendis donc. Courir après une situation professionnelle stable et satisfaire à toutes les tâches qui incombent à un jeune père suffit à m'occuper durant presque deux décennies. Puis, quand je fus convaincu d'être devenu un mec bien, la quarantaine se profilant à l'horizon d'années vides d'enjeux, je retrouvais mes rêves en même temps que mon souffle. Et écrire enfin un roman me parut être le Graal nécessaire pour me réaliser. Dana m'y encouragea, me promit de m'aider dans la mesure de ses moyens. Elle croyait en moi et ce projet devint aussi le sien. C'est à cela je crois que l'on reconnaît un vrai couple : lorsque chacun œuvre au bonheur de l'autre, le pousse au-delà des limites qu'il s'est imposées pour l'amener à se découvrir plus fort encore et sans crainte qu'il finisse par lui échapper.

L'écriture dura près de deux ans. Deux années mêlant la douleur d'un combat disproportionné contre les mots et l'exaltation procurée par chaque bataille remportée, chaque phrase conquise sur mes limites.

Je me rendais au travail dans la journée et me dépêchais de rentrer pour retrouver mes personnages, continuer à leur insuffler la vie qui les pousserait plus loin dans l'aventure. Dana se consacrait à me libérer du temps avec l'abnégation d'une mère de famille dévouée aux siens. Elle s'occupait de

Révélations

Mayane, notre fille, répondait au téléphone, filtrait les informations qui auraient pu altérer mon moral. Elle entrait discrètement dans mon petit bureau, posait une tasse de thé près de mon ordinateur, me caressait le dos, m'adressait un sourire et s'éclipsait. Et je l'aimais plus encore de m'accompagner dans la réalisation de ce rêve, d'être à mes côtés dans ce combat quotidien.

Quand j'eus terminé, elle lut mon texte et, les larmes aux yeux, me suggéra de l'adresser aux maisons d'édition. Dérouté par la requête, mais terriblement flatté, je décidai de lui faire confiance. Elle le photocopia, le mit sous pli et l'envoya aux principaux agents du pays.

Quand l'un d'entre eux nous appela, nous restâmes interdits devant l'immensité du voyage qui nous était proposé.

Chapitre 3

Nous vécûmes cinq mois de bonheur absolu. Cinq mois pendant lesquels mon agent me présenta un éditeur qui, une fois le contrat signé, transforma le manuscrit en objet magique ayant droit de cité sur les étagères des librairies et les rayons virtuels des sites Internet.

Dana et moi explorions ce nouveau monde avec la candeur de provinciaux découvrant les lumières des boulevards de New York. Nous ne cessions de nous émerveiller de ce que nous apprenions, de nos rencontres avec d'autres écrivains, des rêves qu'il était désormais possible de réaliser.

Tout le monde se disait persuadé du succès de mon premier ouvrage. Un auteur venait d'exploser dans le firmament de l'édition et illuminait celui des médias : Norman McCauley. Il avait publié deux romans qui avaient occupé la première place du classement du *Washington Post* durant de nombreuses semaines. Toutes les maisons d'édition étaient à la recherche de leur Norman McCauley et la mienne, M. Éditions, pensait, en ma personne, avoir trouvé le sien.

Petit à petit, je découvris la réalité du milieu littéraire. Les hommes de chiffres s'étaient substitués à ceux de lettres, les slogans publicitaires aux règles grammaticales et on préparait le lancement de mon roman comme s'il s'agissait d'une nouvelle boisson aux vertus désaltérantes.

La parution eut lieu au printemps, un mois après celle de Norman McCauley et, très vite, je devins son challenger.

La presse, trop heureuse de voir vaciller la couronne de McCauley, dont la timidité passait pour de la prétention, me consacra d'innombrables articles et reportages et amplifia le phénomène de bouche-à-oreille déjà enclenché.

Désormais, la guerre était ouverte entre nous, une guerre factice à laquelle lui et moi restions étrangers, mais que se livraient, en nos noms, nos agents, nos éditeurs et nos attachés de presse sur le terrain des médias. Jamais je n'aurais pensé qu'une fois les armées rentrées chez elles, elles abandonneraient derrière elles des victimes.

*

À quel moment a-t-on perdu le contrôle de sa vie ? Voilà la question qui hante de nombreuses personnes qui, à la faveur d'un événement ou d'une aspérité de l'âge, laissent la lucidité guider leur réflexion. Elles s'étonnent alors de ne pas être à la place à laquelle elles se destinaient, souvent même à celle qu'elles auraient refusé d'imaginer quand elles tentaient de lire l'avenir à travers leurs espoirs et leurs idéaux.

À quel moment devient-on con, stupide, aveugle ou sourd au point d'accepter de mener une existence pour laquelle on n'était pas fait, de jouer un rôle de composition, de simuler des sentiments, des émotions ?

Rares sont ceux qui peuvent répondre à ces questions tant la dilution de leur identité s'est lentement opérée, à force de compromis, de renonciations, de petites trahisons qui, sitôt survenus, ont été ensevelis sous des justifications biaisées : le désir, le besoin, la fatigue, l'impérieuse nécessité de continuer à avancer…

Pour ma part, je connais l'instant précis de ma chute.

Révélations

Je suis devenu l'homme que j'ai appris à détester lorsque ce premier roman est paru. Ou même un peu plus tôt, quand ayant fini de l'écrire, j'ai admis qu'il méritait d'être publié. L'orgueil était là, tapi dans les plis de mon esprit, me faisant croire à l'intérêt de mon texte, au génie de mon sens créatif, me laissant miroiter les possibilités d'un fabuleux destin.

J'aurais dû me méfier de cet absurde sentiment de puissance, de cette joie démesurée qui me fit remercier Dieu de m'avoir élu parmi tant d'aspirants écrivains, de cette fierté avec laquelle j'annonçai à ma femme, mes amis proches, qu'une maison d'édition s'intéressait à moi.

J'aurais dû me douter que le monde dans lequel je venais de prendre pied était fait d'illusions, de superficialité, de prétentions, de tous les défauts et les vices qui m'habitaient et que j'avais tentés, des années durant, d'étouffer.

Mais qu'aurais-je dû faire alors ? Renoncer à écrire ce roman ? Vivre avec une frustration ? Ranger ce manuscrit dans un tiroir et en faire un objet sans lecteurs ?

Non, je ne regrette rien de ces décisions car ce ne sont pas elles qui m'ont changé. Je ne suis pas tout à coup devenu stupide ; le ver était en moi. Ma bêtise était latente, anesthésiée par la lumière chaude et enveloppante de l'amour de ma femme. Dana était mon soleil, elle diluait les plus sombres aspects de ma personnalité pour me faire croire à l'immuabilité de notre bonheur.

C'est cela qu'il me fallait préserver.

Chapitre 4

Après cinq mois étourdissants, les premiers problèmes surgirent. Enivré par le succès, j'acceptais de jouer tous les rôles que l'on me proposait : je répondais aux journalistes, me rendais aux séances de dédicaces, participais aux salons et aux conférences. Je pris rapidement goût à ce parfum de notoriété qui ne cessait de remplir l'espace que j'occupais. Dana, parce qu'elle me connaissait mieux que moi-même, s'en inquiéta.

— Tu es de plus en plus souvent absent, me reprocha-t-elle un jour. Mayane te réclame. Entre ton travail et la promotion de ton roman, tu n'as plus de temps pour elle... Et pour moi non plus.

— Ça ne durera pas. Vu ce que ce roman va me rapporter, je laisserai bientôt tomber mon boulot et j'aurai alors tout le loisir de me consacrer à vous et à l'écriture.

— Parce que tu vas vraiment démissionner ? s'enquit-elle, surprise.

— Pourquoi continuerais-je à assurer des formations de management à des cadres blasés si j'ai la possibilité d'y échapper ?

— Mais parce que tu aimes ton travail !

— Oh... je l'aimais quand j'ai commencé à exercer, me défendis-je.

— Ne prends pas de décision hâtive. Tu ne sais pas si tout ça durera ! As-tu au moins une idée pour ton prochain roman ?

— Non. Enfin... rien de précis. Mais ce qui est certain c'est que je ne pourrai pas m'y atteler si je dois perdre mon temps à bosser.

— C'est pourtant ce que tu as fait pour celui-ci !

— Oui, mais les conditions ont changé. Je ne répondais pas à une attente, je n'avais pas de délai...

— Parce que tu en as maintenant ?

— Oui. Mon agent et mon éditeur sont convenus que je publierais un roman par an, au printemps.

— Et tu as accepté ? s'affola-t-elle.

— Bien entendu ! C'est une chance unique pour moi !

— Une chance ? Mais l'écriture n'obéit pas aux règles commerciales ! s'emporta-t-elle. Qui sait si tu auras l'inspiration nécessaire pour tenir les délais. Et le prochain... Nous sommes déjà au mois de juin !

— C'est vrai, reconnus-je. Mais j'ai encore six mois et...

— Et tu penses y parvenir ? Il t'a fallu près de deux ans pour écrire le premier ! m'interrompit-elle.

Cette discussion fut la première d'une longue série qui vint miner nos relations. Et l'effroi que je lus dans les yeux de Dana ce soir-là se transforma en dépit.

*

Mon agent et mon éditeur définirent un positionnement marketing pertinent, destiné à faire de chacune de mes publications un succès et me conduire à détrôner un jour Norman McCauley. La règle était simple : un roman par an, conçu sur les mêmes bases que le premier, c'est-à-dire organisé autour d'une intrigue mêlant Sentiment, Suspense et Sexe. Les 3S étaient nés. La recette de ma réussite.

Et, en effet, mon deuxième roman coiffa au poteau celui de McCauley et la presse loua cette consécration. Suffisamment fort pour consolider cette place de leader que je ne devais plus quitter.

*

La réussite est enivrante. Elle vous transporte dans un autre univers, là où tout est facile, agréable, jouissif. J'aimais les grands restaurants, les fêtes auxquelles on me conviait. Je pouvais dépenser sans compter, descendre dans les plus beaux hôtels, porter des costumes aux prix exorbitants, rouler dans de somptueuses voitures. Et j'aimais le regard que l'on posait sur moi, l'admiration et l'envie que j'y lisais. Je me voyais tel un être flamboyant, à l'aube d'un avenir glorieux. Rien ne me résisterait.

Dana assista à ma métamorphose avec amusement d'abord. Puis elle me reprocha mon attitude, mes excès, ma propension à décider de tout, tout seul, et à vivre de plus en plus loin d'elle et de notre fille, Mayane. Elle se sentait exclue de ce monde dans lequel je passais le plus clair de mon temps, se méfiait de mes fréquentations.

Je fis une première erreur : voulant la surprendre j'achetai une *brownstone*, une de ces maisons en grès rouge parfaitement alignées qui fondent la spécificité de Brooklyn et d'autres coins de New York, dans l'élégant, mélancolique et littéraire quartier de Park Slope. Nous étions venus plusieurs fois nous y promener, rêvant d'y habiter et d'avoir pour voisins des auteurs que nous admirions tels que, entre autres, Paul Auster, Don DeLillo, Jonathan Franzen et le couple Jonathan Safran Foer et Nicole Krauss. Avec mes droits d'auteur, sans rien lui dire, je jetai mon dévolu sur une de ces habitations, à quelques dizaines de mètres de Prospect Park, une petite réplique de Central Park, et confiai la décoration à un architecte en vogue. Quand je la fis entrer dans notre nouveau foyer, elle me dévisagea comme si j'étais devenu un étranger.

« Nous avions partagé ce rêve. J'aurais aimé que nous le réalisions ensemble », dit-elle avant de s'enfuir, les larmes aux yeux.

Puis elle se résigna, emménagea et fit mine d'être satisfaite. Mais je la sentais aux aguets, relevant toutes les manifestations de mon changement. Elle tenta à plusieurs reprises de me parler mais j'échappai aux confrontations en plaisantant. N'était-il pas fantastique d'être célèbre et riche ?

Une conversation marqua la fin de notre histoire. Je ne le compris pas sur le moment, trop occupé à jouir de ma nouvelle situation.

— Aimes-tu réellement les romans que tu écris, Samuel ?
— Oui, affirmai-je, avant de rectifier, enfin, je crois.
— Tu crois ? s'étonna-t-elle.
— Écoute, ces romans font du bien aux lecteurs, me défendis-je. Ils parviennent à les distraire de leur quotidien.
— Et crois-tu que le rôle d'un écrivain soit le même que celui d'un clown ou d'un magicien ?
— Je ne comprends pas Dana ! répondis-je agacé. Que me reproches-tu ? De gagner du fric ? N'es-tu pas heureuse de vivre dans cette luxueuse maison, de conduire une jolie voiture, d'offrir à notre fille la meilleure école de la ville ?

Elle afficha l'expression d'une profonde déception, comme si elle évaluait la distance qui désormais nous séparait.

— Tu vois, l'homme que j'ai épousé et celui qui a écrit son premier roman n'aurait jamais dit de telles choses.
— L'homme que tu as épousé rêvait de devenir romancier. Ne devrais-tu pas te réjouir de me voir réaliser ce rêve ?
— Non, ton rêve était d'écrire un roman, pas de devenir un romancier avide de succès, rectifia-t-elle.

Où était passée celle qui m'avait soutenu jusque-là ? Pourquoi ces doutes, ces réticences ?

Révélations

Aujourd'hui, je sais que la réponse à ces questions réside dans la nature des femmes. Oui, les femmes ont ce sens pratique, cette logique qui les amène à comprendre ce qui est bon pour leur famille et ce qui peut lui nuire. Elles sont les gardiennes du sens, cherchent à préserver les acquis et à inscrire tout nouvel épisode dans la continuité de l'histoire qu'elles contribuent à écrire. Elles sont actrices et réalisatrices de leur vie, possèdent une vision du scénario. Les hommes ne sont que des comédiens de l'instant. Et s'ils comprennent un jour, c'est quand le film est fini.

Dana avait senti le danger alors que je ne pensais qu'à mon avenir de romancier, ma gloire, mon fric.

Durant les mois qui suivirent, elle me regarda m'éloigner, désabusée. Mais ce fut un autre événement qui mit fin à notre relation. Ou plutôt une suite d'événements.

Chapitre 5

Si les nouvelles technologies accélèrent la circulation de l'information, elles précipitent aussi la dégradation des êtres.
Aurais-je été plus sage si je n'avais pas connu ce catalyseur de sociabilité qu'est Internet ? Aurais-je évité de me diluer dans l'eau fangeuse d'histoires sans intérêt ? Je ne le pense pas. Le problème était en moi. Je foirais ma vie de famille en réussissant à atteindre mes rêves et sur les cendres du mec bien était né un monstre d'égoïsme dont la seule préoccupation était désormais de satisfaire ses appétits, fussent-ils allumés par ses plus vils instincts.
Sur mon site, mes lecteurs, principalement des lectrices, venaient me confier leur enthousiasme pour mes romans. Dans la majorité des cas, il ne s'agissait que d'un échange cordial et plutôt bon enfant. Les lectrices les plus romantiques, les plus seules aussi, m'attribuaient les vertus qu'elles avaient renoncé à trouver chez les hommes qui les entouraient. Situation paradoxale puisque dans la vraie vie Dana voyait désormais en moi un piètre mari, un père absent.
Mais certaines ne retenaient que les scènes érotiques dont je parsemais mes histoires et testaient mon aptitude à les suivre dans une relation de séduction tissée sur la fresque sensuelle de leurs désirs.

Il y avait les véritables libertines, franches et souvent amusantes et les *fantasmeuses*, qui ne souhaitaient qu'une péripétie virtuelle ou simplement tester leur capacité à séduire un romancier. Parfois en couple, elles aspiraient à rompre avec la monotonie de leur vie en s'offrant, sous couvert d'un presque anonymat, une aventure avec un homme qu'elle croyait connaître et dont la notoriété dopait leurs fantasmes.

Les plus directes me décrivaient ce qu'elles aimeraient me faire si elles avaient l'occasion de se retrouver seules avec moi et, parfois, m'envoyaient des photos provocantes pour m'inciter à leur proposer un rendez-vous.

D'abord amusé, puis flatté, je me laissais peu à peu entraîner dans leurs jeux. Juste pour voir, pour flirter avec les limites de ma fidélité. Mais je finis par céder et rencontrai une lectrice.

Sûre de sa beauté, elle m'avait envoyé des photos d'elle. Puis elle s'aventura un peu plus dans la séduction et les clichés devinrent de plus en plus érotiques. Elle les accompagnait de commentaires me décrivant les jeux sexuels auxquels nous pourrions nous livrer si nous nous rencontrions. Je me prêtai à cet échange avec amusement d'abord. Puis mon désir annihila doucement mes principes et, quand elle me proposa un rendez-vous, je n'eus quasiment aucun scrupule à accepter. Je fis en sorte de ne pas trop envisager les conséquences de ma décision et me promis qu'il s'agirait d'une expérience isolée et unique. Je réservai une suite au Michelangelo, un bel hôtel situé dans le quartier des théâtres, entre Time Square et Central Park, et la rejoignis pour une après-midi de débauche. L'aventure me plut et, à mon grand étonnement, je ne culpabilisai pas. Cela aurait dû m'alerter quant à la distance que j'avais mise entre celui que j'étais et celui que je devenais. Mais la réussite agit sur la vie comme un filtre polarisant sur un paysage : elle estompe les reflets, lisse les aspérités, réduit les contrastes, dilue les valeurs. J'oubliai donc mes résolutions et fis d'autres rencontres. Et, quand je parvenais à m'interroger sur le sujet, je m'octroyais des circonstances atténuantes : le stress de la vie que je menais, la déliquescence de ma relation avec Dana, son incapacité à me soutenir, la solitude de l'écriture, le peu d'importance que j'accordais à ces femmes...

J'aurais pu prolonger la duperie longtemps encore si Dana n'avait découvert la vérité. Alertée par mon attitude, elle fouilla mon téléphone, mes e-mails et, malgré mes précautions, finit par trouver des preuves de mes tromperies. Elle ne fit pas de scandale, ne m'invita pas à m'expliquer, me défendre ou même mentir. Elle prépara à la hâte une valise, installa Mayane dans la voiture et, sur le pas de la porte, se retourna pour me jeter un regard sans haine mais rempli de pitié.

— Tu écris de la merde, tu vis une vie de merde. Tu me fais de la peine.

Ce fut sa dernière phrase. Je ne répondis pas, persuadé qu'elle voulait uniquement m'atteindre, qu'il s'agissait de l'expression d'une douleur et non d'une vérité. Sa colère s'apaiserait et j'irai la chercher, la reconquerrai, la ramènerai à la maison.

Mais, pris dans un tournoiement infernal, confondant l'agitation et la vie, je ne suis jamais allé la rechercher.

Chapitre 6

Un an après notre séparation, Dana rencontra un homme, s'installa avec lui. Elle observait mon évolution, ou plutôt devrais-je dire ma lente décadence, avec tristesse et résolution, regrettant seulement que Mayane, alors adolescente, se voie infliger le spectacle d'un père se désagrégeant peu à peu dans une vie absconse.

Je tentais toutefois de maintenir le lien avec ma fille mais ce qu'elle lisait sur moi dans les magazines à scandale, et mes longues absences, la rendirent de plus en plus agressive à mon encontre.

Je n'étais plus mari, si peu père. J'étais un écrivain produisant un succès par an et un séducteur abusant de sa célébrité.

En perdant Dana, j'avais également perdu toute retenue. Mes démons avaient resurgi, ressuscités par cette notoriété enivrante pourvoyeuse de pouvoir, de succès et de tant de fictifs atours. Dana n'avait pas voulu me suivre dans cette fantastique aventure ? Je l'avais déçue par mon attitude ? Je n'étais plus apte à la faire rêver ? Peu importait : nombreuses étaient celles pour qui je représentais l'idéal masculin. Elles me confondaient avec mes personnages présumant qu'il n'était pas possible que je sache si bien parler d'amour ou décrire des scènes érotiques sans être un grand romantique ou un amant remarquable.

J'avais ouvert sur Facebook une page destinée à mes fans et j'avais créé un profil sous le nom du héros de mon premier roman. De simple curieux je devins vite utilisateur compulsif. L'attraction des réseaux sociaux tient à l'illusion qu'à chaque instant un message peut survenir et bouleverser votre vie ou, tout au moins, vous surprendre, vous faire sourire.

Tout me semblait si facile. Le monde était là, à portée d'écran, les tentations multiples, les pudeurs vaincues par l'immatérialité des relations.

Je chassais mes conquêtes sur Facebook comme d'autres le font, plus témérairement, en discothèque ou dans la rue. Mais j'avais un avantage sur les prédateurs de mon espèce : ma renommée attirait mes lectrices sur mon profil et, parmi elles, les âmes esseulées, les corps délaissés.

Parce qu'une dérive en entraîne d'autres, je me mis à boire, à consommer toute sorte de substances, sous prétexte de m'amuser, d'attiser ma créativité, de favoriser ma concentration lors de mes phases d'écriture forcenée. Je sortais, fréquentais des personnes déjantées qui, pour profiter de mes largesses, me flattaient. En repoussant les limites de la décence j'avais effacé celles, plus aléatoires, de ma lucidité et je pris ma décadence pour de la liberté, mes aventures sexuelles pour de la passion, mes romans pour des œuvres littéraires.

Je m'enfermais six mois par an pour écrire un nouveau texte et, durant cette période, je restais connecté au monde, surtout à mes lectrices, à travers Internet.

Parmi les profils des plus entreprenantes, telle une rock star, je sélectionnais celles qui m'accompagneraient une ou plusieurs nuits au gré de mes déplacements à travers le pays lors de mes tournées de promotion.

Par contre, je m'interdisais de séduire les romantiques, les candides, celles qui ne voyaient en moi qu'un auteur épris de beaux sentiments, de belles valeurs et refusaient de croire ce que la presse à scandale disait de moi. À travers mes échanges avec elles, je tentais de correspondre à l'image qu'elles se faisaient de moi : un auteur sentimental, un peu perdu, seul et incompris. La duperie avait pour principal intérêt de calmer mes angoisses, de me faire croire un instant que j'étais celui qu'elles espéraient. Oui, c'est moi que je cherchais à duper.

Car, plus le temps passait, plus la liste de mes conquêtes s'allongeait, moins j'étais heureux. Je sentais mon équilibre mental vaciller sous les assauts de mes excès et, à la faveur de moments de clairvoyance, cherchais le moyen de renouer avec une vie saine, de redevenir un mec bien, de connaître à nouveau le véritable amour.

Alors que je sombrais, je fis une exception à la règle concernant les lectrices romantiques.

Et ce fut là mon erreur.

Chapitre 7

Jessica m'avait adressé un message sur ma page Fans de Facebook. La photo de son profil m'avait attiré et je l'avais aussitôt demandée comme amie sur mon profil personnel.

Les photos de profils racontent beaucoup de choses. Connaissant l'importance de cette accroche visuelle, les internautes sélectionnent avec soin celle qui les représentera. J'avais acquis une certaine expertise dans l'analyse de ces clichés et j'avais même établi une sorte de classement censé me permettre d'éviter les « mauvaises rencontres » et de repérer plus rapidement mes proies.

D'un seul coup d'œil je qualifiais mon contact : romantique, passionnée, libérée, rigolote, complexée, heureuse, désespérée, originale, intéressante, autoritaire, coquine, séduisante, coincée, déçue...

Bref, en d'autres termes, mon orgueil avait ouvert un vaste champ d'expression à ma bêtise et à mon avidité.

Quoi qu'il en soit, la photo de Jessica Evans m'avait interpellé car, au-delà de sa beauté particulière, cette nouvelle amie ne ressemblait à aucune autre. Elle ne cherchait pas à séduire mais était terriblement ravissante. Je remarquai son regard profond, ses lèvres sensuelles, sa manière un peu rustre de défier l'objectif de l'appareil photo, sa réserve aussi. Elle devait sourire à un homme à qui elle souhaitait plaire tout en lui reprochant de violer sa pudeur. Et, bêtement, je fus jaloux de celui auquel elle offrait sa beauté et sa timidité.

J'aurais pu en rester là. Cette femme belle et sereine était apparemment amoureuse et ne cadrait donc pas avec le profil de mes victimes. Mais… j'eus l'intuition que nous avions quelque chose à vivre ensemble.

Je fais partie de cette espèce d'êtres humains qui refusent de réduire l'organisation du monde aux seuls raisonnements logiques et tentent de lire dans les espaces mystiques les signes qui les conduiront à faire les bons choix. Une sorte de superpouvoir dont les défaillances sont toujours effacées par les occasions qui révèlent son efficacité.

Me prendrez-vous pour un idéaliste, un rêveur ou un insensé quand j'affirme que je peux savoir, au premier coup d'œil, si une femme et moi ferons connaissance et s'il s'agira d'une amitié ou d'une aventure sexuelle ?

J'envoyai donc à Jessica Evans un message privé pour lui souhaiter la bienvenue.

> Bonjour,
> Heureux de vous accueillir.
> Vous êtes lectrice ?

Elle me répondit le lendemain.

> Oh, merci ! Est-ce vraiment l'auteur qui me parle ? Je ne peux y croire ! Oui, je suis une de vos nombreuses lectrices. Je vous ai découvert récemment et j'aime votre univers, la manière dont vous décrivez les sentiments. L'amour est beau dans vos romans.

La dernière phrase m'interpella. N'était-elle donc pas si heureuse qu'elle le laissait paraître ? Je la remerciai et ne pus résister au désir de l'inciter à plus se révéler.

Révélations

Ne l'est-il pas dans la vie également ? Vous paraissez épanouie et amoureuse sur vos photos.

Sa réponse me troubla.

Il est vrai que j'ai tout pour l'être. Pourtant vos romans m'amènent parfois à douter de ma situation. Et je me mets à penser que je suis peut-être à la recherche d'autre chose...

Avez-vous remarqué l'importance des points de suspension dans une discussion entre deux êtres qui évaluent leurs chances de se séduire ? Sur ces trois petits points viennent se poser toutes les paroles que l'on souhaiterait dire ou lire. Je posai sur les siens l'expression d'une désillusion dont elle n'osait pas encore parler et la possibilité qu'elle m'offrait de la réconforter. Une invitation à patienter. Une place à prendre dans la suite de son récit.

Lors de notre échange suivant, elle me parla sur un ton plus léger, plein d'humour, me posa des questions sur mes personnages, mon écriture, ma vie de romancier. Puis ce fut à mon tour de l'interroger. Elle habitait à Philadelphie, travaillait pour une compagnie d'assurances. Au fil de nos rencontres virtuelles, nos conversations s'étoffèrent et une complicité teintée de séduction se substitua à l'attrait de la découverte.

Si, au début, elle m'avait peu parlé de celui à qui elle souriait sur les photos, elle finit par se livrer un peu plus et se plaignit à demi-mot de sa jalousie, de son manque de sensibilité. Et je vis là une incitation à lui démontrer que les hommes pouvaient être différents.

Notre relation était, somme toute, assez puérile, presque enfantine, pleine d'attentions, de tendresse.

Elle ne se connectait que durant les heures de travail et j'attendais ces moments avec une impatience juvénile. Puis, quand elles prenaient fin, je restais de longues heures porté par l'euphorie de ces instants. Bref, j'étais tombé amoureux d'elle.

Il me devint difficile de passer une journée sans que nous dialoguions. À travers les bribes de vie qu'elle me révélait, j'essayais de reconstituer son cadre de vie, d'imaginer sa façon de se comporter, ses attitudes, ses mimiques, comme je l'aurais fait d'un nouveau personnage. Elle me parlait de ses collègues, de son chef de service, irascible mais attachant, de ses lectures. Elle était la seule à qui j'osais confier ma lassitude d'écrire ces romans qu'elle m'avouait pourtant aimer. Alors, elle me rassurait, m'encourageait, avec douceur et tact, comme Dana l'avait fait quelques années auparavant. J'avais besoin de ça, besoin que l'on m'écoute, que l'on me comprenne. J'avais besoin d'elle. J'en avais assez de vivre parmi des êtres fictifs, de passer des heures seul devant mon ordinateur, de faire l'amour à des femmes dont j'oublierais aussitôt le prénom, de jouer les durs en société et de me mettre à pleurer devant la moindre mièvrerie télévisuelle.

Un jour où elle me trouva trop sombre, elle me donna son numéro de téléphone afin que je l'appelle lors de sa pause déjeuner. Sa voix était vive, ses expressions amusantes. Elle me dit être surprise par la dimension réelle que prenait notre relation, intimidée aussi.

Notre liaison oscillait toujours entre l'amitié sincère et la séduction feinte. Elle était heureuse d'être devenue la confidente de l'auteur qu'elle admirait, j'étais ravi d'avoir trouvé une femme pure et vraie, de compter dans sa vie, de pouvoir me confier à elle en étant sûr de ne pas être jugé. J'en vins à désirer la rencontrer mais, dès lors que j'évoquais cette possibilité, elle se montrait fuyante et je compris que l'ombre de son mari l'empêchait d'envisager cette éventualité.

Puis, je terminai mon roman et sombrai dans une sorte de dépression postnatale autant due à ma fatigue qu'à la sortie de cet enfermement que constitue l'écriture. J'insistai pour la voir mais elle refusa. Vexé, je me fis plus rare sur le Net, ne l'appelai plus, me contentai de lui faire parvenir quelques SMS amicaux. Je passais mes journées à dormir, mes soirées à boire. Je continuais à séduire des lectrices ou des inconnues rencontrées dans les boîtes, les soirées auxquelles j'étais invité et me perdais un peu plus chaque jour. Elle s'inquiéta de la distance que j'instaurais et ne cessa de me relancer. Elle me dit regretter notre complicité, ne pas s'habituer à mon absence. Mais je restais inflexible. Le virtuel ne me suffisait plus. Il me fallait la voir, l'écouter, la toucher. Elle me demanda d'attendre qu'une occasion se présente, d'être patient. Ce qui arriva quelques semaines plus tard. Son mari devant s'absenter deux jours pour son travail, elle pouvait s'organiser pour être disponible un soir. Je n'hésitai pas un instant.

*

Si Jessica était enchantée par notre rencontre, cette soirée lui valait également beaucoup de tracas, de doutes, d'inquiétudes et de sentiments de culpabilité. Elle avait annoncé à son mari qu'elle irait dormir chez une amie afin de ne pas rester seule et ce mensonge était, je le percevais, une véritable torture pour elle. Il constituait la première entaille dans un contrat moral qu'elle avait toujours su respecter. Pourtant, elle se dit heureuse et excitée par la perspective de ce rendez-vous amoureux.

Pour ma part, je me mis à craindre d'être déçu. Et si elle ne m'apparaissait pas aussi intéressante et attrayante qu'à travers notre relation virtuelle ? Après tout, une bonne part des qualités et vertus que je lui attribuais tenait plus à mes fantasmes qu'à ce que je savais d'elle. De plus, elle avait pu me mentir. J'avais déjà été confronté à des affabulatrices. Certaines espéraient me séduire en s'inventant une identité digne des personnages de mes romans.

D'autres nourrissaient le désir de m'inspirer une histoire. Mais je les avais toutes démasquées à un moment ou un autre, parfois lors de la première rencontre. Non, me rassurai-je, Jessica n'était pas de celles-ci. Elle était sincère, vraie, entière.

Je déposai mes affaires au Rittenhouse Hotel, pris une douche, me changeai et appelai un taxi. Je lui avais donné rendez-vous au Jeffrey's, un restaurant situé dans le centre-ville, en face du City Hall. Outre la réputation de sa cuisine, le lieu, décoré avec raffinement, offrait des tables isolées avec vue sur l'hôtel de ville, dont l'architecture Second Empire était inspirée de celle du Louvre et rompait avec la froideur des buildings de la ville. Elle avait été un peu surprise d'être conviée dans un lieu réservé à une clientèle privilégiée et affolée que nous puissions être vus ensemble. Mais, tenant à inscrire notre première rencontre dans un cadre inoubliable, j'avais insisté en lui promettant que nous bénéficierions d'une place à l'abri des regards.

Quand j'arrivai, elle était déjà là, assise à une table nichée dans un coin de la salle.

Elle tressaillit quand j'entrai, puis me fit un petit signe de la main. Son sourire me subjugua, ses yeux m'enveloppèrent d'une chaleur réconfortante et je fondis devant le trouble qu'elle ne put dissimuler.

— Bon, tu ne vas pas me jouer la fan intimidée, lançai-je en riant ! On se connaît un peu quand même !

— C'est vrai mais... là, tout devient réel.

Durant les premières minutes, je la sentis stressée. Comme toutes celles que j'avais rencontrées, elle tentait de maîtriser la situation, surveillait ses gestes, ses poses, ses paroles, afin d'incarner le mieux possible le personnage qui m'avait intéressé durant nos longues heures d'échanges. Puis, décelant sans doute dans mon regard mon attrait pour elle et rassurée par mon attitude décontractée, elle se détendit. D'abord heureux de ne pas avoir été dupé, puis charmé par sa personnalité, je me mis, petit à petit, à retrouver le chemin des sentiments, plus complexes et plus profonds, éprouvés lors de nos discussions.

Sa timidité me touchait, ses hésitations m'amusaient. Je ne cessais de l'interroger, tentant, à force d'incursions dans ses souvenirs, de la saisir plus fermement dans mes désirs. Je voulais tout savoir de son enfance, sa famille, tous ces sujets que nous n'avions pas eu l'occasion d'aborder en détail jusqu'alors et je l'écoutais avec délice me raconter son histoire.

Comme elle me l'avait déjà dit, elle n'était pas si heureuse que ses photos voulaient le faire croire. Elle essayait juste d'ensevelir une douleur sous l'intérêt que lui portait son mari. Elle ne le dit pas aussi clairement mais je le percevais à ses regards qui s'éteignaient soudainement, sous le coup d'une pensée, d'une anxiété, à son rire qui, quand il atteignait des tonalités trop aiguës ressemblait à une plainte.

Nos regards se firent plus tendres, nos sourires plus complices et, petit à petit, l'atmosphère devint lourde de nos désirs et légère de l'attente qui nous conduirait à les confronter.

Au pied de mon hôtel je l'interrogeai.

— Es-tu sûre de vouloir… ?

— Ne me pose pas cette question, s'il te plaît, m'interrompit-elle en me prenant la main.

Nous fîmes l'amour comme deux amoureux, avec passion et tendresse, puis comme deux amants, sans retenue ni pudeur. Puis elle appela un taxi. Dans sa hâte à se doucher, s'habiller et me quitter, je décelai le reflux de sa pudeur sur sa culpabilité. Une sorte de panique, de crainte aussi.

Elle partit et je restai seul, le visage enfoui dans mes draps, m'enivrant des exhalaisons persistantes de son parfum, heureux d'enfin éprouver de tels sentiments, avide de la revoir, inquiet de ne pouvoir satisfaire mon désir de sitôt.

*

Le lendemain, elle m'adressa un message :

> Je ne suis pas assez forte pour mener une double vie. Je me retrouve aujourd'hui pétrie de remords. Tu n'y es pour rien, je le sais. Je suis seule responsable de cette situation. Je suis désolée mais... nous ne nous reverrons plus. Ne cherche plus à me joindre. Et ne me juge pas trop durement.

Dépité, je commençais à rédiger une réponse lorsqu'elle me raya de sa liste d'amis et m'interdit d'accéder à son compte.

J'enrageai. Comment osait-elle ? Comment pouvait-elle mettre un terme à notre relation de manière si brutale ?

Puis je me raisonnai. Sans doute avait-elle pris cette décision sous le coup d'une réaction hâtive ? Cette rupture lui avait semblé être le seul remède à sa faute. Oui, ce que nous avions vécu était fort, vrai et ne pouvait être nié ; dans quelques jours, elle regretterait et reviendrait vers moi

Voilà ce que mon orgueil me souffla. Et mon intuition, cette fois, me fit défaut.

Chapitre 8

Un mois s'était écoulé et Jessica n'était pas revenue. J'étais passé de l'attente fébrile à la colère pour finir par m'abandonner au désarroi. Entre-temps, j'avais tenté de la joindre par téléphone, par SMS, lui exprimant que je la comprenais mais qu'elle ne pouvait nier ce qui nous unissait. Je lui disais qu'elle me manquait, qu'il fallait que nous nous expliquions. Elle finit par m'adresser un message lapidaire.

Cesse de me contacter, Samuel. Respecte mon choix.

Sa requête, irrévocable et sèche, me révolta. Elle avait pris seule une décision qui nous concernait tous les deux et ne me laissait aucune chance de la revoir. Je me mis alors à l'accabler. Elle ne valait pas mieux que celles qui souhaitaient seulement réaliser un fantasme et se vanter auprès d'amies d'avoir rencontré ou séduit un romancier. Elle était même pire puisqu'elle avait travesti sa perfidie sous le visage de la complicité puis de l'amour.

J'essayais de me hisser sur les hauteurs de la déception pour éteindre la souffrance me brûlant le cœur. Elle ne la méritait pas. Et je dépensais mes soirées à faire la fête avec Denis, un voisin avec qui j'avais lié connaissance lors de mon emménagement dans ce somptueux immeuble niché en plein Upper East Side et principalement occupé par des hommes d'affaires fortunés. Denis dirigeait une importante société de développement d'applications pour téléphones portables. Il était devenu mon compagnon de sorties, celui qui me guidait dans les endroits branchés de la ville, remplissait mes verres, me fournissait les drogues dont j'avais besoin pour écrire ou m'amuser.

L'image de Jessica me hanta de longs mois encore. Pourquoi étais-je aussi triste, aussi déçu ? Pourquoi lui en voulais-je tant ? Étais-je réellement tombé amoureux d'elle ou s'agissait-il juste de la réaction d'un orgueil blessé ?

Cette désillusion arriva au moment où je finissais de croire en moi. J'étais las d'écrire toujours les mêmes histoires, de jouer le rôle du romancier célèbre. Et pourtant, il me fallait continuer à produire des textes légers, débordant de sentiments. Je ne sais plus qui a dit qu'il ne peut y avoir d'écrivain que malheureux, que seule la douleur permet de produire de beaux textes. J'avais commencé un récit autobiographique et mes seuls instants de plaisir consistaient à mettre des mots sur les événements ayant jalonné ma vie. Mais ce n'était pas ce que l'on attendait de moi. J'étais condamné à rester dans le cadre défini par les génies du marketing qui orchestraient ma carrière. Avec Jessica, j'avais cru retrouver une part de mon âme. Mais elle ne voulait pas de moi. Je ne la valais pas.

Plutôt que sombrer, je préférai persister à anesthésier ma tristesse et mes doutes dans l'illusoire bien-être que confère l'alcool et tentai de semer ma désillusion en enchaînant les aventures éphémères.

J'y parvins et rencontrai Rachel.

Chapitre 9

Le Church Delights, à Greenwich Village, était un restaurant, comme son nom l'indiquait, installé dans une église désaffectée. La décoration contemporaine était mise en valeur par les vieilles pierres qui avaient résisté à une rénovation téméraire. Des œuvres d'art inspirées des thèmes religieux jouxtaient d'autres créations modernes à connotations sexuelles, conférant au lieu une dimension blasphématoire. Comme l'endroit était fréquenté par le monde du spectacle et des affaires, un vigile et des tarifs exorbitants en interdisaient l'accès aux curieux, chasseurs de stars.

Rachel aimait y venir. Elle se réjouissait de voir les regards couler jusqu'à moi puis la dévisager. Elle appréciait également qu'une personnalité s'arrête à notre table pour me saluer et lui soit présentée.

Assistante de Denis, j'avais fait sa connaissance lors d'une soirée organisée par son entreprise. Si j'avais aimé retrouver chez Jessica les qualités de Dana, Rachel m'avait plu pour des raisons tout à fait opposées. Elle n'avait que vingt-six ans et était suffisamment sophistiquée et impudique pour me faire oublier la simplicité et la timidité de mes amours perdues. En outre, je trouvais dans sa beauté ravageuse un onguent à ma fierté blessée. Elle avait lu tous mes romans, en avait aimé certains. Nous avions passé une nuit ensemble puis deux et elle s'était petit à petit fait une place dans ma vie. Nous avions alors défini le cadre de notre relation : nous voir de temps en temps seulement, ne pas nous rendre de comptes, respecter la liberté de l'autre. Pour être tout à fait sincère, c'est le deal que j'avais proposé et qu'elle s'était empressée d'accepter afin de ne pas me décevoir, de correspondre à l'image que je me faisais d'elle et ne pas prendre le risque d'une rupture précoce. Mais je sentais bien que cette situation heurtait ses principes et qu'après quelques semaines elle était encline à revendiquer des droits sur moi et m'imposer des devoirs. Le temps passait et elle s'installait dans le rôle de petite amie. Elle avait mal dissimulé son plaisir lorsqu'elle s'était découverte à mes côtés dans un magazine, présentée comme ma nouvelle histoire d'amour. Un coup de Nathan, mon agent, pour qui mon aura d'écrivain romantique était incompatible avec celle de serial séducteur. Il avait tenté un moment de faire passer mes sorties nocturnes pour une quête désespérée d'amour, me présentant comme un idéaliste sensible toujours trahi par les femmes, mais craignait que ce discours ne résiste plus longtemps à mes frasques. Et, même s'il la trouvait trop jeune, Rachel était arrivée à point nommé pour jouer le rôle de la petite amie à laquelle pouvaient s'identifier mes lectrices.

— Quand est prévu ton premier déplacement ? demanda-t-elle en coulant de discrets regards sur les côtés.

— Dans deux semaines. Trois rencontres dans des librairies à Washington.

— Washington ? J'adore.

Elle laissa passer quelques secondes, attendant sans doute que je lui propose de m'accompagner. Nos accords prévoyaient que l'initiative devait me revenir et, jusqu'alors, je ne l'avais invitée que deux ou trois fois à me suivre. Je tenais trop à ma liberté pour l'avoir à mes côtés durant mes voyages. Elle se doutait que je séduisais des lectrices au gré de mes tournées promotionnelles mais faisait mine jusque-là de ne pas s'intéresser à la question. Toutefois, je savais que le nombre de rendez-vous envisagé pour la sortie de mon roman l'effrayait et l'amenait à penser que, bientôt, notre histoire prendrait fin.

J'ignorai sa dernière remarque et bus une gorgée de Quintessa :

— Tu as goûté ? demandai-je. C'est un vin californien, créé par un couple de passionnés. Une réussite spectaculaire.

Résignée, elle trempa ses lèvres dans le liquide, fit mine de l'apprécier.

— Très bon, en effet. Mais je préfère continuer au champagne.

Elle eut ce rictus qu'ont parfois les femmes quand elles veulent vous faire sentir leur déception. Cette discrète crispation du visage, accompagnée d'un regard alentour signifiant que vous n'êtes plus leur centre d'intérêt et destinée à vous faire culpabiliser de vous montrer aussi peu prévenant, gentil, compréhensif, tendre, bref, de n'être pas tout à fait à la hauteur de leurs espérances.

Habituellement, les femmes comme Rachel m'exaspéraient. Il fallait être à l'écoute de leurs désirs, décoder leurs soupirs, évaluer le degré de langueur de leurs mimiques. Le monde tournait autour d'elles et chaque homme était un satellite censé graviter selon une même trajectoire. Pourtant je m'étais accommodé de ses défauts tant elle me plaisait et m'aidait à me stabiliser un peu. J'aimais sa jeunesse, sa prestance, son élégance et la sensualité qui se dégageait de son corps. Certes, notre relation était plus physique qu'intellectuelle, mais le désir que j'éprouvais pour elle avait le pouvoir de m'apaiser.

— Tiens, Norman McCauley, s'exclama-t-elle.

En effet, mon principal concurrent venait de faire son entrée, accompagné de Robert Sullivan, son agent.

Ce dernier m'aperçut et me lança un mauvais regard pendant que McCauley, timide, baissait la tête et choisissait une table éloignée de la nôtre. Robert Sullivan me vouait une haine incommensurable. J'avais détrôné son poulain en utilisant, selon lui, des procédés honteux. Il me reprochait de copier les histoires, les titres, les couvertures de son protégé et d'avoir seulement innové en introduisant une dimension érotique qu'il jugeait immorale.

Alors que McCauley s'installait, Sullivan fonça droit sur moi.

— Que fais-tu là, Sanderson ? demanda-t-il, agressif.

— Je suis moi aussi ravi de vous voir, ironisai-je.

— Tu es venu nous narguer ? Tu sais pertinemment que c'est le restaurant dans lequel Norman et moi organisons nos rendez-vous.

— Comme la moitié de la jet-set de la ville.

— Jusqu'où vas-tu aller en matière d'imitation ? lança-t-il, perfide.

— Je m'arrêterai aux portes de votre tailleur. Je n'ai jamais aimé le style prof de sciences, velours côtelé et chaussures à semelles de crêpe.

— Je vois que tu as de l'humour. Tu devrais en mettre un peu dans tes romans, ça leur donnerait du relief.

— Bon, écoute, rétorquai-je, agacé, je passe une excellente soirée en compagnie d'une jeune femme divine et ta présence gâche mon plaisir. Je te prie donc d'aller exercer ta mauvaise humeur légendaire sur celles et ceux que tu impressionnes encore.

— Parce que tu penses que je suis de mauvaise humeur, là ?

Il se pencha sur la table, planta ses yeux menaçants dans les miens.

— Tu découvriras bientôt de quoi je suis capable lorsque je suis énervé, murmura-t-il d'une voix aux accents métalliques.

— Même pas peur, fis-je, tout de même étonné de le voir proférer des menaces.

Il se redressa, fit un petit signe de tête à destination de Rachel pour s'excuser ou la saluer et retourna rejoindre Norman McCauley.

— Cet homme est effrayant ! Il m'a glacé le sang, dit ma compagne.

— Ce ne sont que des paroles, déclarai-je. Une manière de m'intimider.

Je voulais paraître détaché mais je devais reconnaître que la haine lue dans ses yeux m'avait également inquiété.

*

J'avais proposé à Rachel de terminer la soirée chez moi. Nous avions fait l'amour brutalement et reprenions notre souffle.

— En fait... je suis quoi pour toi ? soupira-t-elle.

Je me contentai de lui caresser le bras, espérant qu'elle abandonnerait le sujet.

— Une petite amie ? Une maîtresse ? Plus ? insista-t-elle.

Nous y étions. Nous n'avions jamais tenté de définir notre relation mais sa durée conférait désormais sans doute à Rachel la légitimité nécessaire à ce genre de questionnement.

— Une femme belle, libre, extrêmement sexy, tentai-je.

— Je ne te demande pas comment tu me vois, mais ce que je suis pour toi.

Il fallait trouver une issue, satisfaisante pour son ego et pas trop impliquante pour moi.

— L'héroïne de mes fantasmes, le personnage féminin de ma dernière belle histoire, le récif sur lequel je m'accroche afin de ne pas sombrer...

— Arrête de jouer au romancier ! dit-elle en riant. C'est très joli, mais ça ne veut rien dire.

— Je ne sais pas définir notre relation, lui confiai-je alors. Je suis bien en ta compagnie et je me contente de vivre nos moments avec délice.

Elle fit une petite moue pour signifier sa résignation. Elle n'irait pas plus loin ce soir.

Que pouvais-je dire d'autre ? Qu'il m'était impossible d'exprimer ce qu'elle représentait pour moi quand je ne savais plus vraiment qui j'étais ? Que chaque moment de lucidité éclairait ma vie d'une lumière pâle et laissait entrevoir à quel point je m'étais éloigné de moi-même ? Que croiser mon visage dans un miroir m'insupportait tant j'en étais arrivé à me haïr ? Que je ne savais plus aimer et donc ne lui offrirais aucune véritable place dans ma vie ?

— Tu pourrais peut-être venir avec moi à Miami, lui dis-je, porté par un élan de tendresse. J'aurai plus de temps libre.

Son visage se détendit et elle me lança un regard plein de gratitude. Puis je réalisai qu'il ne s'agissait nullement d'une proposition inspirée par mon empathie. J'avais choisi Miami car je n'avais pas d'autres rendez-vous que ceux pris par mon attachée de presse.

Je me sentis petit, ridicule, grotesque.

J'avais appris à vivre dans le mensonge mais conservais quelques soupçons de valeurs capables d'émettre encore des signaux de culpabilité.

Chapitre 10

Nathan Sanchez : cent trente kilos de muscles et de graisse répartis aléatoirement sur une charpente massive et disgracieuse d'un mètre quatre-vingt-dix. Un physique de rugbyman tendance All Blacks plus que d'agent littéraire, selon les codes esthétiques communément admis.

Et pourtant, c'est lui qui défendait mes droits et veillait à la rentabilité de mes efforts. Sa stature imposait, sa voix explosait. Rocailleuse, amorçant ses phrases dans les graves, elle faisait éclater les consonnes au visage de ses interlocuteurs avant de se perdre, en même temps que son souffle, dans des aigus asthmatiques. Dénué d'élégance, doté de traits plutôt grossiers, Nathan avait le genre de charisme qu'ont certains voyous quand ils dissimulent une force et une colère derrière le faciès de l'impassibilité.

L'homme était excessif, et sa démesure avait pour point d'entrée et de sortie son immense bouche. Il mangeait trop, fumait cigarette sur cigarette, puis vous abreuvait d'un flot de paroles continu. Jusqu'à s'étouffer et tomber en état d'apoplexie. Alors, il toussait, se raclait la gorge, se figeait, agonisait. Mais même dans ces moments de naufrage, son esprit restait alerte et ses yeux d'alligator vous surveillaient afin d'éviter que vous ne profitiez de cet instant de faiblesse pour l'agresser.

Il était un de mes rares amis et confidents. Je pouvais passer le voir à l'improviste ou l'appeler à n'importe quelle heure du jour et de la nuit sans avoir le sentiment de le déranger. Sur son bureau étaient étalés des tas de papiers, de dossiers, de manuscrits. Il défendait à son assistante de ranger quoi que ce soit, se disant capable de retrouver chaque document en moins de trente secondes.

— Je me suis fixé un objectif de plus quinze pour cent, annonça-t-il.

— Sur quelle base ?

Je regrettai aussitôt ma question. Parler de chiffres m'avait toujours déplu alors que pour Nathan cela constituait un exercice jouissif.

Un sourire vint adoucir sa face de brute et il tira frénétiquement sur sa Winston. La loi interdisant de fumer dans les locaux professionnels n'avait jamais réussi à s'imposer en ces lieux.

Il se lança alors dans une démonstration savante tendant à me prouver que mon neuvième roman battrait les records des précédents.

— Alors ? Qu'en penses-tu ? demanda-t-il à la fin de l'explication.

— Tu as sans doute raison.

Une inflexion de ma voix dut trahir mon manque d'intérêt pour le sujet car son visage redevint grave, ses yeux se plantèrent quelque part dans les miens comme pour y lire mes pensées et il expira sa fumée avec force.

— Qu'est-ce que tu as Samuel ?

— Rien.

— Allez, ne me raconte pas de conneries ! Quelque chose te tracasse, je le sens. Si tu as des emmerdes, tu peux me les confier.

— Non, c'est juste que… Je suis fatigué. J'ai besoin de temps pour moi, pour faire le point, pour savoir où j'en suis.

— Je comprends. Pourquoi ne pars-tu pas quelques jours à l'étranger te changer les idées ?

— Quelques jours ne suffiraient pas. J'ai envie de faire un break, de m'arrêter un an ou deux...

Il écrasa nerveusement sa cigarette.

— Tu plaisantes ?

— Non, je suis sérieux. J'ai besoin de souffler, Nathan.

— Tu sais bien que ton contrat ne le permet pas ! s'emporta-t-il. Un roman par an, à date fixe, c'est le deal !

— Mais mon contrat arrive bientôt à terme. Tu pourrais donc arranger ça. Mon éditeur peut comprendre que j'aie besoin de me ressourcer.

— Non. Ton éditeur ne comprend que la logique marketing. Et celle-ci repose sur une évidence : tes lecteurs attendent un roman à chaque printemps. Et s'ils ne l'ont pas, ils iront acheter celui de Norman McCauley.

— Raisonnement ridicule. Norman et moi avons les mêmes lecteurs.

— Faux ! Depuis que tu l'as coiffé au poteau, tu en as plus que lui. Alors, le laisser faire cavalier seul lui permettrait de reprendre la tête et te serait préjudiciable en termes d'image. De plus, un des outsiders sur lesquels parient les maisons concurrentes en profiterait pour émerger et prendre la deuxième place. Et tu serais largué !

— Merde, Nathan, on discute romans ou courses de chevaux ?

— Ne finasse pas, s'il te plaît. De toute façon, la question n'est pas là. Tu représentes le plus gros chiffre d'affaires de M. Éditions et ils n'accepteront jamais une telle perte.

— Je te parle de fatigue, de lassitude, et tu me réponds fric ! rétorquai-je, agacé.

— Et alors ? tonna-t-il avec la même fougue. Ignores-tu que tu es devenu une véritable entreprise ? Tu fais vivre une bonne partie des bons à rien de ta maison d'édition. As-tu déjà vu un patron dire : « Je suis crevé, je me casse un an ou deux, je vous laisse fermer la boîte ? »

Je soupirai, vaincu.

— Je sais tout ça. Je suis juste fatigué d'écrire toujours le même genre d'histoires.

— Tu es en manque d'inspiration, c'est ça ? Pas de problème ! McCauley s'est retrouvé dans cette situation et depuis il travaille avec des scénaristes. On peut t'en recruter. Oh, sois sans crainte, ils n'écriront pas à ta place, ils t'aideront juste à développer des idées, à construire ton histoire, à affiner ton intrigue.

— Je ne parle pas de ça, Nathan. J'en ai assez d'évoluer toujours dans le même univers, d'appliquer sans cesse la même recette.

— Ce sont les 3S qui t'ennuient ? Ceux de Samuel S. Sanderson et de Sentiments, Suspense et Sexe ? Ce n'est pas une recette, c'est une formule magique. Celle qui t'a transformé en auteur à succès et te fait gagner des millions de dollars chaque année !

— Oui je parle de ça ! Je n'ai écrit qu'un seul bon roman : le premier. Ensuite, je n'ai fait que répéter la même histoire en changeant les lieux, les personnages…

— Mais tu délires ! m'interrompit-il. Tes intrigues sont originales. Tout le monde vante ton génie créatif, ton imagination. L'une d'entre elles a même été adaptée au cinéma !

— Une sur huit ! Et ça a fait un bide !

— Parce que le film était mal réalisé !

Je savais l'inutilité de cette conversation. J'étais lié à l'une des plus puissantes maisons d'édition du pays et n'avais pas d'autre choix que de continuer à produire des romans selon le *business model* défini, jusqu'à épuisement de ma santé ou du désir des lecteurs. Mais j'avais envie de me confier. Dire les choses me permettait de cerner mon mal-être, de le définir.

— Je vaux plus que ça, Nathan, je le sais.

— Plus que ces millions de dollars ?

— Cesse de me parler d'argent ! Je pourrais arrêter maintenant et j'en aurais suffisamment pour finir mes jours en menant la même vie. Je parle de littérature. Je sais que je peux écrire de grands romans.

— Qu'appelles-tu « grands romans » ? Des trucs intellos, loués par d'obscurs critiques et vendus à quelques centaines d'exemplaires seulement ?

— Pourquoi pas ? Et ne caricature pas, s'il te plaît. De très bons auteurs écrivent de grands romans chaque année et ils ont un immense succès. D'ailleurs, je sais que tu te délectes de leur style.

Il haussa les épaules, sortit une autre cigarette, l'alluma, tira une bouffée. Il paraissait réfléchir à vive allure, échafauder un plan capable de me contrer.

— Alors écris ce... cette œuvre, dit-il enfin dans un nuage de fumée.

— Pardon ?

— Écris celui que M. Éditions attend et, parallèlement, travaille à ta grande œuvre. Quand elle sera prête, je la ferai paraître... sous pseudo.

— Sous pseudo ? m'étonnai-je. Pour ne pas dérouter mes lecteurs ?

Ses yeux de crocodile disparurent derrière ses sourcils broussailleux.

— Tu aspires à plus de vérité, plus de sincérité, n'est-ce pas ? rétorqua-t-il. Comment pourrais-tu alors accepter de voir publier un texte tout à fait différent sous ton nom ? S'il a du succès, tu douteras toujours de sa valeur, pensant que tu le dois à ta notoriété. Si on le sort sous un pseudo, tu connaîtras le vrai sentiment des lecteurs face à ton travail.

— Ton raisonnement est... perfide mais pertinent.

— Oh, ce n'est pas mon raisonnement. D'autres auteurs ont eu recours à ce stratagème. Emily Brontë a changé de sexe pour *Les Hauts de Hurlevent* et s'est appelée Ellis Bell.

Et Stephen King a choisi d'être Richard Bachman pour sortir un de ses opus.

— Oui, je sais. En France, Romain Gary a écrit des romans sous le nom d'Émile Ajar et a même obtenu deux fois le prix Goncourt. Et Boris Vian aussi a utilisé plusieurs pseudos.

— Tu as déjà commencé à l'écrire ce texte ?

— J'ai jeté quelques idées sur le papier, confessai-je.

J'avais en fait rédigé une cinquantaine de pages. Un travail commencé trois ans auparavant et auquel je m'attelais parfois, quand j'étais trop lucide ou désespéré pour me pencher sur l'aventure sentimentale que je tissais de façon quasi automatique. J'avais en moi tous les mots, toutes les émotions pour terminer ce texte mais pas suffisamment de temps ni de disponibilité d'esprit.

— Et c'est quoi ? questionna-t-il.

— Une sorte d'autobiographie... romancée.

— Ça peut être intéressant. Mais l'autofiction n'est pas un genre très prisé. Il y a des spécialistes, des auteurs dont c'est la marque de fabrique.

Il réfléchit un moment puis reprit :

— Non, vraiment, c'est une bonne idée. On peut faire un super coup ! On le lance sous un pseudo, s'il marche tu continues à écrire sous ce nom d'emprunt et quand le moment sera venu on révèle que tu es l'auteur de ces romans. Ça pourrait faire une histoire terrible ça.

Il s'emballait, imaginait sans doute les titres de la presse, les montants des droits qu'il négocierait.

— Et si ça ne marche pas, envisagea-t-il, pragmatique, on organise une fausse fuite sur la véritable identité de l'auteur de ce roman. Étonnement, polémique, scandale, buzz... succès.

Puis il lâcha subitement ses rêveries.

— Mais tu dois écrire ça en plus du roman que M. Éditions attend.

— J'ai bien compris, répondis-je, résigné.

Il me raccompagna à la porte, posa sa large main sur mon épaule.

— Tu sais... c'est normal que tu réagisses comme ça. C'est le propre de l'être humain que de toujours vouloir autre chose que ce qu'il possède. Mais face à cet impérieux désir de changement, il y a deux catégories d'hommes. La première est composée de ceux qui quittent tout et partent à la recherche de cette... « autre chose ». La quasi-totalité de ces idéalistes décérébrés échoue et se perd. Ils deviennent frustrés, haineux et même, parfois, fous. Oh, bien entendu, quelques-uns, une poignée, parviennent à leur but... mais à quel prix ? La seconde catégorie réunit ceux qui veillent à préserver ce qu'ils ont avant de tenter l'aventure. Ils confortent leurs positions, protègent leurs acquis et se lancent avec sérénité car ils savent que si ça ne marche pas, ils pourront revenir à la case départ. Ceux-là maîtrisent leur vie, ne s'égarent jamais.

J'ai souvent tenu pour suspects les raisonnements commençant par « Il y a deux catégories d'hommes... » Les démonstrations reposant sur une vision dichotomique du monde ne peuvent être que réductrices et la beauté de toute chose réside dans les nuances et dans l'infinité de solutions qui s'offrent à nous. Nathan n'était pas un idiot mais un homme anxieux qui aimait se rassurer en élaborant des pseudo-théories censées prouver qu'il connaissait suffisamment ses contemporains pour décoder les signes, interpréter les messages implicites et élaborer des stratégies gagnantes.

Et, en l'occurrence, dans sa triste vision des choses, je savais où me situer. Je faisais partie de ceux qui avaient déjà tout quitté et tout perdu pour des aspirations factices.

La folie ne tarderait pas à me gagner.

Chapitre 11

Le premier incident survint alors que je finissais d'écrire mon neuvième roman.

L'histoire ne m'avait pas séduit et les personnages m'étaient restés étrangers. Je m'étais évertué à avancer, à développer l'intrigue, à investir l'esprit de mes protagonistes, espérant qu'à un moment ils finiraient par m'intéresser, un peu comme on s'oblige à creuser une relation avec de nouvelles connaissances attendant qu'elles nous révèlent certains aspects de leur personnalité. Mais la magie n'opérait pas et je désespérais. Il me restait un mois pour terminer ce manuscrit et je peinais à trouver l'énergie et la volonté nécessaires pour accepter de rester enfermé chez moi, face à mon ordinateur. J'avais donc recours aux substances qui octroient une concentration forcée ou stimulent votre créativité. Puis, quand le désespoir m'envahissait, je buvais.

Denis me rendit visite alors que je dérivais, incapable d'entamer un nouveau chapitre.

— Comment ça se passe ? demanda-t-il en se servant un verre.

— Mal.

— C'est-à-dire ?

— L'histoire est nulle, les personnages cons...

— Je vois...

— Tu vois quoi ?

Il haussa les épaules, m'invitant à laisser tomber cette conversation.

— Je sais ce que tu te dis, continuai-je. Tu n'as jamais aimé mes romans, de toute façon.

— Ça, je ne te l'ai jamais dissimulé. Mais j'aime le génie marketing qui se cache derrière.

— Le génie marketing... répétai-je, dépité.

— Oui, tant que tu ne te résoudras pas à comprendre que tes romans sont des produits et que tu es un businessman, tu ressentiras ce malaise. Tel un homme d'affaires, tu dois *industrialiser le process*.

— Super. Tu sais me remonter le moral. Me voilà à la tête d'une entreprise. Peut-être même devrais-je me lancer dans une démarche de certification qualité.

— Tu vois que tu es génial ! Le premier auteur certifié ISO ! plaisanta-t-il. Bon, allez, tu vas t'habiller et venir avec moi. Des amis organisent une fantastique soirée dans une boîte assez cool. Je passe te prendre dans une heure.

Il s'agissait d'un ordre et non d'une suggestion. Sachant que j'étais bien trop las pour écrire, j'acceptai.

*

Après la soirée, Denis me raccompagna à la porte de mon domicile.

— Tu es sûr que ça va aller ? demanda-t-il.

— Oui, ne t'inquiète pas.

— Attends, laisse-moi ouvrir ta porte, dit-il en saisissant mes clés.

Il alluma l'entrée, m'observa avancer d'un pas hésitant.

— Tu déconnes. T'as vraiment abusé ce soir, je ne t'ai jamais vu aussi bourré.

— Je bois toujours autant, répondis-je d'une voix vacillante. Mais ce soir j'étais plus vulnérable, c'est tout.

— Beaucoup de gens t'ont vu dans cet état. Tu devrais faire gaffe.

— Je les emmerde.

— Bon, appelle-moi si tu te sens mal, conclut-il. J'ai le double de tes clés, tu le sais.

Je restai au milieu du séjour. Les meubles paraissaient tanguer autour de moi mais l'euphorie m'était agréable. Je me déshabillai puis m'affalai sur mon sofa. Je pris mon ordinateur portable, jetai un coup d'œil sur Facebook. Je fis défiler le fil d'actualité, lus les statuts. Je me mis à sourire devant la naïveté avec laquelle nombre d'individus racontaient leur vie, confiaient leurs états d'âme. Ce n'était pas nouveau pour moi mais, saoul, ces messages qui exprimaient la volonté d'attirer l'attention, de briser une solitude ou de se valoriser, me parurent soudain grotesques. Et, tel un dément, je me mis à rire. Doucement d'abord, puis à gorge déployée. Jusqu'à ce que la fatigue finisse par m'emporter.

*

J'avais l'impression que la sonnerie provenait de l'intérieur de mon crâne, comme un cri poussé par mon cerveau endolori pour réclamer la paix. Puis je réalisai que ces appels étaient répétés. La personne qui cherchait à me joindre savait sans doute que je dormais et m'imposait son urgence. Une mauvaise nouvelle ? Je pensai immédiatement à Mayane et l'idée qu'il ait pu lui arriver quelque chose choqua ma conscience. Je me levai et me jetai sur le téléphone.

— Merde, c'est quoi cette connerie ?

Je reconnus la voix de Nathan et cela m'apaisa. Mais son ton impérieux m'étonna. Nathan gardait toujours son calme avec moi.

— Quoi ? Que…

— Je reçois des coups de fil de toute part, fulmina-t-il. T'es devenu fou ou quoi ?
— Mais... de quoi parles-tu ?
— Ton message sur Facebook, cette nuit !
— Mais quel message ?
— Comment ça quel message ? Celui que tu as destiné à tes lecteurs ! Tu étais bourré ou quoi ?
— Attends...

Je tendis la main pour saisir mon ordinateur, toujours allumé. J'affichai mon profil. Et je découvris horrifié une déclaration postée en statut... par moi-même.

> Pourquoi lisez-vous mes romans ? N'avez-vous donc aucun goût, aucun sens critique pour les apprécier ? Êtes-vous si stupides pour dépenser votre fric pour ces mièvreries ? Sachez que je vous déteste de m'aimer.

Je restai un instant sans voix, fouillant ma mémoire à la recherche du moment où j'avais pu écrire cela. Je me souvins m'être connecté, m'être prétentieusement moqué des statuts de mes contacts mais rien ne me revint au sujet de cette déclaration haineuse.
— Je ne comprends pas, balbutiai-je.
— Tu étais saoul ?
— Oui... Mais... ce n'est pas moi qui ai écrit ça.
— Tu en es sûr ?

Comment pouvais-je en être sûr vu l'état dans lequel j'étais rentré ?
— Oui, mentis-je.
— Alors, quelqu'un a piraté ton compte !

J'envisageai cette possibilité.
— Regarde les commentaires, ordonna-t-il.

Ce que je fis. Il y avait déjà plus de trois cents réactions et il ne cessait d'en arriver. Nombreux étaient celles et ceux qui me répondaient avec véhémence.

Un auteur qui ne respecte pas ses lecteurs... c'est honteux !

Quelle déception ! Moi qui croyais que vous étiez un homme bien. Apparemment le succès vous est monté à la tête. Pauvre type.

D'autres tentaient de me rassurer.

Le doute est le propre des artistes. Il ne vous rend que plus humain. Nous continuerons à vous aimer, malgré vous.

Pourquoi cette crise de confiance ? Vos romans sont magnifiques !

Enfin, quelques-uns émettaient des doutes quant à l'origine du message.

Attention, ça pue le piratage !

Samuel Sanderson n'aurait jamais écrit une telle connerie. Oui, il a dû se faire hacker.

Les échanges allaient bon train entre mes lecteurs, chacun présentant son point de vue.

— J'ai eu des appels ce matin. Des journalistes. Je n'ai pas encore répondu, ne sachant pas si tu leur avais toi-même parlé.
— Non, je dormais.
— Bon, alors efface vite ce message, change ton mot de passe et publie une sorte de démenti... Tu n'as qu'à dire qu'en effet tu as été victime d'un pirate informatique.
Je suivis les conseils de Nathan. Puis j'allai prendre une douche tout en réfléchissant à cela. Le moment auquel avait

été posté le propos adressé à mes lecteurs devait se situer une heure après que je fus rentré. Mais à quelle heure m'étais-je endormi ? Dans mon esprit, sans doute moins de trente minutes plus tard. M'étais-je réveillé pour écrire cela ? Après tout, ces propos exprimaient ce que je pensais. Et la tournure pouvait être celle d'un homme ivre. Je tentais de forcer ma mémoire, de l'obliger à restituer tout ce que j'avais fait avant de m'assoupir sur le canapé ; en vain.

*

— Quel était ton mot de passe ? demanda Denis.
Avant que j'aie eu le temps de répondre il enchaîna.
— Le prénom de ta fille ? Le titre de ton premier roman ? Peut-être avec un chiffre avant ou après. Ta date de naissance ou ton code postal ?
Je m'étais réfugié chez lui pour lui confier ma mésaventure. Il m'avait écouté, amusé.
— Non. Enfin oui, c'est le nom d'un de mes personnages et... l'année de naissance de Mayane.
Il rit, satisfait de son numéro d'apprenti mentaliste.
— Une personne qui aurait voulu pirater ton profil Facebook aurait donc pu y parvenir, après de nombreux essais.
L'explication ne me convainquit guère.
— Il y a une autre possibilité, continua-t-il. T'es-tu connecté à partir d'un autre ordinateur que le tien ?
— Oui, ça m'est arrivé.
— Sur un réseau public ?
— Aussi. Pendant mes déplacements.
— Ça peut donc venir de là. Un petit rigolo a pu capter ton mot de passe. Il s'est ensuite adressé à tes lecteurs pour te salir.
— Il reste un problème : ce que dit ce message... c'est ce que je pense... exprimé d'une manière désinvolte.
— Tu crois donc que c'est toi qui l'as écrit ? s'étonna-t-il.
— Ça me paraît l'explication la plus plausible.

— À moi aussi.

— Ah bon ? Alors pourquoi ces hypothèses au sujet de mon mot de passe ?

— Pour te rassurer. Et parce qu'elles sont également envisageables. Mais, vu l'état dans lequel je t'ai laissé hier, il ne serait pas étonnant que tu te sois lâché et ne t'en souviennes plus. Ou alors... tu es schizo !

— Schizo... je me suis souvent demandé si je ne l'étais pas, confessai-je alors.

— Sérieusement ?

— Non, bien sûr. Je me plais à dire que tous les romanciers sont schizos dans le sens où ils arrivent à vivre dans deux mondes en même temps sans que cela les perturbe : le réel et celui de leur imagination.

— Vu comme ça, en effet...

— Et, pour être sincère, ma capacité à détruire tout ce que je chéris, à faire du mal à ceux que j'aime, me conforte un peu dans cette idée.

Je confiai là, sur le ton de la plaisanterie, une de mes perpétuelles craintes. Étais-je psychologiquement sain ? J'avais sacrifié ma vie de père de famille sur l'autel de la célébrité ; après avoir été un mec bien je m'étais vautré sans retenue dans la débauche ; le romancier qui écrivait des histoires d'amour dans lesquelles les beaux sentiments, les vraies valeurs, habitaient ses personnages, se comportait comme un idiot, un écervelé épris de liberté, de conquêtes féminines... Cette personnalité duale constituait, pour moi, une énigme inquiétante. Jusqu'où étais-je capable d'aller ? Mais, au-delà de ces seules considérations, l'ombre de ma mère n'avait jamais cessé de planer sur mon existence, de m'interroger sur l'hérédité de cette maladie qui l'avait conduite à se supprimer et dont je savais peu de chose.

Après quelques jours, la petite polémique soulevée par cet incident s'apaisa. Tout le monde se rangea à mon explication.

Je restai seul au cœur de mes incertitudes.

Chapitre 12

Les soirées littéraires sont un passage obligé pour les auteurs. En théorie : une occasion d'échanger avec des confrères, de rencontrer des journalistes, d'initier de nouveaux projets. En réalité : une foire à la célébrité, une suite de discussions sans intérêt, l'opportunité d'évaluer sa valeur médiatique.

Durant les périodes d'écriture, j'acceptais peu d'invitations. Mais Nathan, face à mes difficultés à terminer mon roman et après l'incident Facebook, avait estimé bon pour moi de prendre un peu l'air et de montrer à tous que j'allais bien. Il m'avait donc fortement recommandé de me rendre à cette soirée de remise de prix en compagnie de Rachel afin d'offrir l'image d'un romancier stable, heureux, amoureux. J'avais également convié Denis à se joindre à nous. Rachel et lui étaient ravis de côtoyer la faune des VIP.

Nathan se trouvait déjà sur place quand nous arrivâmes.

— Tu es venu t'assurer que je me comporterais bien ? lui demandai-je.

— Pas seulement. Ce prix est connu pour la qualité de son buffet, de ses vins et champagnes, répondit-il en accompagnant ses paroles d'un geste de la main en direction des tables sur lesquelles étaient disposés de magnifiques plateaux.

Nous nous servîmes un verre et, de cet air mondain qui caractérise celles et ceux qui ne savent pas trop quelle attitude emprunter en de telles occasions, nous discutâmes entre nous tout en balayant la salle d'un regard blasé.

— Norman McCauley est là, lâcha Nathan.

— J'ai vu, répondis-je.

Mon adversaire, escorté par son agent, s'entretenait avec un présentateur télé.

— Et il boit du jus d'orange, ajouta-t-il malicieusement en désignant mon verre de whisky.

— Il devrait prendre de l'alcool, ça le décoincerait un peu, rétorquai-je, mauvais.

— Il a une certaine classe quand même, déclara Denis.

— Oui, il est assez sexy, fit remarquer Rachel.

— Si vous cherchez à m'énerver, trouvez autre chose.

Ils échangèrent un sourire complice.

Je repérai les jeunes romanciers. Souvent seuls, embarrassés, ils tentaient d'avoir l'air décontracté et ne cessaient de couler des regards envieux ou dédaigneux vers les auteurs à succès.

Le ballet des présentations commença : des journalistes, des éditeurs, des attachés de presse, des confrères... tous arrivaient avec un large sourire, me félicitaient, me disaient leur admiration ou m'interrogeaient sur mes futurs projets.

Nathan restait à l'écart, me couvant de son regard reptilien et ne se mêlant à la conversation que lorsqu'il s'agissait de business ou pour éconduire ceux qui osaient évoquer l'incident survenu sur Facebook.

J'avais mis du temps à m'habituer à l'hypocrisie qui prévalait dans ce genre d'échanges. La plupart ne m'appréciaient pas, ne voyaient en moi qu'un piètre écrivain et mon succès constituait pour eux un mystère qu'ils attribuaient aux lois du hasard et de la chance quand d'autres préféraient y voir une dimension mystique qui, dès lors, nimbait ma personnalité de l'aura des élus.

Et il y avait la cohorte des porteurs de projets, ceux qui m'abordaient pour me proposer l'écriture d'un scénario, l'adaptation d'un de mes romans au cinéma, la participation à une campagne publicitaire, ou simplement leur contribution pour me porter plus haut et plus loin encore. À mes débuts, je les écoutais et voyais en eux des développeurs, des accélérateurs de succès. Mais j'avais rapidement constaté qu'ils vous oubliaient dès la fin de la conversation. Ne possédant ni les moyens ni la volonté d'aller au bout de leurs idées, ils vivaient seulement dans l'instant. Mythomanes ou sincèrement naïfs, ils souhaitaient exister dans ce milieu, passer de l'ombre à la lumière, ou tout au moins en avoir l'impression, et s'inventaient des fonctions, des talents, des projets.

La littérature, l'art, le journalisme, ces édifices intellectuels dont les fondations sont faites d'idées, de pensées, de créativité et de concepts censés faire avancer le monde, se sont sacrifiés sur l'autel des médias pour s'offrir aux dévots du présent, sans référence au passé, sans perspective d'avenir. Et j'étais un des acteurs de cette farce, conscient du rôle qui m'était assigné et amer de parfois éprouver du plaisir à ces représentations.

Les prix furent remis. Les élus affichèrent un bonheur empreint de modestie, les recalés masquèrent leur déception derrière le sourire d'une rayonnante résignation et un orchestre convia les invités à venir se trémousser sur la piste de danse. Il était amusant de voir ces personnes, peu habituées à ce genre d'exercice, tenter de paraître à l'aise, ou même expertes en contorsions rythmées, sous l'effet de l'alcool ou de cette frénésie qui traverse les événements marqués du sceau de l'importance.

Rachel tenta de m'entraîner sur la piste mais je refusai, craignant de perdre, moi aussi, le contrôle, et de me livrer à un pitoyable spectacle. Elle invita alors Denis, noctambule invétéré et danseur expérimenté.

Je n'étais qu'un fou

Resté seul, je saisis un verre sur un plateau et tentai de repérer Nathan. Je m'enfonçai parmi la foule des convives quand je fus pris de vertige. Ce fut comme si ma conscience me lâchait, se rétractait à l'intérieur de mon esprit pour devenir de plus en plus petite. Je cherchai ma respiration, m'appuyai à un mur. Des visages apparurent dans mon champ de vision. Il me semblait que des personnes s'adressaient à moi mais j'étais incapable de répondre. Puis mon état empira et les sons et les images n'arrivèrent plus jusqu'à moi que sous la forme d'échos et de flashs incertains.

La suite, ce fut mes amis qui me la racontèrent.

*

Quand je repris conscience, j'étais allongé sur mon lit. Rachel, Denis et Nathan étaient à mes côtés.

— Il émerge, murmura Denis.

— Comment te sens-tu ? s'inquiéta Rachel.

— Que m'est-il arrivé ?

Je ressentis alors une violente douleur à la mâchoire et une autre, plus diffuse, au thorax.

— Ça, on aimerait bien le savoir ! clama Nathan.

Il s'approcha de moi, l'air furieux.

— Qu'est-ce qui t'a pris ?

— De quoi parles-tu ? murmurai-je en me redressant.

— De ta scandaleuse attitude ! éructa-t-il.

— Je ne comprends pas…

— Tu ne te souviens de rien ? s'étonna Rachel.

Je lui répondis d'une mimique exprimant mon incompréhension.

— Peut-être est-ce les coups qu'il a reçus ? avança-t-elle.

— Des coups ? Quels coups ? Quelqu'un va-t-il m'expliquer ce qui est arrivé ? m'emportai-je tout en massant les parties endolories de mon corps.

— Quel est ton dernier souvenir de la soirée, Samuel ? me questionna Denis.

Je réfléchis un instant.

— Vous êtes partis danser, Rachel et toi. Je cherchais Nathan. Et puis j'ai eu un malaise.

— Un malaise ? s'étonna Nathan.

— Oui... comme un vertige. J'ai cru que j'allais tomber dans les pommes.

— Tu avais beaucoup bu ?

— Non. Deux ou trois verres, pas plus.

Denis s'approcha.

— Nous n'avons pas tout vu mais voilà ce que l'on nous a raconté. Tu as bousculé un journaliste. Il t'en a fait la remarque. Tu es subitement devenu fou de rage et tu t'es montré grossier. Plusieurs personnes ont essayé de te calmer. Tu t'es mis à les insulter. Alors, un membre de la sécurité est intervenu. Tu as voulu le frapper mais il a paré le coup et t'en a asséné un en plein visage. Tu es tombé K.O. Nous t'avons ramené ici, inconscient.

J'étais effaré. Je n'avais aucun souvenir de tout ça. Et je ne me reconnaissais pas du tout dans le portrait de cet homme vulgaire et violent.

— Apparemment, il a tout oublié, déclara Rachel face à mon visage ahuri.

Nathan alluma une Winston et me considéra un instant d'un air circonspect.

— Pouvez-vous me laisser seul avec lui ? demanda-t-il.

Quoique surpris, Rachel et Denis obtempérèrent.

Il s'approcha de moi, souffla sa fumée de côté.

— Je suis vraiment inquiet, Samuel. D'abord cette idiotie sur Facebook et maintenant cette crise. Il faut que tu ailles voir un médecin. Ton état de fatigue et tes abus te jouent de mauvais tours.

— Je suis fatigué, c'est vrai. Mais je ne crois pas que...

— Tu te fous en l'air ! m'interrompit-il. Et tu vas finir par bousiller ta carrière. Il y avait tout ce que New York compte comme personnalités importantes dans le milieu littéraire. Demain tout le monde sera au courant.

— Tu sais très bien que ce n'est pas moi ça. Je ne suis pas du genre à m'emporter, à faire des scandales, à me battre.

— Justement, c'est pour ça que c'est alarmant. Si tu ne te contrôles plus… tu vas tout perdre.

— J'ai déjà tout perdu Nathan.

— Tout perdu ?

— La femme que j'aimais, ma fille… mes ambitions.

— Bon, dit-il, en se redressant résolument. C'est bien ce que je disais… tu as besoin d'un soutien. Je vais te prendre rendez-vous au Mount Sinai Hospital pour un check-up. Tu y rencontreras le docteur Farrel, un ami psychiatre. Je lui fais entièrement confiance.

Le mot psychiatre résonna de manière désagréable dans mon esprit. Je repensai à la folie de ma mère, à mon enfance contrariée et à mon adolescence hantée par la peur d'être un jour moi aussi atteint. La menace rôdait à nouveau. J'acceptai donc la décision de Nathan.

*

Les examens ne donnèrent rien de concluant. Ma tension étant toutefois basse : on me conseilla de prendre du repos. Quant au psychiatre, il tenta de me rassurer : si des facteurs génétiques pouvaient entrer en ligne de compte dans le déclenchement de certaines affections mentales, il attribuait plutôt mon état à mon stress permanent. Une sorte de burn-out. Il me recommanda de renouer avec une vie saine et de me reposer. Il me promit de s'enquérir de la maladie dont avait souffert ma mère afin d'évaluer les possibilités que j'en sois atteint.

Contre toute attente, mon comportement scandaleux ne défraya pas la chronique. Nathan avait allumé des contre-feux. Il avait réussi à convaincre les personnes que j'avais agressées de ne pas porter plainte et était intervenu auprès de la presse pour expliquer qu'il ne s'agissait que d'un coup de nerfs que j'avais aussitôt regretté. Mais mon image dans le milieu fut altérée. Peu m'en importait. J'étais seulement soucieux de ce que mon éditeur penserait. Jerry Snooker se rangea aux arguments de Nathan. De toute façon, mes ventes m'assuraient une certaine immunité.

*

Ces récents déboires continuaient de me préoccuper et j'attendais que le docteur Farrel me communique le contenu du dossier de ma mère, comme si la réponse à tous mes soucis se trouvait là, enfouie dans les archives d'un hôpital psychiatrique, attendant d'en être exhumée pour me révéler une partie du sens de ma vie.

— Votre mère était schizophrène, m'annonça-t-il lors de ma seconde visite. Elle s'est donné la mort lors d'un épisode de délire paranoïde.

Les mots étaient posés et pourtant ils ne me surprirent pas.

— Et il existe certains facteurs héréditaires à cette maladie, n'est-ce pas ?

— En effet. Mais ils ne sont pas systématiques, loin de là. Je vous assure qu'il n'y a pas lieu de s'inquiéter. Je n'ai rien repéré qui puisse nous alerter.

— Il y a tout de même ces pertes de conscience, ces actes dont je ne me souviens pas !

— Vous étiez sous l'emprise de l'alcool et dans un état d'extrême fatigue, s'empressa-t-il d'ajouter.

— Peu de personnes réagissent de la sorte quand elles sont ivres.

— Peu de personnes vivent la vie que vous menez. Et peu prennent toutes les substances que vous ingérez à longueur d'année.

Il marqua une pause.

— Nathan m'a confié tout cela, pour votre bien, expliqua-t-il.

Je hochai la tête, résigné et décidai de me lever.

— Attendez, j'ai encore une question à vous poser. Pourquoi m'avez-vous dit ne pas savoir de quelle maladie mentale votre mère était atteinte ?

— Parce que c'était le cas.

— Vous aviez pourtant eu accès à son dossier.

— Pardon ? m'étonnai-je.

— Lorsque j'ai téléphoné pour obtenir ces informations, on m'a indiqué que vous en aviez fait la demande quelques semaines plus tôt.

Je restai interloqué. Je n'avais bien entendu jamais fait cette demande.

— Oui, mais… je n'ai pas osé me plonger dans ces comptes rendus médicaux. C'était trop difficile pour moi.

Je sentis une peur sourde et insidieuse me gagner. J'étais persuadé de ne pas avoir effectué cette requête. La réalité me révélait l'inverse et je ne l'acceptais pas. N'est-ce pas ce qui caractérise un schizophrène ?

Certes, l'envie d'engager cette démarche m'avait obsédé durant de nombreuses années. J'étais alors persuadé que je ne pourrais vivre heureux qu'après avoir mis au jour cette vérité. Mais, après ma rencontre avec Dana, cette obsession s'était estompée. J'étais résolu à vivre le présent et construire l'avenir et j'avais le sentiment que mon amour pour Dana puis, plus tard, pour Mayane, suffisait à calmer mes maux.

Et j'avais transcendé la peur à travers mes romans, confiant aux personnages la mission d'absorber les ondes de ces maladies qui menaçaient de m'atteindre et les éloigner de moi. Une peur que je noyais dans l'alcool également, préférant attribuer mes dérives aux excès plutôt qu'à la faillite de mon esprit.

Je n'avais alors pas compris que la fuite était déjà l'expression d'une débâcle mentale.

*

— Un journaliste sans doute, déclama Denis. Un petit fouille-merde qui prépare un article à ton sujet ou s'est mis en tête d'écrire une bio non autorisée.

J'étais encore sonné par ce que je venais d'apprendre. J'étais entré chez lui d'un pas mécanique et lui avais fait part de ce que le docteur Farrel m'avait révélé. Il avait placé une tasse de café entre mes mains et me couvait d'un regard empli d'une douce compassion. Ou plutôt de cette tendre ironie qui s'empare des amis quand on se fait du souci pour rien.

— Possible, répondis-je.
— Écoute, l'autre éventualité est que tu aies fait la demande et l'aies oublié… ce n'est pas vraisemblable.
— N'ai-je pas oublié avoir écrit ces conneries sur mon profil Facebook puis cette… altercation l'autre soir ?

Il valida mes propos d'un mouvement de tête.

— Mais tu étais ivre.
— Alors peut-être l'ai-je faite alors que j'étais ivre ?
— Possible aussi. En vérité, il ne sert à rien de te torturer. Tu ne peux rien faire d'autre qu'élaborer des hypothèses et avec ton imagination de romancier tourmenté, tu risques de te perdre dans des scénarios impossibles.

J'en convins : mon esprit s'était déjà mis à tisser le canevas d'intrigues toutes plus inquiétantes les unes que les autres.

*

Afin d'oublier ces problèmes, je m'attelai à mon roman et le terminai dans la douleur.

Nathan et Jerry m'assurèrent que c'était un bon livre. Aussi bon que les autres. Ce qui, en regard de l'intérêt que je portais aux précédents, ne me consola en rien.

Chapitre 13

Mon neuvième roman était en cours de relecture et je profitais de quelques semaines de répit avant le début de la campagne de promotion. L'attachée de presse remplissait chaque jour mon agenda de rendez-vous qu'elle présentait comme étant plus intéressants les uns que les autres.

Cette fois encore, j'allais enchaîner les déplacements, les dédicaces, les conférences, répondre aux questions de journalistes, pour la plupart blasés, qui n'auraient lu que le communiqué de presse et la quatrième de couverture, et répéter inlassablement les mêmes mots en mimant la conviction d'une première fois. À mes débuts, l'exercice avait heurté mon idéalisme pétri de pudeur. Je clamais alors haut et fort que le devoir d'un romancier se limitait à l'écriture. Mais, compte tenu du succès si rapidement survenu, ma maison d'édition avait investi des sommes considérables en publicité et avait réclamé que j'accomplisse ma part du cahier des charges en acceptant les sollicitations des médias. J'avais fini par prendre goût à cette dimension du métier d'auteur. Mon orgueil et ma stupidité m'avaient même conduit à imaginer qu'un tel traitement m'élevait au-dessus du commun des mortels, rendait ma vie plus passionnante. Et, même si le rythme de ces déplacements m'amenait à réaliser les limites de ma résistance à la fatigue, j'avais été plutôt enchanté de partir à la découverte de lieux dont ma fainéantise m'aurait éternellement tenu éloigné, de descendre dans de somptueux hôtels, de m'asseoir à la table des meilleurs cuisiniers. Mais, la lassitude m'avait gagné et je n'envisageais désormais chaque voyage qu'à travers l'excitation animale de faire de nouvelles conquêtes.

En attendant ma tournée de promotion, je passais donc mes matinées à dormir, mes après-midi à flâner et mes soirées à boire. Puis, quand mon corps refusait toute nouvelle ingestion d'alcool, je m'installais devant mon ordinateur pour soi-disant poser les bases de la prochaine aventure sentimentale. Mon contrat était arrivé à échéance et mon éditeur, inquiet de mes récentes dérives, et sans doute également de l'appauvrissement de mes intrigues, même s'il ne l'avouait pas, souhaitait que je lui soumette un synopsis avant d'entériner les termes du nouvel accord proposé par Nathan et de s'engager sur l'enveloppe financière de ma campagne. Mais je me sentais incapable d'imaginer une histoire et plus encore de l'écrire. Après quelques tentatives infructueuses, je finissais invariablement par me connecter à Facebook et m'évertuais alors à remplir les cases blanches de mon agenda promotionnel, donc principalement mes nuits, en acceptant les propositions plus ou moins explicitement salaces de mes lectrices.

J'étais en train de répondre aux questions prometteuses d'une mère de famille charmée de parler avec son auteur préféré quand une demande d'amitié arriva. Cela m'étonna. Mon profil fantôme n'était connu que par mes amis et mes conquêtes. Je jetai un coup d'œil distrait et remarquai qu'elle émanait d'un homonyme. Ce n'était pas la première fois que cela se produisait. Il s'agissait parfois de pages de fans en quête de reconnaissance ou de véritables homonymes amusés de me confronter à la cocasserie de la situation.

Révélations

Je m'empressai d'accepter ce nouveau Samuel Sanderson afin de reprendre ma prometteuse conversation.

Je ne savais pas encore qu'en un clic je venais de faire basculer ma vie.

Dans l'horreur.

Chapitre 14

J'avais appelé Mayane plusieurs fois et m'étais heurté à son répondeur. Mes SMS étaient restés sans réponse. Je décidai donc de joindre Dana.

— Mayane ne me prend plus au téléphone, lui expliquai-je.
— Et ?
— Est-elle là ? Peux-tu me la passer ?
— Elle est occupée, me rétorqua mon ex-femme sèchement.

Depuis notre séparation, Dana et moi entretenions une relation tendue. À mon grand désespoir, elle refusait toutes mes tentatives de rapprochement et me signifiait que seul le devoir de maintenir un lien entre ma fille et moi l'incitait à me parler.

— Dana, s'il te plaît... Je sais la communication avec Mayane complexe depuis notre... divorce, mais elle n'a jamais coupé le contact. Elle me répond, même si c'est souvent pour m'envoyer balader. Pourtant, là, elle ne me prend plus au téléphone, ne me rappelle pas. Je ne comprends pas son attitude.
— Tu ne comprends pas ?
— Non, sincèrement !
— Tu as lu la presse ces derniers temps ?
— Quelle presse ? questionnai-je.

— Celle qui raconte tes frasques.
— De quoi parles-tu Dana ?
— De ta dernière conquête. Cette gamine...
Je soupirai exaspéré.
— Ah, c'est donc ça. Ce n'est pas une gamine. Elle a vingt-six ans ! rétorquai-je un peu vivement.
— Et ta fille en a vingt.
— Et alors ?
— Alors, Mayane vit mal le fait que tu t'affiches avec une bimbo qui paraît avoir son âge.
— Je vois... me résignai-je. Insiste pour qu'elle me parle, s'il te plaît. Je voulais l'inviter à déjeuner.
— Elle le sait. Elle a eu tes messages. Mais elle ne veut pas risquer de se retrouver face à ta... compagne.

Je sentais dans ses propos poindre sa propre réprobation.
— Et tu lui donnes raison ?
— Quel est le sens de ta question ?
— Tu penses aussi que cette fille est trop jeune pour moi ?
— Je ne porte aucun jugement. Je savais conseiller l'homme avec qui je partageais ma vie, celui que je connaissais. Mais je l'ai perdu de vue, il y a bien longtemps déjà.
— Ne sois pas amère, s'il te plaît.
Elle ne répondit pas.
— Et toi, comment ça se passe avec... Luc ? la questionnai-je, afin d'instiller à notre conversation une tonalité bienveillante.
— Lukas.
— Oui, pardon...
— Bien. Il est adorable, très prévenant. Mayane s'entend très bien avec lui, ajouta-t-elle, perfide.

Savoir que celle qui avait été ma femme vivait le parfait amour avec un homme dont j'avais, en vain, traqué les défauts, ne me laissait pas indifférent. Et, qui plus est, la relation d'amitié que ce type entretenait avec ma fille me renvoyait à ma défaite. Si je n'avais pas été si égoïste, j'aurais

Révélations

dû me satisfaire de voir les êtres que j'aimais le plus au monde s'épanouir auprès d'un homme si parfait.

— Bon, je suis heureux pour vous, répondis-je sur un ton que j'espérais désinvolte et convaincant.

Je raccrochai et restai un instant le regard perdu, essayant d'étouffer le lancinant écho de ma jalousie.

Chapitre 15

J'étais en retard. J'envoyai un SMS à Rachel pour la prévenir et, avant de quitter l'appartement, passai par mon bureau prendre mes papiers et les clés de la voiture. L'ordinateur, toujours allumé, m'attira. Il m'était impossible de passer devant sans vérifier mes e-mails et mon profil Facebook.

Parmi les messages reçus il y en avait un de cet homonyme. Je m'attendais à une plaisanterie sur nos nom et prénom communs et, résigné, ouvris ma boîte de réception.

Est-ce vraiment ce que tu voulais faire de ta vie ?

Je relus ce message à plusieurs reprises, essayant de comprendre le sens de cette question. Était-ce une forme d'humour en référence à notre homonymie ? Faisait-il allusion à l'un de mes romans ? Ou s'agissait-il juste du propos d'un illuminé ?

J'agrandis la photo de son profil. Elle montrait la couverture d'un roman dont le titre était flou. Je laissai tomber. La notoriété fascine toutes sortes de cinglés et les romanciers ont souvent affaire à des personnes qui pensent avoir le droit de s'immiscer dans leur vie. Ces lecteurs ont acheté votre roman, ont passé des heures « en votre compagnie », sont convaincus de partager un certain nombre de choses avec vous – ou, au contraire, ne sont pas du tout d'accord avec vos idées – et ils en viennent à considérer que vous leur appartenez un peu, que vous leur devez du temps, de l'affection, des explications, de l'intérêt. J'avais été de nombreuses fois agressé sur Facebook ou même lors des tournées de promotion. Cela allait de l'emportement extatique à l'insulte en passant par la critique acerbe trempée de jalousie.

Dans ces cas-là, ma stratégie était de ne pas répondre. Entrer dans le jeu d'une personne perturbée ne faisait que confirmer son intuition ou sa conviction que vous étiez là pour elle, disponible, redevable.

La porte franchie, j'oubliai l'étrange interpellation.

*

J'étais réveillé depuis quelques minutes quand le téléphone sonna. Je ne gardais de la soirée de la veille que des visions fragmentées : des filles, des rires, de l'alcool, des visages connus et inconnus… Mon état témoignait à nouveau de mes excès. Mes yeux étaient brûlants, mes paupières lourdes et j'avais l'impression qu'un esprit malin et sadique tentait de m'ouvrir le crâne avec un marteau et un burin. Depuis quand n'avais-je pas connu de réveils sereins ?

Il était midi. Rachel avait dû quitter l'appartement depuis près de quatre heures maintenant mais je pouvais encore sentir son parfum flotter dans la pièce. Je décrochai le téléphone.

— Ne me dis pas que tu dors ! clama Sandie, mon attachée de presse, en riant.

— Non, j'écrivais, mentis-je.

— C'est ça ! Je te connais suffisamment pour comprendre à ta voix que je te tire du sommeil.

— Bon O.K., consentis-je. Pour de bonnes raisons au moins ?

— Oui. Jack Lerman te veut dans son émission.

— Très bien. Et ?

Révélations

— Et ? Et... c'est génial ! Tout le monde rêve de faire ce *talk-show*, je te l'obtiens et ta réaction se limite à trois mots ?

— Excuse-moi. Je ne suis pas du matin, tu le sais.

— Tu n'es pas de l'après-midi non plus et si tu es du soir, je n'ai pas encore eu le privilège de le découvrir.

— Je ne suis pas sûr de vouloir participer à ce programme, Sandie.

— Comment ? Tu plaisantes ?

— Je ne l'ai jamais regardé mais j'en ai entendu parler. Il paraît que les deux vicieux qui font office de critiques prennent un malin plaisir à humilier les écrivains. Notamment ceux qui s'adressent au grand public.

— Ils sont très agressifs, je te l'accorde. Mais c'est un jeu dont les téléspectateurs ne sont pas dupes. D'ailleurs, dans les jours qui suivent la diffusion, les ventes montent en flèche.

— Il faudrait donc que j'accepte de me faire étriller pour gagner de nouveaux lecteurs ?

— Non. Tu auras juste à être toi-même. Ceux qui te lisent apprécient ta personnalité. Et ils savent que les deux enragés sont là pour assurer le spectacle. Et tu ne peux pas refuser cette émission ! Je me suis démenée pour te l'obtenir !

Las, je me résignai. La vérité est qu'à l'instant où elle me le proposait, je me foutais complètement d'y participer ou non.

— Bon, il va falloir que je réorganise un peu ton emploi du temps. Je m'en occupe et t'envoie un mail dans une demi-heure.

Je pensai aux rendez-vous validés avec mes lectrices et m'inquiétai de devoir également revoir mon planning personnel. Je pris ma douche et me servis une tasse de café. Puis, dans l'attente de l'e-mail de Sandie, j'ouvris ma session Facebook. De nombreux messages m'attendaient dont un de mon homonyme. Je l'ouvris.

Est-ce vraiment ce genre de romans que tu souhaitais écrire ?

Je n'étais qu'un fou

Une nouvelle interrogation portant sur ma vie, mes choix. Je sentis une vague de colère m'envahir.

Que voulait cet imbécile ? De quel droit m'interpellait-il de la sorte sur le sens de mon existence ? S'il avait un avis sur la question, il pouvait m'en faire part plutôt que me provoquer de la sorte. J'étais habitué aux messages rageurs, aux critiques envieuses, voire nauséabondes, aux insultes. Lui se montrait plus vicieux. Il se contentait de poser des questions qui, de toute évidence, étaient aussi des réponses.

« Va te faire foutre connard », déclamai-je à haute voix. Ma colère retomba aussitôt, dénaturée par la surprise de m'être ainsi emporté. Après tout, pourquoi s'énerver ? Il s'agissait seulement d'une nouvelle forme d'attaques émanant d'un détracteur plus malin que ses prédécesseurs. Si deux phrases lâchées par un inconnu suffisaient à me contrarier, c'est que je sous-estimais la dépression qui me gagnait.

Puis je réalisai que cette personne avait justement mis le doigt sur les fondements de mon mal-être. Je ne vivais pas la vie que j'avais espérée et produisais des romans décevants.

Mais qu'en savait-elle ? Comment avait-elle pu déceler ces faiblesses ? Les avait-elle déduites de la lecture de mes romans ou de mes interviews ?

J'envisageai ces questions et parvins à la conclusion suivante : oui, elle avait simplement exploité des évidences. J'étais divorcé, instable. Mes textes étaient sombres et les intrigues se ressemblaient. Elle en avait donc déduit une déprime et l'utilisait pour me fragiliser. Mais pour quelles raisons ? Pour forcer ma considération et m'amener à engager une relation privilégiée ?

Et puis, après tout, pourquoi perdre mon temps à entrer dans son jeu et échafauder des hypothèses ?

Chapitre 16

J'avais décliné la proposition de Rachel de nous voir ce soir-là. J'avais envie d'écrire.

L'envie d'écrire... Comment définir cet impérieux besoin de m'adonner au plaisir sadique de torturer mon esprit et transpercer mon cœur pour accoucher de mots capables de me projeter dans un état second ?

Elle surgit et vous n'avez d'autre choix que de la satisfaire. Pour ma part, il y avait longtemps que je ne l'avais pas ressentie. La plupart de mes romans n'étaient pas le fruit de cet élan. Je m'y attelais comme d'autres se mettent au travail, souvent au dernier moment, parce qu'il le fallait, parce que j'avais un délai à tenir, des engagements contractuels à respecter. Je créais volontairement une situation d'urgence, afin de me mettre en danger. Une tension qui devenait un substitut à celle sur laquelle pouvait éclore la véritable créativité littéraire. Pâle et insuffisant substitut qu'il me fallait doper avec de l'alcool ou d'autres substances. Je finissais par devenir une sorte de robot, alignant des mots dans un état second.

Je ne relisais jamais mes romans, persuadé que les faiblesses de mon texte suffiraient à m'anéantir. Puis l'opinion de mon agent, de mon éditeur et de mes lecteurs venait calmer cette appréhension allant même, quand mon narcissisme annihilait toute lucidité, jusqu'à me laisser croire que je possédais un don, celui d'écrire vite et bien de beaux romans capables de passionner le public.

Là, il ne s'agissait pas de cela. J'étais en manque de tourments sémantiques. Je souhaitais affronter les mots, les obliger à se conformer à mes idées, à créer des phrases suffisamment lumineuses pour éclairer les coins sombres de mon âme.

Seul mon premier roman m'avait procuré ce plaisir. Et je le retrouvais parfois quand je reprenais, trop rarement, mon autofiction. Je relus les derniers paragraphes de ce texte et en éprouvai une certaine satisfaction. Il se révélait proche de ce que j'étais, puisait son sens au plus profond de mon être. Il m'appartenait et me définissait à la fois.

Écrire est une lutte contre une solitude que l'on sait ne jamais pouvoir rompre. Une tentative désespérée d'insuffler à chaque phrase un peu de cette vitalité qui anime encore nos espoirs et de combler le vide intérieur dans lequel résonne notre douleur. C'est pourquoi j'ai toujours eu de l'affection pour les écrivains. Je sais que derrière leurs sourires, la sociabilité forcée que leur impose le jeu médiatique, et malgré l'amour des lecteurs, ils restent seuls. Chaque roman est un aveu impudique de leur difficulté à vivre et les laisse un peu plus embarrassés de s'être mis à nu... pour rien. Les écrivains ont assez d'imagination et de folie pour jeter des mots contre les murs qui les enferment avec l'espoir de les briser. Mais je les aime aussi d'avoir essayé, d'avoir vécu l'excitante expérience de cette hallucination. En fait, les auteurs n'existent que dans ces moments-là. Les lecteurs les plus fins, souvent eux-mêmes romanciers en herbe ou en puissance, le comprennent. Et c'est ce lien qui fonde la spécificité de leur relation.

Je m'abandonnai donc à la douce sensation que procure l'écriture quand elle ne vous trahit pas et passai plus de quatre heures à travailler. J'éprouvai un plaisir jubilatoire à essayer des mots, à douter de mes choix, à corriger, à supprimer et recommencer pour parvenir à un résultat totalement satisfaisant.

Révélations

Je fermai mon document et réalisai alors que, pour une fois, je n'avais pas jeté un seul coup d'œil sur mon profil Facebook pourtant ouvert sur l'autre ordinateur.

J'en tirai une fierté puérile qui ne résista pas longtemps à la curiosité. Après tout, j'avais bien mérité de me détendre un peu.

L'homonyme m'avait laissé un nouveau message. J'eus envie de l'ignorer afin de ne pas entacher le sentiment de plénitude éprouvé. Mais, certain d'être assez fort pour ne pas le laisser m'atteindre, je l'ouvris.

Et ce que je découvris me fit bondir.

Sais-tu que Mayane a besoin de toi?

Qu'est-ce que cela signifiait? Comment l'inconnu pouvait-il connaître ma fille? Je l'avais toujours tenue éloignée de ma vie publique.

Puis je compris : mon deuxième roman lui était dédicacé. C'est là qu'il avait trouvé son prénom.

Ce dingue suivait sa logique : poser des questions portant sur les fondements de mon existence. Le sens de ma vie tout d'abord, mon rapport à mes romans et maintenant celui à mon enfant.

J'étais excédé par la sournoiserie de cet individu. Je décidai de supprimer son profil de mes contacts puis me ravisai. Pourquoi ne pas tenter de savoir qui il était et ce qu'il me voulait? Je pourrais ensuite l'exclure de mes contacts.

— Qui êtes-vous?

La réponse ne se fit pas attendre.

— Je suis... Samuel Sanderson.
— Ce sont vos vrais nom et prénom?
— Oui.

Je n'étais qu'un fou

— Que me voulez-vous ?
— Je veux ton bien.
— D'accord. Mais quelles sont vos intentions ? Pourquoi me posez-vous toutes ces questions ?
— Pour t'aider à prendre les bonnes décisions. Et éviter les drames qui t'attendent.

Ses propos me déconcertèrent. Constituaient-ils des menaces ? Étais-je face à un véritable psychopathe ou seulement devant un pitre d'un nouveau genre ? Je pris le temps de réfléchir à ma repartie.

— Je vous remercie, mais je n'ai besoin de personne pour conduire ma vie.

Je ne le questionnai pas sur la seconde partie de sa réponse, celle concernant les drames. Cela lui aurait laissé penser que ses propos m'avaient touché.

— C'est ce que tu crois.

La plaisanterie avait assez duré. Je me résolus à fermer le programme quand le message qui apparut me glaça le sang.

— Sais-tu où est ta fille en ce moment ?

Une colère mêlée d'inquiétude me submergea. Il n'attendit pas ma réponse et continua.

— Non, tu ne le sais pas, parce que tu ne te préoccupes plus vraiment d'elle.

« Va te faire foutre connard ! » hurlai-je. J'eus envie de l'insulter par écrit mais me retins. Pourquoi m'emporter contre un fou ?

Je respirai profondément et écrivis un message destiné à lui laisser croire que ses déclarations m'indifféraient.

— Je vous souhaite une excellente nuit. Adieu.

Il continua, afin de me prendre de vitesse.

— Ta fille fréquente des junkies.

Je restai pétrifié. Comment pouvait-il m'asséner un tel mensonge ? Puis je me mis à douter. Et si... cette personne connaissait Mayane et tentait de m'alerter d'un danger la concernant ? J'attendis un instant, hésitant à l'interroger. Mais il me devança.

— En ce moment, elle traîne avec une bande de dégénérés à Crotona Park.

L'information me pétrifia. Se pouvait-il qu'il mente tout en me donnant la possibilité de vérifier ses dires ?

— Comment savez-vous où ma fille se trouve ? Qui êtes-vous ?

Désormais, peu m'importait qu'il sache m'avoir touché. De plus en plus fébrile, je voulais qu'il se dévoile. Mais il ne répondit pas.
Il était près de minuit. Même si je doutais toujours de la véracité de ces assertions, je saisis le téléphone et appelai Dana.
— Samuel ? Mais tu es fou, tu as vu l'heure qu'il est ? protesta-t-elle.
— Où est Mayane ? Est-elle à la maison ?
— Mais tu as bu ou quoi ?
— Non, je m'inquiète pour elle !
— Comme ça ? À minuit ? s'insurgea-t-elle.

— Oui... hésitai-je. Un inconnu m'a laissé un message sur Facebook. Il m'a dit que Mayane traînait dans un parc malfamé... avec des junkies.

— Dans un parc, à minuit ? Avec des junkies ? N'importe quoi ! Elle passe la soirée chez sa copine Pernile.

— Pernile ? Cette fille pleine de tatouages et de piercings ?

— Oui. Comment la connais-tu ?

— J'ai vu des photos sur Facebook.

— C'est une originale mais elle est... adorable. Et Mayane est on ne peut plus sérieuse et responsable. Je lui fais entièrement confiance.

— Peux-tu essayer de l'appeler s'il te plaît ? Là, maintenant... je reste en ligne.

— Mais ça ne va pas non ? s'emporta-t-elle. Tu me déranges alors que je suis au lit pour me dire que ma fille fréquente des drogués ! Te rends-tu compte de ce que tu racontes ? C'est toi le camé de la famille ! Et si ça se trouve tu es sous l'emprise d'une de tes drogues... Va te faire voir Samuel Sanderson !

Elle me raccrocha au nez.

J'essayai de joindre Mayane sur son portable mais sans grand espoir qu'elle réponde.

Ensuite je tentai de me raisonner. Il ne s'agissait que d'un sombre manipulateur qui cherchait à m'impressionner. Ou d'une mauvaise blague. Autre hypothèse : une personne connaissant ma fille, et souhaitant préserver son anonymat, voulait me prévenir des dangers qui la guettaient. Mais pourquoi alors amorcer la relation de la sorte, pourquoi ce pseudo puis ces questions sur ma vie et mes romans ?

Pouvais-je décider de rester là et balayer les idées noires qui m'agressaient ? J'avais trop d'imagination et plus assez de bon sens pour m'allonger sereinement et trouver le sommeil.

J'enfilai donc une veste et me précipitai dans mon garage.

Chapitre 17

Je roulais depuis quinze minutes aux abords de Crotona Park. Situé dans le Bronx et s'étendant sur la dernière partie de la Fulton Avenue, avant qu'elle ne rencontre la voie express, le parc offrait des aires de jeu, de détente et de sport aux citadins. Mais, dès la tombée de la nuit, une autre population profitait de la pénombre pour se livrer à divers trafics. Il apparaissait au tableau des sites les plus dangereux de la ville.

Des jeunes, réunis en divers endroits, parlaient à voix basse, comme s'ils respectaient la quiétude du voisinage ou complotaient un sale coup. De temps en temps un rire ou un éclat de voix venait percer la nuit et je sursautais, persuadé de reconnaître Mayane.

Quelques dealers vinrent vers moi pensant que je cherchais à m'approvisionner. Je frissonnai à l'idée que ma fille appartienne à cette faune. Puis je me raisonnai : je m'étais laissé duper par un manipulateur décidé à m'empoisonner la vie.

J'allais faire demi-tour et rentrer quand une silhouette attira mon attention. L'ombre dessinée par une chevelure abondante, la manière de se tenir, penchée en avant, les bras serrés contre son ventre comme pour calmer une douleur, la taille… était-ce elle qui se tenait là parmi un groupe de cinq personnes ? La densité de l'obscurité, à l'endroit où se trouvait la petite bande, ne me permettait pas de le vérifier.

Je laissai alors ma voiture et m'approchai à pied, priant de me tromper. Mais, même à vingt mètres, je ne pouvais affirmer qu'il s'agissait d'elle.

J'eus alors l'idée de lui téléphoner. Dès que j'eus lancé l'appel, je vis la silhouette ouvrir son sac et sortir son portable puis, après un coup d'œil à l'écran, le ranger.

Sans réfléchir, je me précipitai.

— Mayane ! criai-je.

Elle sursauta, se redressa et je pus discerner son visage figé sur une expression d'incompréhension.

Ses amis m'observèrent, ne sachant pas trop quoi penser ni faire. Puis, devant l'air atterré de ma fille, l'un d'entre eux, un jeune homme tatoué sur le cou et portant une série de piercings sur les oreilles, fit un pas en avant et tendit le bras pour m'empêcher d'avancer plus encore.

— Oh ! Où tu vas toi ?

S'adressant à ma fille tout en agrippant ma chemise d'une main ferme, il demanda :

— Qui c'est ce mec ?

Je me défis de sa prise d'un geste sec pour saisir le poignet de Mayane sans trop savoir ce que j'attendais d'elle. Je crois que j'avais juste besoin de la toucher, de vérifier qu'elle était en bonne santé, de planter mes yeux dans les siens pour y chercher les signes d'une dérive due à la drogue.

Le tatoué me repoussa violemment et se rapprocha de moi, prêt à me frapper.

— C'est bon, c'est mon père ! cria Mayane.

Décontenancé, l'agresseur fit un pas en arrière et laissa retomber ses poings.

— Qu'est-ce que tu fais là ? ragea ma fille. Qu'est-ce que tu me veux ?

Dans ses yeux, je pus voir l'éclat flamboyant de la pire des drogues : la haine. Celle qu'elle me vouait depuis ma séparation d'avec sa mère, qu'elle avait attisée en découvrant mes incartades dans la presse et qui alimentait chacune de ses pensées pour moi. À ses côtés, son amie Pernile paraissait absente, comme si elle assistait à une scène ne la concernant pas.

— Il faut que je te parle, annonçai-je, désorienté.
— J'ai rien à te dire !
— Juste quelques minutes…
— T'as pas compris ? intervint le tatoué. Fais pas chier et casse-toi.

Il devait avoir dix ans de plus que Mayane. Près de lui, un jeune homme très maigre essayait en vain de se composer un faciès menaçant. Que faisait ma fille avec ce genre d'individus ?

J'attrapai le poignet de Mayane et la tirai vers moi.
— Suis-moi !
— Lâche-moi ! hurla-t-elle en tentant de se dégager.

Le tatoué me saisit l'épaule mais, avant qu'il n'ait eu le temps d'agir, je lui décochai un coup de poing qui percuta sa mâchoire et le projeta au sol.

Des jeunes, attirés par l'altercation, approchaient, en se concertant sur l'intérêt de se mêler ou non à celle-ci.

J'entraînai Mayane derrière moi puis, parvenu à la voiture, la poussai à l'intérieur et démarrai.

Ma fille resta muette, tétanisée par la surprise et la colère.
— Qu'est-ce que tu faisais dans ce parc avec ces… tarés ? demandai-je, hors de moi.

Elle sortit de son état de stupeur et devint tout à coup hystérique.
— C'est toi le taré ! Qu'est-ce que tu me veux ? Laisse-moi sortir !

Elle tenta d'ouvrir la portière pour s'enfuir mais j'avais actionné le verrouillage.
— Écoute… Calme-toi. Je vais t'expliquer… J'ai reçu un message anonyme qui me disait que… tu étais en danger.

Elle mit quelques secondes à appréhender la portée de mon propos puis, toujours crispée, haletante, attendit que j'en dise plus.

— Tu comprends ? Une personne que je ne connais pas m'a dit que tu étais dans ce parc avec des junkies, répétai-je.

Elle resta interdite et jeta un rapide coup d'œil sur moi pour vérifier que je ne mentais pas.

— J'ai appelé ta mère. Elle m'a dit que tu étais chez ta copine. Mais je n'étais pas tranquille alors je suis venu. J'étais mort d'inquiétude.

Elle parut revoir la situation à la lueur de ces révélations.

— Je ne me drogue pas, si c'est ce que tu veux savoir, finit-elle par affirmer.

— Et tes... amis ?

— Ils font ce qu'ils veulent. Et ce ne sont pas mes amis.

— Pourtant tu te trouves avec eux en pleine nuit dans cet endroit lugubre.

— Je fais ce que je veux ! Je ne te dois aucune explication.

— Et à ta mère ? Tu lui as fait croire que tu passais la soirée chez Pernile.

— C'est mon problème.

— Pernile se drogue ?

— Ça ne te regarde pas.

— Écoute... on peut continuer longtemps comme ça et ça ne nous mènera à rien.

— Je m'en fous. J'attends rien de toi.

J'arrivai devant le domicile de Dana. Je coupai le contact et laissai passer quelques secondes. Elle tenta à nouveau d'ouvrir sa portière. N'y parvenant pas, elle se replia sur elle-même, les yeux posés quelque part dans la nuit.

— Bon... je ne vais pas réparer mes erreurs ce soir, dis-je calmement. Je reconnais ne pas avoir fait les choses proprement lorsque j'ai quitté ta mère. Je sais que tu cherches à me blesser en ne me parlant plus. Sache que tu y parviens. Tu me manques et chaque jour je pense à toi. Et tout à l'heure... quand j'ai reçu ce message... je suis redevenu le père inquiet que j'avais été durant toutes ces années. Celui qui appelait le médecin à la moindre fièvre, qui tremblait dès que tu t'éloignais de lui. Non. C'était même plus fort qu'avant parce que ce que l'on m'annonçait tenait de l'horreur. Toi, dans un parc, en train de te droguer...

Si mes paroles l'avaient atteinte, elle n'en laissa rien paraître.

— Je te l'ai dit : je ne me drogue pas. Ces personnes sont des potes de Pernile. Maintenant, ouvre la porte.

Elle paraissait sincère et je compris que, de toute façon, je n'obtiendrai rien de plus d'elle.

— Sais-tu qui aurait pu savoir que tu étais dans ce parc ? Qui a pu m'en informer ?

— Non, répondit-elle sèchement.

— Quelqu'un qui se fait du souci pour toi peut-être ?

Elle haussa les épaules.

— Pour maman... bredouilla-t-elle.

— Je ne lui dirai rien, l'interrompis-je. Mais promets-moi de réfléchir à ce que je viens de te demander. Et si tu as une idée... appelle-moi.

Les yeux perdus dans le noir, elle évalua la concession que représentait cet accord en regard de ses ressentiments puis accepta d'un petit signe de tête.

*

J'entrai chez moi et me précipitai vers l'ordinateur. Mais mon mystérieux informateur n'était pas connecté. Je passai une partie de la nuit à ressasser les mêmes questions : que voulait cette personne ? Comment pouvait-elle savoir où se trouvait Mayane ?

Quoi qu'il en soit, ce n'était pas une banale tentative de m'ébranler. Mon correspondant était en possession d'informations étonnantes au sujet de ma fille. Il avait donc dû l'épier. Cette idée m'horrifia. Un être potentiellement dangereux avait approché Mayane. Ou alors... l'individu avait obtenu ces informations sur Facebook ! Aujourd'hui, tous les jeunes racontaient leurs moindres faits et gestes sur ce site, sans retenue. Quoi qu'il en soit, ces suppositions inquiétantes démontraient une volonté ferme de s'immiscer dans mon existence. Un comportement obsessionnel dont je ne pouvais encore percevoir les limites.

*

Le lendemain, je téléphonai à Mayane. Pour la première fois depuis deux ans, elle me répondit. Cette histoire avait au moins l'avantage d'avoir fissuré le mur qui nous séparait. La froideur de sa voix m'indiqua qu'il ne fallait cependant pas que je m'emballe.

— As-tu réfléchi à ce que je t'ai demandé ?
— Oui.
— Et ?
— Et... il y a bien une personne qui aurait été capable de faire ça. Mais... je n'en suis pas sûre.
— Qui ?
— Un mec avec qui je suis sorti il y a quelques mois.

Cette phrase dans sa bouche m'atteignit. Bien entendu, à vingt ans, elle devait avoir des aventures, mais pour moi elle restait la petite fille sage et fragile que sa mère avait un jour emmenée loin de moi.

— Pourquoi penses-tu qu'il puisse s'agir de lui ?
— Eh bien... je l'ai quitté pour un autre garçon et il ne l'a pas bien vécu. Depuis, il me harcèle au téléphone ou sur Internet.
— Il te harcèle ? C'est-à-dire ?
— Il alterne entre déclarations passionnées et insultes.
— Aurait-il pu savoir que tu étais dans ce parc ce soir-là ? L'as-tu indiqué sur Facebook ?

— Sur Facebook ? Ça ne va pas non ? Tu crois que je suis assez conne pour dire tout ce que je fais à tout le monde ?
— Alors ?
— Il a pu me suivre. Ou alors obtenir l'info auprès d'amis communs. Quelque chose comme ça.
— Comment s'appelle-t-il ?
— Justin Dooney.
— Donne-moi son numéro de téléphone s'il te plaît.
— Pourquoi ? Que comptes-tu faire ?
— Lui parler, tout simplement.
— J'ai... pas envie que tu te mêles de ça. C'est peut-être pas lui et... si tu fous le bordel pour rien, ça va être la honte.
— Ne t'inquiète pas, je sais me tenir.
— J'ai vu ça... Je ne te fais pas confiance. Je vais m'en occuper toute seule.
— Bon... je me débrouillerai, répondis-je, feignant de ne pas avoir été atteint par sa remarque.
— O.K.
— À part ça... comment ça se passe en cours ? tentai-je alors.
— Bien. Je te laisse, j'ai des trucs à faire, répondit-elle sèchement, indiquant ainsi que nos relations se limitaient à la résolution de cette affaire.

*

Je montai voir Denis. Il habitait au dernier étage de l'immeuble. Si son appartement était aussi vaste que le mien, il jouissait d'une époustouflante vue sur Central Park. Il m'ouvrit, une tasse à la main, la chemise ouverte sur son torse glabre, étonné de me voir débarquer si tôt.
— Laisse-moi deviner : vu ta mine, tu rentres d'une nuit de débauche, tu as perdu tes clés et tu viens chercher les doubles.

— Non, je...

— Alors, tu es en panne de café ! Ou tu t'es réveillé près d'une fille horrible et tu es monté te planquer chez moi le temps qu'elle se décide à décamper.

— Ferme-la Denis, l'interrompis-je, et offre-moi un expresso bien serré.

Je le suivis dans sa cuisine.

— J'ai un service à te demander.

— Je m'en doute, répondit-il en glissant une capsule dans son percolateur. À croire que ma véritable mission sur terre est de te servir. Gagner du fric et prendre du plaisir sont deux loisirs qui me sont accordés lorsque tu écris ou dors.

Il y avait une once d'acidité dans ses propos. Il déposa une tasse devant moi et s'assit sur une des chaises de son bar.

— Pourrais-tu m'aider à trouver le numéro de téléphone et l'adresse d'un petit jeune ? questionnai-je.

— Tu donnes dans les petits jeunes maintenant ?

Je n'eus pas envie de lui raconter toute l'affaire. Denis était un très bon compagnon de sortie mais un piètre confident. Il ne savait pas écouter et finissait par tout raconter, en exagérant les faits auprès de ses amis ou même de parfaits inconnus pour le plaisir de les étonner.

— Un gamin qui ennuie ma fille, affirmai-je pour conférer plus de poids à ma requête.

— Oh ! Il l'ennuie comment ?

— Il la suit, la harcèle.

— Tu veux lui casser la gueule ? questionna-t-il avec gourmandise, imaginant déjà l'anecdote qu'il pourrait tirer d'une telle histoire.

— Non. Juste lui parler. Tu saurais faire ?

— Qu'as-tu comme infos le concernant ?

— Son nom, son prénom, une année de naissance approximative, et une partie de son parcours scolaire.

— C'est tout ?
— Oui.
— Bon, j'essaierai de faire avec.
— Je te remercie.

Je ne pouvais pas partir sans poser une question qui me taraudait.

— Ce que tu as dit tout à l'heure au sujet des services que tu me rendais... Je te connais suffisamment pour comprendre qu'il y avait une part de vérité dans tes propos.

Il baissa les yeux quelques secondes puis, tout en inspirant profondément, posa une main sur mon épaule.

— Tu vois, je connais deux Samuel : celui avec qui je fais la fête, cool, marrant, prêt à tout pour s'éclater et l'autre, le petit prétentieux qui se la raconte devant les médias, paraît triste, désabusé, se plaint toujours et ne cesse d'appeler au secours. Et sincèrement, je préfère le premier.

— Je vois... et les deux te paraissent si différents ?

— Complètement. Ils vivent dans deux mondes distincts. C'est pas le fait que tu demandes des services qui m'emmerde... c'est plutôt que tu ne viennes jamais pour prendre des nouvelles, discuter ou boire un verre. Tu sais, j'ai parfois des coups de blues, oh, pas souvent, mais je ne te trouve jamais près de moi à ces moments-là. Le monde n'est pas là pour répondre à tes caprices, à tes désirs, Samuel.

Je restai sans voix et Denis, généreusement, n'enfonça pas le clou.

— Oh ça va, ne fais pas cette tête ! Si je te dis ça, c'est que je te considère comme un ami. Et parce que je m'inquiète de te voir devenir de plus en plus sombre et distant.

Il me raccompagna à la porte.

— Je vais dénicher les coordonnées de ce petit con. Et si tu as besoin de moi pour lui foutre une bonne raclée...

Je n'étais qu'un fou

Je retournai dans mon appartement, ressassant les propos de Denis.

J'étais devenu un personnage détestable pour tous les êtres qui m'importaient. Le romancier avait tué l'homme et je n'étais plus apprécié que par mes lecteurs.

Chapitre 18

Justin était un jeune garçon blond, grand, à l'attitude dégingandée. Il sortit de son allée et s'immobilisa. Ses yeux bleus délavés scrutèrent les abords de l'immeuble. Mal à l'aise, il passa une main fébrile dans ses cheveux, piétina, paraissant hésiter à avancer plus. Je l'observai un instant, espérant déceler dans son physique et son comportement un indice de culpabilité. Je l'avais appelé une heure plus tôt, m'étais présenté comme le père de Mayane. Il avait semblé étonné mais ne m'avait pas interrogé sur les raisons du rendez-vous, ce qui m'était apparu comme un début d'aveu. Démasqué trop tôt, il voulait rendre les armes, se libérer d'une situation qu'il regrettait déjà, avais-je pensé.

Je klaxonnai pour attirer son attention et lui fis un signe. Il s'approcha, frottant ses mains sur ses bras, comme pour se réchauffer. J'ouvris la porte passager. Il hésita une seconde puis s'assit et me salua.

— Écoute, on va se parler d'homme à homme, d'accord ? attaquai-je.

Il haussa les épaules puis laissa son regard s'échapper à travers le pare-brise.

— Tu sais pourquoi je suis là ?

Il m'opposa un nouveau silence que je n'entamai pas afin de lui signifier que j'attendais une réponse.

Soudain, comme s'il venait de trouver le courage de m'affronter, il se tourna vers moi, le visage ferme mais les lèvres tremblantes.

— Vous ne pouvez pas me reprocher d'être amoureux de votre fille ! lança-t-il.

Il y avait de la détresse dans sa voix, la lassitude d'un jeune homme meurtri.

— Je ne te le reproche pas. C'est ta manière de le lui manifester ces derniers temps que je trouve préjudiciable.

Il baissa les yeux.

— Vous avez déjà été amoureux monsieur Sanderson ?

Sa question me surprit.

— Oui, répondis-je, sensible à sa tristesse.

— Oui, bien sûr, convint-il. Mais savez-vous ce que l'on ressent quand on a vécu de magnifiques moments auprès de celle que l'on aime puis, sans comprendre pourquoi, s'être fait larguer ? Je ne sais pas ce que j'ai fait pour perdre son amour. Elle m'a quitté sans explication et m'ignore comme si ce que l'on avait vécu n'avait jamais existé.

Touché par cet aveu je me contentai de hocher la tête.

— Je suis amoureux d'elle et... elle n'en a rien à foutre.

— Écoute, ce n'est pas ce dont je voulais m'entretenir avec toi.

— Oui, je sais pourquoi vous êtes là. Parce que je... l'emmerde avec mes messages. Mais je n'y peux rien. Quand la douleur est trop forte, quand les questions que je me pose finissent par me déchirer, je ne peux pas résister à l'envie de l'appeler. Parfois pour lui dire que je l'aime. D'autres fois pour balancer ma rage. Ça me fait du bien. Et j'ai toujours l'espoir qu'elle finira par me répondre. Mais elle ne dit rien et... c'est humiliant. Je préférerais les reproches ou les insultes.

— Oui... je comprends.

Je cherchai un moyen de l'interroger sur le sujet qui me préoccupait et décidai de lui poser la question. Il me paraissait prêt à tout avouer.

— Mais pourquoi avoir choisi de t'adresser à moi à travers ces messages anonymes ? demandai-je en dardant mon regard dans le sien afin de ne rien laisser échapper de sa réaction.

Il resta figé, cherchant le sens de ma question.

— Des messages ? Quels messages ?

Immédiatement, j'eus la conviction qu'il n'était pas celui que je recherchais. Il ne mentait pas, ne jouait pas. Pourtant, je continuai.

— Quelqu'un me fait parvenir des messages sur Facebook. Des messages étranges.

Il afficha son étonnement.

— Mais… je ne comprends pas, balbutia-t-il.

— Ce n'est pas toi qui cherches à m'intimider sur Facebook ?

— Non. Je vous le jure… répondit-il, désorienté.

— O.K., je te crois, annonçai-je.

— C'est pour ça que vous vouliez me parler ?

— Oui.

— Mais… quel rapport avec moi ? Avec Mayane ?

— Les derniers propos tenus par cet individu m'alertaient sur les fréquentations de Mayane. J'ai donc cru qu'il s'agissait d'une personne qui souhaitait que je m'intéresse plus à elle, que je la protège.

— Je n'ai rien à voir avec ça…

— O.K. N'en parlons plus alors.

— Mais… pour tout vous dire, ses fréquentations m'inquiètent aussi.

— Moi aussi, avouai-je.

— Les mecs avec qui elle traîne craignent vraiment. La personne qui vous envoie ces messages doit bien vous aimer. Ou, comme moi, se faire du souci pour Mayane.

— Peut-être.

— Mayane était une fille douce, amusante. Mais elle a changé. C'est un peu comme si elle voulait s'inventer une nouvelle personnalité, en finir avec son passé. Et je fais partie de ce passé.

Nous restâmes silencieux un instant durant lequel j'évaluai ma responsabilité.

— Bon, je te remercie, dis-je pour clore la conversation.

Il ouvrit la portière, sortit de la voiture, la contourna pour traverser la rue.

— Justin ! l'appelai-je.

Il se pencha, passa la tête à travers la fenêtre.

— T'es un mec bien, j'en suis persuadé. Cesse de l'importuner et sois patient.

Il m'offrit un sourire triste avant de traverser la rue. Ma première et seule piste tournait court.

Chapitre 19

Denis nous avait conviés Rachel et moi dans un restaurant de Soho. Il était accompagné de Mel, une créature au QI inversement proportionnel à sa beauté. J'avais été enclin à refuser, préférant me reposer, mais il avait promis ce dîner à sa nouvelle conquête, lectrice assidue. Après ses récents reproches, je ne pouvais qu'accepter.

Mel, tout d'abord intimidée et incapable de parler, m'avait ensuite couvert de louanges sous l'œil goguenard de Denis.

— J'adore vos romans. Vous savez si bien décrire les sentiments.

— À défaut de savoir les vivre, rétorquai-je.

Elle fronça les sourcils, tentant de comprendre.

— Vous êtes un grand romantique, n'est-ce pas ? relança-t-elle.

— Non, c'est juste un véritable obsédé sexuel, affirma Denis en riant. Mais comme il n'est pas trop con, il a compris que les femmes préfèrent qu'on leur parle d'amour quand c'est seulement au sexe que l'on pense.

Mel avait affiché un air outragé.

— Comment pouvez-vous le laisser dire des horreurs pareilles ? m'avait-elle demandé tout en adressant un coup d'œil embarrassé à Rachel.

— Denis a raison, trancha Rachel en me lançant un regard perfide. Samuel est incapable d'aimer. C'est parce qu'il idéalise les sentiments amoureux qu'il sait si bien les narrer mais, dans la vraie vie, c'est un autiste.

Mel nous observait, attendant que l'un d'entre nous admette que nous plaisantions.

— Par contre, c'est un formidable amant, glissa Rachel sur le ton de la confidence.

La jolie blonde hocha la tête, désorientée.

Nous en étions au dessert quand Denis, profitant du fait que les deux femmes soient engagées dans une conversation sur leurs activités professionnelles, m'interrogea sur mes investigations.

— Mes informations t'ont-elles été utiles ?

— Oui. Enfin… non.

— C'est-à-dire ? Tu as réussi à choper ce petit con ou pas ?

— Oui. Mais ce n'est pas lui.

— Pas lui qui quoi ? Qui emmerde ta fille ?

— Si. Mais…

Denis leva les yeux au ciel.

— Comment fait ce mec pour écrire des dialogues alors qu'il est incapable de s'exprimer clairement ? s'exclama-t-il, comme s'il s'adressait à un être céleste.

— Je veux dire que c'était les bonnes coordonnées mais que je ne suis pas plus avancé maintenant.

— Tu l'as contacté ?

— Oui. Je l'ai même rencontré.

— Et tu lui as demandé d'arrêter.

— Oui. Toutefois… ce n'est pas à lui que je voulais avoir affaire.

— Il y en a un autre ?

— Oui.

— Elle est aussi canon que ça ta fille pour que tous les jeunes de la ville en proie à des montées d'hormones se mettent à lui pourrir la vie ?

— Non, c'est moi que l'autre harcèle. Enfin, il me harcèle pas... il m'importune.

— De plus en plus clair... marmonna-t-il en soupirant. Tu sais, je te connais suffisamment pour savoir que lorsque tu enchaînes des phrases incohérentes c'est soit parce que tu as bu, soit parce que tu caches quelque chose. Et, tu n'as pour l'instant quasiment rien ingurgité. Alors ?

Il était temps que je lui confie ma mésaventure. J'allais sans doute essuyer ses moqueries et même l'entendre me charrier devant ses amies mais je ne pouvais éviter d'en parler sans risquer de le vexer.

— On sort fumer, annonçai-je aux filles.

— Ah mais tu fumes ? s'exclama Mel en s'adressant à Denis.

— Non, mais ce mec-là ne peut rien faire sans moi. Et sache que lorsque je l'accompagnerai pisser, je ne tolérerai aucune remarque.

Une fois dehors, je lui racontai les événements m'ayant conduit jusqu'à Justin. Il m'écouta, cherchant sans doute le moyen dont il tordrait la réalité pour en extraire des plaisanteries destinées à amuser sa cour. Je me sentis contrarié de voir l'inconnu s'immiscer jusque dans mes moments de détente, devenir un sujet de conversation. Quand j'eus fini, contre toute attente, Denis posa un regard inquiet sur moi.

— Je comprends, finit-il par dire.

— Qu'est-ce que tu comprends ?

— Que tu te fasses du souci.

— Je ne m'en faisais pas mais lorsqu'il a parlé de ma fille... putain, il savait quand même où elle se trouvait ce soir-là !

— Il faut que tu fasses attention à toi, Samuel. Ce pays ne manque pas de psychopathes. Et les gens célèbres ou riches ont une fâcheuse tendance à les attirer. Et toi tu es à la fois célèbre et riche. Souviens-toi que, de l'autre côté de Central Park, John Lennon s'est fait descendre par ce genre de désaxé.

— Merci de me rassurer.

— Tu as deux possibilités : soit l'ignorer, soit essayer de le faire parler.

— Quelle perspicacité ! me moquai-je.

— Je n'ai pas fini. Si c'est un vrai psychopathe, il ne lâchera pas l'affaire et l'ignorer pourrait l'amener à péter les plombs. Et là... ça peut craindre. Mais, *a contrario*, parler avec lui le conduira à penser qu'il est parvenu à entrer dans ta vie, ce qui lui conférera un sentiment de toute-puissance.

— D'où tu sors toutes ces théories ?

— Je suis fan de séries télévisées, répondit-il.

— Tu fais chier, Denis.

— Je plaisante ! En fait, je réfléchis tout haut.

— Que ferais-tu à ma place ?

— Je serai trop curieux pour l'ignorer. Donc je le ferais parler mais sur un mode relationnel neutre, sans lui montrer qu'il m'inquiète ou que j'accorde du crédit à ses propos. Un peu comme tu pourrais parler avec n'importe quel lecteur. Il te confiera peut-être quelques informations le concernant et nous pourrons les exploiter.

— C'est-à-dire ?

— Soit il te lâche, soit il va plus loin encore, t'insulte, te menace... et là il faudra porter plainte. Les flics se méfient de ces fans trop entreprenants. Mais, pour l'instant, il n'a rien fait de répréhensible.

— Oui, tu as raison.

— Surtout, reste calme. Tu es à cran en ce moment et il pourrait facilement t'embarquer dans son histoire.

— Tu trouves que je suis à cran ?

— Non. C'est juste un euphémisme pour dire que tu es carrément en pleine dépression. Mais les feux de la célébrité te font croire que tout va bien.

— Une dépression ? Oui, peut-être.

Nous nous tûmes, peu habitués à oser des confidences trop intimes.

— Allez, viens, rentrons, dit-il en posant une main sur mon épaule. On reparlera de ça une autre fois. Et il faut éviter de laisser deux femmes ensemble trop longtemps. Elles risquent de comparer nos performances et je ne voudrais pas que tu perdes toute la considération que Rachel t'a accordée sur un malentendu.

*

Ne pouvant trouver le sommeil, je me levai sans bruit afin de ne pas réveiller Rachel et me postai devant mon écran. Je me connectai à Facebook et découvris un nouveau message de mon mystérieux correspondant.

— Ai-je menti ?

Je repensai à ma conversation avec Denis et ne répondis pas à ce qui, de toute façon, ne relevait pas de la question mais d'une nouvelle provocation. Il me revenait de diriger l'échange.

— Qui êtes-vous ?

Je m'adressai à lui avec un sentiment confus de fureur et de crainte. Fureur de voir un inconnu s'immiscer dans ma vie de la sorte et trouver le moyen de me manipuler, crainte quant à son pouvoir de nuisance.

Sa page n'affichait toujours aucune information. Avait-il créé ce compte juste pour entrer en relation avec moi ?

Je me servis un verre de whisky et le bus en fixant l'écran. J'en avais éclusé plusieurs quand la réponse arriva.

— Je vous l'ai déjà dit : je suis Samuel Sanderson.

Je n'étais qu'un fou

Je me redressai, l'esprit embrumé, et écrivis rapidement afin qu'il reste connecté.

— Je ne pense pas que vous soyez mon véritable homonyme.
— En effet.

En effet ? Ses propos devenaient incohérents.

— Que me voulez-vous ?
— T'aider.
— M'aider ? C'est-à-dire ? M'aider à quoi ?
— À reprendre le contrôle de ta vie.
— Soyez plus clair !
— Je ne peux être plus clair.
— Je ne comprends pas ce que vous dites. Si votre objectif est de me déstabiliser, vous n'y parviendrez pas. Alors, qui êtes-vous ?
— J'ai déjà répondu.
— Vous avez répondu être Samuel Sanderson puis avez avoué ne pas être un homonyme !
— C'est vrai.

Je fulminais. À quoi jouait-il ? Je décidai de laisser tomber ce sujet pour l'instant afin de l'interroger sur ce qui me préoccupait.

— Comment saviez-vous que ma fille était dans ce parc ?
— Je sais tant de choses te concernant.

Cet enfoiré se foutait de ma gueule ! Je me mis à l'insulter à haute voix puis repris.

— Sachez que je ne suis pas joueur. Je vais donc supprimer votre compte de mon profil et vous en interdire l'accès.

— Tu peux en effet le faire. Je sais pourtant que tu n'en as pas vraiment envie.
— Ah bon ? Et pourquoi n'en aurais-je pas envie ?
— Parce que tu as besoin de moi !

Sa réponse m'arracha un sourire.

— Besoin de vous ?
— Tu as besoin des informations que je possède.
— Quelles informations possédez-vous qui pourraient m'intéresser ?
— Des informations... sur ton avenir !

Voilà, nous y étions ! Mes romans traitant de mysticisme, j'avais déjà eu affaire à ce genre d'illuminés. Sans doute voulait-il lui aussi me rallier à sa cause pour sauver le monde ou transmettre la parole de Dieu ou de je ne sais quelles forces divines ou diaboliques.

— Je vois... Vous lisez dans les astres ? Vous êtes en relation avec une puissance occulte ? Vous avez hérité d'un don ?
— Non. Rien de tout ça.
— Alors ?
— Alors... J'aurais préféré retarder un peu cet instant mais... peut-être est-il temps de te dire la vérité.
— Je vous en prie.

Il laissa passer quelques secondes puis je vis s'inscrire la plus hallucinante des réponses.

— Je suis toi... dans vingt ans.

Chapitre 20

Attendant son T-Bone steak, Nathan s'était lancé dans le récit de ses aventures culinaires lors d'un récent voyage en Argentine. Tandis qu'il m'expliquait avec passion que la viande était si tendre qu'il était possible de la couper à l'aide d'une cuillère et détaillait la manière dont les Argentins préparaient des barbecues géants auxquels ils conviaient famille et amis, j'envisageais le peu d'indices dont je disposais pour démasquer l'imposteur. Je me connectai rapidement à Facebook sur mon iPhone afin de vérifier s'il avait laissé d'autres messages.

— Bon, je vois que ce que je te raconte ne t'intéresse pas, maugréa-t-il.

Nathan doutait suffisamment de ma santé mentale pour que je lui confie une telle histoire. Mais, ne pouvant lui mentir, je la transformai en anecdote insignifiante.

— Non, ce n'est pas ça. Juste un lecteur un peu bizarre.
— C'est-à-dire ?
— Il m'envoie des messages délirants. Mais rien de grave.
— Comment s'adresse-t-il à toi ? questionna-t-il, malicieux.

Je regrettai aussitôt m'être confié. J'allais avoir droit à un nouveau sermon.

— Facebook, n'est-ce pas ?

— En effet. Mais, de grâce, épargne-moi ton chapitre sur le sujet.

Il ignora ma requête.

— Tu sais que je suis contre ta présence sur Facebook, Twitter et toutes ces conneries. Tu me donnes l'impression d'être de moins en moins ancré dans la réalité, Samuel.

— Je sais ce que tu vas dire...

Et ensemble, nous récitâmes la formule dont il était si fier : « Avec les réseaux sociaux, tu prends le risque de devenir un homme virtuel au lieu d'être virtuellement un homme. »

— Plus sérieusement, continua-t-il, ces trucs-là c'est bien pour les auteurs en quête de public. Ça t'a aidé dans tes débuts mais tu n'en as plus besoin. Tes fans se chargent de faire ta promo sur Internet et ailleurs.

— Ce n'est pas une question de promo, objectai-je. J'aime le contact avec mes lecteurs. J'apprécie de connaître leur avis sur mes romans et...

— Ne me raconte pas de bêtises ! Tu es sur Facebook pour satisfaire ton ego et, accessoirement, baiser tes lectrices !

— C'est faux. Enfin... ce n'est pas tout à fait vrai, modulai-je. Ça satisfait sans doute mon ego et... oui, j'ai fait quelques rencontres, mais ce n'est pas l'essentiel. J'ai besoin de sentir que j'écris pour des êtres vivants et non pour une cible marketing. J'aime savoir si mes romans leur font du bien et comprendre pourquoi et comment ! Et je trouve normal de leur répondre pour les remercier de m'avoir fait une place dans leur vie.

Il balaya mes arguments d'un geste de la main.

— Mais écrire c'est déjà donner, se donner aux lecteurs ! Il faut que tu saisisses l'enjeu : c'est l'accessibilité qui a tué le star-system ! Avant, une personnalité du show-biz était intouchable. Elle vivait dans un monde à part, une dimension parallèle et cela faisait rêver les gens. Quand j'étais petit j'adulais certaines vedettes. Je regardais leurs rares photos avec dévotion et imaginais leur vie. C'étaient des stars ! Des étoiles brillant dans l'immensité du ciel, des demi-dieux, et moi j'étais là, épris d'amour, la tête levée et je rêvais. Avec le développement des médias et l'arrivée d'Internet on a commencé à en raconter plus, à en montrer plus. Puis la vie des vedettes est devenue un show permanent. On sait comment elles vivent, avec qui elles couchent, ce qu'elles mangent... Fini le mystère ! Elles sont devenues des personnes banales qui rient, pleurent, baisent et chient ! Non mais tu te rends compte ! Les stars vont aux toilettes comme toi et moi ! Et ce nivellement par le bas a conduit à ériger au rang de vedettes de parfaits inconnus, incapables de faire quoi que ce soit de leur vie ni même de prononcer une seule phrase sans faire de fautes. Maintenant, n'importe quel gamin pense qu'il mérite de faire partie du show-biz, de passer à la télé, de voir sa tronche dans les journaux et ne respecte pas les vrais artistes, ceux qui sont arrivés au faîte de la notoriété à force de talent et de travail. Et ça... c'est aussi à cause de personnes comme toi !

— Ben voyons !

— Eh oui ! Monsieur parle avec ses lectrices, les rencontre, leur montre les photos de ses vacances. Comment t'étonner ensuite que certains débloquent et pensent que tu leur appartiens, que tu es à leur service ? Tu deviens juste le pote d'à côté, le mec qui sait raconter des histoires, mais qui n'a rien d'exceptionnel pour autant. Est-ce que McCauley expose sa vie sur les réseaux sociaux ? Non ! Et pourquoi selon toi ?

— Parce qu'il est extrêmement coincé ! répliquai-je vexé.

— Non ! Parce qu'il a tout compris. Il sait que ce genre d'occupation est chronophage et tient à continuer à satisfaire ses lecteurs en leur proposant un roman chaque année !

— McCauley déprime, tu le sais. Il n'en peut plus d'écrire à ce rythme-là et d'assurer des promos infernales.

— Oui, bon, peut-être. Toujours est-il qu'il a su imposer une distance qui le rend mystérieux et le nimbe d'une véritable aura.

— Selon moi ce n'est pas volontaire. C'est un introverti, un ancien bègue, un handicapé social. Il a appris à composer avec les médias mais se sent mal à l'aise dès qu'il s'agit d'échanger des propos avec ses contemporains.

— Et crois-tu que ce nouveau mode de communication soit le signe d'une bonne santé mentale ? Est-il normal que la plupart des gens racontent leur vie dans les moindres détails, exposent leurs photos personnelles et expriment leurs petites opinions sans retenue ni pudeur ? Réseaux sociaux ? C'est censé créer de la sociabilité mais ça ne produit que de la folie. Réseaux sociopathes plutôt !

Mes dernières aventures lui donnaient raison, aussi j'évitai de prolonger la polémique. Mon silence lui accorda la victoire et il consentit à changer de propos tout en replongeant dans son assiette.

— Alors, ton prochain sujet ? Tu as écrit le synopsis ?

— Non, toujours pas. J'ai des idées mais aucune n'est suffisamment motivante pour être présentée à mon éditeur.

— Pas bien ça, murmura-t-il en stoppant sa mastication. Jerry Snooker attend que tu lui proposes une nouvelle idée pour rédiger ton contrat. Et s'il ne l'a pas sous peu, il risque de restreindre ta campagne de promo. Il craindra d'investir trop d'argent pour ensuite te voir partir chez un concurrent.

— Je le sais. Je vais trouver, ne t'inquiète pas.

— Trop tard, je m'inquiète déjà Samuel. D'où vient ton blocage ? De ce que tu m'as confié à propos de ton sentiment d'écrire toujours le même roman ?

— En partie. De mon état de fatigue et de stress également. De ma vie qui n'a aucun sens aussi...

Il soupira en jetant un coup d'œil sur son assiette, hésitant à céder à son désir de terminer son repas ou de polémiquer. Mais je représentais une part importante de son chiffre d'affaires et mon évolution à court ou moyen terme menaçait son bien-être et, partant, toutes les bonnes tables qu'il pourrait encore s'offrir.

— Écoute, Samuel… dit-il sur un ton sentencieux. Prends conscience de la chance que tu as d'être publié et lu. Souviens-toi de ta joie quand ton premier roman a été accepté par une maison d'édition. Tu étais prêt à tous les sacrifices n'est-ce pas ? Tu aurais même admis ne pas être rémunéré juste pour le plaisir de voir ton manuscrit prendre la forme d'un livre posé sur l'étagère la moins exposée de la plus petite librairie du pays.

— C'est vrai mais…

— Je n'ai pas fini ! Demain tu as rendez-vous avec ton éditeur. Ne laisse rien paraître de tes doutes. L'enjeu est trop gros pour qu'il accepte tes états d'âme et mette en doute ta capacité à livrer un nouveau best-seller. Nous essayerons par la suite de trouver des solutions pour que tu puisses te reposer et, éventuellement, écrire un autre roman sous un nom d'emprunt. D'accord ?

J'acquiesçai. Continuer à palabrer ne servait à rien pour l'heure. Satisfait, Nathan entreprit de terminer consciencieusement son plat.

Chapitre 21

Ma maison d'édition était située dans le quartier de Financial District à l'angle de Murray Street et de Broadway Avenue. M. Éditions occupait les quatre derniers étages d'un building semblable à ceux dans lesquels les génies de la finance élaborent des stratégies de conquêtes du monde. Les *yellow cabs*, ces taxis new-yorkais jaunes devenus quasiment mythiques grâce à la production cinématographique, ne cessaient d'aller et venir, de déposer ou charger des hommes et femmes pressés de se rendre à leurs rendez-vous.

Lors de ma première visite, au pied de l'immeuble, les yeux levés vers son sommet, j'avais été pris d'un sentiment de puissance que j'avais aussitôt disqualifié tant il m'était apparu puéril.

Je pris l'ascenseur et arrivai à l'accueil, une pièce si vaste que l'on aurait pu y créer une vingtaine de bureaux ou deux confortables appartements. Mobilier aux lignes épurées et austères, éclairage étudié diffusé par de luxueux lampadaires, tableaux contemporains : tout ici semblait avoir été dessiné par de talentueux et anémiques designers.

Deux des murs de la pièce étaient transformés en *Hall of fame* sur lesquels les couvertures des romans ayant fait la fortune de l'entreprise étaient exposées. Les miennes étaient organisées autour d'un portrait sur lequel je paraissais dix ans de moins, compétence distinctive du photographe dont la maîtrise de Photoshop et celle de la lumière avaient fait la renommée.

L'hôtesse d'accueil, une jolie petite blonde qui tentait d'exprimer sa féminité malgré l'austérité du tailleur réglementaire, m'identifia tout de suite et m'offrit son plus beau sourire.

— Oh, bonjour monsieur Sanderson, quel plaisir de vous voir, minauda-t-elle en redressant le torse.

Je saisis l'occasion de me conformer à mon rôle de séducteur, m'approchai du comptoir, me penchai sur l'hôtesse.

— Un vrai plaisir ? murmurai-je, d'une voix enjôleuse.

— Heu... oui, bien sûr... balbutia-t-elle, quelque peu désarçonnée.

— Vous savez, il y a des phrases que l'on dit comme ça, sans y penser, parce qu'elles font partie des formules convenues... Vous êtes d'accord, n'est-ce pas ?

— Oui... enfin... oui, c'est vrai... répliqua-t-elle, soudain inquiète.

— Et, en cela, nous avons une grave responsabilité.

— Ah ?

— Oui, nous dénaturons les mots, nous les vidons de leur sens, nous trahissons la langue.

Elle chercha alentour une aide, une occasion de réinvestir son rôle d'hôtesse, n'en trouva pas.

— Alors quand vous dites que c'est un plaisir de me voir... est-ce vraiment ce que vous souhaitez exprimer ?

— Je... ne... comprends pas.

— Est-ce qu'en me voyant apparaître vous avez réellement ressenti du plaisir ?

— Oui, bien sûr.

— Très bien. Alors, je veux saisir... Quel type de plaisir était-ce ?

— Je... ne... sais pas.

— Ne vous mettez pas dans cet état-là, j'essaie juste de qualifier ce plaisir. Était-ce un plaisir comparable à celui que l'on éprouve quand un beau soleil perce la masse sombre des nuages durant un printemps qui tarde à se révéler ? Ou celui qui nous emporte quand, après une heure d'attente au restaurant, le serveur nous apporte enfin une assiette appétissante ? Ou un plaisir proche du désir qui nous submerge quand une personne que l'on trouve sexy nous aborde ?

— Heu... ben...

Elle paniqua et ses yeux partirent fouiller les espaces vacants de son esprit. Puis elle saisit une idée, se rengorgea et fronça les sourcils.

— Vous me draguez, là, ou vous vous moquez de moi ? demanda-t-elle, incrédule.

Un rire éclata derrière nous. Je me retournai. Jerry Snooker était là, hilare. C'était pour lui donner le change que j'avais orchestré ce piètre numéro de séducteur.

Il me saisit, m'embrassa.

— Comment va mon auteur préféré ?

— Vous voyez, dis-je à l'hôtesse... encore une expression galvaudée. Il appelle ainsi tous ses auteurs.

— Ce n'est pas vrai et tu le sais, se défendit-il.

Pas très grand, toujours habillé avec soin, une légère barbe dans laquelle pointaient des poils blancs dénonçant la cinquantaine approchante, Jerry était l'un des éditeurs les plus puissants et les plus discrets de la place. Il m'entraîna à sa suite.

— Tu m'as l'air en forme ! Toujours en train de flirter. Tes lectrices ne te suffisent plus ?

— La situation est grave, confiai-je. Je suis devenu un maniaque sexuel. Je ne peux plus voir une jolie fille sans avoir de pensées coupables.

— C'est le signe d'une grande vitalité, déclara-t-il en s'esclaffant.

Nous nous retrouvâmes dans son bureau. Je me dirigeai vers son bar et me servis un verre de Southern Comfort.

— Je suis content de te voir, déclara-t-il, en refusant d'un geste de la main que je le serve aussi.

J'aurais pu le soumettre au même questionnaire que l'hôtesse afin de savoir si ce qu'il disait était vrai ou purement formel. Mais je savais pertinemment que sa joie était liée à ce que je représentais pour lui plus qu'à ce que j'étais vraiment. C'était le jeu dans cet univers qui avait troqué ses atouts culturels contre des arguments commerciaux au rythme lent et corrosif des assauts du monde économique et médiatique. Chacun n'existait plus qu'en regard de son potentiel de gains. L'époque des éditeurs passionnés par les livres, la langue, la création était révolue. Des businessmen issus des meilleures universités du pays occupaient tous les postes clés, laissant aux véritables lettrés des rôles subalternes comme l'aide éditoriale ou la correction des manuscrits.

Je trempai mes lèvres dans le liquide capiteux et sucré. Les arômes de fruits, de caramel, de bourbon et d'épices envahirent mon palais et je me détendis.

— Alors, où en es-tu ?

— Je m'apprête à entamer le marathon promotionnel que mon agent et toi m'avez concocté.

— Oui, tu as de beaux rendez-vous. Notamment l'émission de Jack Lerman.

— En effet.

— Mais je parlais plutôt de ton prochain roman.

— J'y travaille.

— Tu as une idée à me soumettre ?

— Non. Pas encore.

Il fronça les sourcils.

— Tu n'as pas d'idées ?

— J'en ai trop, au contraire, mentis-je.

Un sourire traversa sa barbe.

— Comme d'habitude ! s'exclama-t-il.

Révélations

Il est vrai que jusque-là j'avais été prolixe en la matière.

— Tu veux m'en dire deux mots ? hasarda-t-il.

— Non, c'est encore trop tôt. J'avance sur chacune d'entre elles. Une finira par s'imposer.

— Tu sais que tu es incroyable ? J'ai tous les jours des auteurs qui se plaignent au téléphone d'être en manque d'inspiration. Et toi, ton problème est d'en avoir trop !

Je fus tenté de lui rétorquer qu'il s'agissait sans doute de véritables auteurs et non de pisse-copie comme moi, répétant toujours les mêmes recettes, mais n'en fis rien.

— Vraiment, j'admire ta créativité. Cependant, il va falloir que tu me remettes assez vite un synopsis. Je vais devoir défendre les exigences colossales de ton agent et il me faudra des arguments.

— Ne me raconte pas de conneries, Jerry. Ça, c'était vrai au début. Maintenant ils seraient prêts à signer n'importe quelle proposition sur ta simple garantie.

Il éclata de rire.

— Tu as raison. Alors, disons que c'est plutôt pour me rassurer. Connaître le sujet de ton roman, être convaincu que l'idée est brillante ; te faire signer un contrat me permet de mieux dormir.

— Je t'enverrai quelques lignes prochainement.

Il m'observa de ses yeux bleus et malicieux.

— Tu as l'air fatigué, Samuel.

— J'ai juste... un peu fait la fête hier.

Je me resservis un verre.

— Je sais que ça ne me regarde pas... Enfin, un peu quand même... mais tu devrais ralentir l'alcool.

— Tu trouves que je bois trop ?

— S'il ne s'agissait que de moi... Dans le milieu on commence à entendre des choses à ce sujet, annonça-t-il, craintif.

— Ah ? Comme ?

— On dit que tu passes la plupart de tes soirées en boîte, que tu es souvent ivre...

— Le milieu ne se trompe pas. Je m'amuse.

— Je le sais. Mais il faut tout de même que tu te surveilles un peu. On parle aussi de ton altercation avec ce journaliste... Les réputations se font et se défont vite.

— Ne t'inquiète pas, je gère.

Nous parlâmes du plan de promotion puis des autres auteurs de la maison, de la concurrence et il me raccompagna à la sortie.

Je traversai le hall d'accueil quand une voix m'interpella.

— Monsieur Sanderson !

D'un petit battement de cils, l'hôtesse m'invita à s'approcher d'elle.

— La troisième proposition, me murmura-t-elle.

— Pardon ? m'étonnai-je.

— Vous avez cité trois propositions pour qualifier le plaisir de vous voir. C'était... plus proche de la troisième.

Je ne me souvenais plus de ce que j'avais précisément dit mais son air mutin me mit sur la voie avant qu'elle ne me tende une carte de visite.

— J'ai inscrit le numéro de mon portable au dos, susurra-t-elle.

Je souris et posai des yeux avides et tendres sur elle. J'aimais la propension de certaines femmes à aller droit au but, à ne pas se soumettre à cette hypocrite danse de la séduction qui n'avait pour objectif que de masquer la véritable et crue finalité de longues heures passées à parler de tout et plus souvent de rien.

Cette danse de la séduction qui constituait pourtant la trame de mes romans.

Chapitre 22

Ce soir-là, j'avais passé le temps à siroter les fonds de bouteilles de mon bar, allongé devant un de mes films cultes. Rachel était en déplacement professionnel et j'avais renoncé à m'échiner à trouver un sujet. L'alcool altérant ma lucidité, je n'étais pas parvenu à apprécier l'histoire, les images et le jeu des comédiens. Je me sentais seul, désemparé, perdu au cœur d'une nuit inhospitalière. En désespoir de cause, je me rendis sur Facebook pour tenter d'identifier une proie facile, persuadé qu'une présence féminine était la seule solution à ma déréliction. Mais il était tard et aucune de mes victimes potentielles n'était disponible.

Je décidai d'éteindre l'ordinateur et d'aller lutter contre le sommeil pour le forcer à m'accepter.

C'est à ce moment-là que mon mystérieux homonyme réapparut.

Tu refuses cette vérité n'est-ce pas ?

Je ne répondis pas, attendant qu'il en dise plus. Et d'autres phrases apparurent, s'enchaînant à un rythme soutenu.

Je le comprends. Accepter l'idée que je suis toi, que je t'écris du futur est difficile.

> Pourtant, tu l'accepterais s'il s'agissait d'en faire la trame d'un roman.
>
> Ne construis-tu pas tes intrigues sur des fondements surnaturels ?

Je lisais sans me manifester, afin de lui faire croire que je n'étais pas devant mon ordinateur. Mais il continua, comme s'il savait que j'étais là, attentif.

> Ne dis-tu pas dans tes romans qu'il ne faut pas être stupidement rationnel et rester ouvert à toutes les hypothèses ? Celles que proposent la mystique ou même les sciences physiques quand elles imaginent de nouvelles théories par exemple.
>
> Mais là, cela te gêne. Parce que si c'était vrai, tu prendrais le risque de te retrouver confronté à toi-même, à tes mensonges.

Que savait cet homme de ce que je pensais ? Rien. Avec l'habileté des astrologues, il énonçait des vérités capables de s'adresser à n'importe quelle personne susceptible de s'interroger sur son existence.

> Sais-tu que selon certains physiciens le temps n'existe pas ? Oui, tu le sais. Je connais tes lectures. Ce sont aussi les miennes.
> Alors pourquoi serait-il impossible que je communique avec toi à partir du futur ?

Je souris devant l'argument. Il utilisait les ressorts dont j'usais dans mes romans.

> Il va falloir te convaincre de cette vérité afin que tu agisses dans le sens que j'espère.

Et je te convaincrai.

Il en resta là, se déconnecta, n'attendant pas de réponse.

Je relus son monologue en essayant de m'en amuser, pour mieux relativiser ces propos qui, en vérité, me touchaient.

Contre l'avis de Denis, je pris alors la décision de couper court avec l'inconnu. Continuer à entretenir cette relation ne menait nulle part. Des questions restaient en suspens mais j'avais la conviction qu'il ne se révélerait pas, se cantonnerait au rôle de personnage énigmatique, à l'abri derrière son écran.

Je supprimai son profil et le bloquai, l'empêchant ainsi d'entrer de nouveau en contact avec moi. Il rejoignit ainsi la liste des lectrices et lecteurs qui avaient outrepassé les limites de la bienséance des relations virtuelles, barrière qui fluctuait au gré de mon humeur : les agressifs, les racistes, les possessifs, les grossiers, les invasifs, les profiteurs et les mythomanes.

On pense parfois qu'il suffit d'ignorer certaines vérités, de rayer des êtres pour qu'ils n'existent plus. Ces réactions intempestives sont seulement destinées à nous soulager sur l'instant. Nos problèmes demeurent là, derrière le rideau tiré, presque plus menaçants que lorsqu'ils étaient apparents.

Chapitre 23

J'avais passé une nuit agitée, hantée de cauchemars dont j'étais incapable de me souvenir.

Buvant un café, j'évaluai ma capacité à avancer encore, à affronter des journées dénuées de sens, à jouer mon rôle de romancier à succès…

J'avais envie d'air, d'espace, de soleil, de mer. Je ressentais le besoin de reprendre possession de mon esprit et de mon corps, de me laver de mes idées sombres, de mes addictions, de dormir des nuits entières, de faire du sport, de sentir mes muscles palpiter à nouveau sous ma peau.

Je me résolus à prendre quelques jours de vacances. J'appelais Nathan pour le lui annoncer et lui demander de réaménager mon emploi du temps.

— C'est une excellente idée. Ne t'inquiète pas, je m'occupe de tout. Tu pars où ?

— Je ne sais pas encore.

— Avec Rachel ?

La question m'embarrassa. À aucun moment je n'avais pensé à elle.

— Non. J'ai envie de me retrouver seul.

— Seul avec toi-même ou seul avec une lectrice ?

— Fais pas chier Nathan.

— Que vas-tu raconter à celle qui fait office de compagne attitrée ?
— La vérité… ou presque.
— C'est-à-dire ?
— Que je pars me ressourcer.
— Ça, c'est la vérité. Le « presque » ?
— Je vais devoir lui dire que je prends un peu le large pour poser les bases de mon nouveau roman, avant que la campagne de promo ne m'accapare.
— Tu ne vas donc pas écrire ?
— Non. Je me coupe de tout. Ne pas penser à l'écriture me fera du bien. Et j'espère au retour renouer avec ma créativité.
— Pas de connexion Internet ?
— Non. Sevrage total : pas d'Internet, pas d'alcool, pas de sexe.
— Je doute que tu puisses tenir, plaisanta-t-il.

Je me connectai afin de trouver une destination. Les possibilités ne manquaient pas. Je voulais du changement, des couleurs, la mer, de belles plages, entendre parler une autre langue, ne rien comprendre, me satisfaire des sourires des autochtones, voir les regards glisser sur moi sans craindre d'être reconnu. Quitter le continent américain. Aller en Europe. Le voyage serait plus long mais j'avais ainsi la certitude de me sentir dépaysé. L'Italie m'attirait. Cependant, je m'y étais rendu plusieurs fois avec Dana et ne souhaitais pas marcher sur les traces du passé. Au large des côtes italiennes, une île attira mon regard : la Sardaigne. Je n'en avais jamais entendu parler et ce que je lus finit de me convaincre.

Chapitre 24

Arrivé à l'aéroport de Cagliari, je pris un taxi pour me rendre à l'hôtel. Voyager seul, ne pas être attendu, n'avoir aucune obligation, me procurait l'excitation d'un lycéen partant pour la première fois en vacances sans ses parents.

L'hôtel était situé près du Quartu-Sant'Elena, à l'extérieur de Cagliari. Je l'avais choisi pour sa proximité avec la fameuse plage de Poetto.

Ma chambre offrait une vue magnifique sur une mer aux reflets verts, à la surface de laquelle un soleil bienveillant laissait traîner ses ondes lumineuses. Je m'assis sur la terrasse, fermai les yeux, sentis la chaleur caresser ma peau et l'air marin emplir mes poumons. Une exquise langueur m'envahit jusqu'à m'étourdir.

Serais-je capable de me retrouver, ici ? De trier toutes les idées et émotions qui sans cesse tournoyaient dans le gouffre de mon esprit pour, enfin, comprendre qui j'étais devenu et comment ? Trouver un nouveau chemin ?

La douceur du vent vint alanguir mes muscles et engourdir mon esprit ; je m'endormis.

*

Je n'étais qu'un fou

Je me réveillai en début de soirée et mis quelques secondes à réaliser où j'étais. Puis, détendu, j'allai prendre une douche, m'habillai et me rendis au restaurant de l'hôtel. Peu de clients étaient présents et la quasi-totalité d'entre eux étaient italiens. À une table, près de la terrasse, je savourai les plats locaux, les fromages sardes, accompagnés de *foccacia* et de *pane carasau*, galette de pain croustillante également surnommée « papier à musique » m'expliqua un serveur satisfait de me voir apprécier les produits du pays. Il fut en revanche déçu que je refuse de goûter le Cannonau, vin rouge de l'est de l'île dont il me vanta les qualités. Mais j'étais résolu à ne pas boire d'alcool. Un premier verre en entraînerait un autre puis je me laisserais glisser vers le réconfort de l'ivresse et finirais par lâcher les rives de la lucidité pour un bien-être artificiel. Depuis combien de temps n'avais-je pas dîné seul au restaurant ? Depuis combien de temps n'avais-je pas cherché, avec crainte ou orgueil, dans les regards de ceux qui m'entouraient, l'empreinte de ma notoriété ? Depuis combien de temps n'avais-je pas pu être un client dînant tranquillement ?

En sortant de l'hôtel, je hélai un taxi pour rejoindre le centre de Cagliari. Je découvris une ville animée, pleine d'une jeunesse joyeuse occupant les places, les rues et les terrasses. Je me laissai guider par les mouvements de la foule et arrivai sur la piazza Yenne. Je m'installai à la table d'un des bars les plus fréquentés. De très jolies femmes passèrent, habillées avec soin dans des tenues à la mode et souvent très sexy. Aucune ne me regarda et je méditai sur ce pouvoir de séduction qui, dans mon pays, devait sans doute tout à ma célébrité. Mais cela ne me perturba pas pour autant. Je me sentais bien, en paix avec moi-même, acteur impersonnel à l'écoute des battements de cœur de la cité.

Chapitre 25

Voilà cinq jours que je me complaisais dans ce rôle de touriste. Cinq journées qui s'étaient diluées dans l'indolence d'heures passées à me détendre, me ressourcer et faire du sport.

Rachel m'avait appelé plusieurs fois. Elle s'étonnait de me savoir seul, de m'entendre lui parler de la beauté des paysages, de la quiétude de mon séjour. Je lui fis croire que j'avais avancé dans l'élaboration du plan de mon prochain roman. En fait, je n'y avais pas pensé une minute. Je me sentais loin et détaché de toutes mes préoccupations habituelles. Comme les soirs précédents, je me rendis à la plage de Poetto pour courir. J'étais un piètre sportif et mon état physique, à cause de mon hygiène de vie, s'avérait déplorable. Le premier soir, j'avais à peine couru dix minutes avant de m'effondrer sur un banc, certain que mon cœur allait lâcher. Le deuxième, j'avais réussi à trouver un rythme qui m'avait conduit à tenir cinq minutes de plus. Et j'avais ainsi, chaque jour, amélioré mes faibles performances. Les douleurs musculaires que je ressentais, plutôt que de m'en dissuader, me donnaient l'impression de réinvestir mon corps.

À l'instar de la célèbre Venice Beach, Poetto est appréciée pour ses allées piétonnes qui longent les huit kilomètres de bord de mer et grouillent de jeunes, moins jeunes, dynamiques vieillards, hommes, femmes, sportifs occasionnels ou assidus, certains exhibant leur physique parfait, d'autres masquant leurs rondeurs derrière des tenues amples, tous marchant ou courant, seuls ou en groupe.

Heureux de participer à cette frénésie sportive, écrasant mon anxiété sous chacun de mes pas, j'allongeai mes jambes et partis à l'assaut de mes limites physiques.

*

Le soleil commençait à décliner sur Cagliari, offrant aux sportifs des nuances d'orange d'une beauté stupéfiante et leur accordant le répit d'une fraîcheur méritée. Après trente-cinq minutes de course, satisfait d'avoir battu mon record mais pestant contre mon incapacité à allonger des foulées aussi belles et puissantes que la plupart des sportifs chevronnés, je m'effondrai sur un banc. Une jeune femme s'arrêta près de moi, essoufflée. Elle posa sur ma silhouette fourbue un regard amusé et m'interpella en italien. D'une mimique navrée je lui fis part de ma méconnaissance de sa langue et elle enchaîna dans un anglais parfait, mâtiné d'un accent chantant.

— Vous ne devriez pas laisser vos muscles refroidir sans avoir fait quelques étirements.

— Vous avez raison. Mais je suis tellement épuisé…

— Allez, levez-vous ! ordonna-t-elle en riant.

J'obéis et fis quelques mouvements tout en l'observant. Elle devait avoir vingt-quatre ans, peut-être moins. Ses longs cheveux bruns étaient ramassés en queue-de-cheval mais des mèches tombaient sur son front et ses yeux verts. Elle avait un corps parfait, athlétique et fin, mis en valeur par un legging noir dont trois bandes blanches soulignaient le galbe de ses jambes.

Elle ne cessait de me sourire d'une manière complice, comme si, à travers l'effort accompli, nous partagions une expérience commune. Puis elle s'approcha de moi et corrigea la position de mon dos.

— Arrondissez votre dos où vous allez vous faire mal, dit-elle en posant ses mains sur mes lombaires.

Je fus embarrassé qu'elle touche mon tee-shirt trempé de sueur. Je devais avoir l'air d'un coureur amateur avec mon short informe et mon tee-shirt à l'effigie de Bob Marley.

— Merci, répondis-je.
— Vous êtes anglais ?
— Non, américain.
— L'Amérique ! répéta-t-elle avec enthousiasme.
— Vous y êtes allée ?
— Non, pas encore.

Je me surpris à vouloir lui plaire et tentai de me raisonner. Certes, elle était follement séduisante, mais elle était trop jeune et, en outre, je n'étais pas là pour enrichir mon tableau de chasse.

Je sentis qu'elle attendait que j'alimente la conversation mais me décidai à en rester à mon programme initial.

— Merci pour vos conseils. Je suis vanné. Je vais rentrer.

Elle parut étonnée de me voir prendre congé, fit une petite moue pour exprimer sa déception.

— Mince… je ne te plais pas ! dit-elle en éclatant de rire.
— Pardon ? m'exclamai-je, amusé par tant de spontanéité.
— Un Italien m'aurait déjà rencardée depuis longtemps. Mais toi…
— Non, ce n'est pas ça mais…
— Mais tu es marié.
— Non plus. C'est juste que… Je suis venu me reposer et…
— En courant jusqu'à perdre haleine, plaisanta-t-elle. Allez, restons-en là. Ne cherche pas d'excuse. C'est le lot des femmes comme moi de plaire à ceux qui ne me plaisent pas et de laisser indifférents ceux que je trouve charmants.

Sa repartie m'amusa et, je dois le reconnaître, me flatta. Savoir qu'une si jolie jeune femme puisse s'intéresser à l'homme que j'étais et non à l'auteur, après plusieurs jours passés à me croire transparent, me fit du bien.

— Attends... Je suis stupide, allons prendre un verre, proposai-je.

— Ah non, pas de compassion ! ironisa-t-elle.

— Si j'éprouve de la compassion, c'est pour l'imbécile que je suis.

— Carla, annonça-t-elle en tendant la main.

— Samuel, répondis-je en la serrant.

Je lui indiquai un des nombreux bars longeant la plage. Nous nous installâmes et commandâmes deux bouteilles d'eau. Elle prit la sienne et la but au goulot. Je vis la sueur perler sur son cou, rouler entre ses seins et j'éprouvai soudain un vif et irrépressible désir de lui plaire, de la posséder.

— Tu es d'ici ?

— Non, je suis milanaise. Je travaille pour une société de relations publiques qui m'envoie un peu partout en Italie effectuer de courtes missions.

— Depuis longtemps ? demandai-je afin de lui donner un âge.

— Deux ans.

— Tu es entrée dans cette entreprise après tes études ?

— Après mon master de tourisme. Et j'ai vingt-cinq ans, déclara-t-elle en riant.

Devant mon air circonspect elle continua.

— Je sais que je fais plus jeune que mon âge et les premières questions que l'on me pose sont souvent destinées à éclaircir ce point.

— Désolé, marmonnai-je, confus d'être démasqué.

— Il n'y a pas de mal.

— Et tu es sportive, enchaînai-je.

— Oui. Enfin... je l'étais. Mais je me suis mise à fumer. Alors, pour déculpabiliser je cours le soir ou le matin, quand mon emploi du temps le permet. Et toi que fais-tu aux States ?

— Je... travaille dans une maison d'édition. Je m'occupe de marketing.

J'étais si proche de la réalité.

— Ça doit être intéressant...

— Je suis venu en Sardaigne me reposer quelques jours seulement.

Elle me raconta alors l'histoire de l'île. Je l'écoutai avec intérêt et me sentis de plus en plus séduit par sa personnalité franche et enjouée. Puis vint le moment de nous séparer.

— Tu repars quand ? demanda-t-elle.

— Dans deux jours.

— Dans deux jours ? Pas de temps à perdre donc. On se voit ce soir ?

Sa détermination me plut. Elle paraissait jeune, en effet, mais tellement mature et décidée que j'en oubliais la différence d'âge.

— Avec plaisir, répondis-je, balayant mes résolutions.

Je lui proposai de nous retrouver dans la soirée pour dîner.

— O.K., je choisis le lieu. La meilleure pizzeria de la ville ! Tenue correcte exigée.

*

Elle m'attendait à l'angle du corso Vittorio-Emmanuele et de la via Sassari. À mon grand étonnement, elle était en jean et baskets.

Elle éclata de rire en me voyant en pantalon et chemise.

— Tu m'as donc crue ? Je plaisantais ! Je suis désolée, j'ai un humour un peu foireux. Mais ne t'inquiète pas, tu es très beau comme ça.

Nous remontâmes le cours pour arriver devant la pizzeria Federico Nansen. Il ne s'agissait pas d'un restaurant à proprement parler mais plutôt d'une sorte de sandwicherie dans laquelle étaient disposées quelques tables hautes.

— Pour le reste, tu verras, je t'ai dit la vérité.

Devant un étalage coloré de pizzas elle fit pour nous un choix rapide de parts que le patron disposa de manière savante et appétissante sur un grand plat.

— Alors, qu'en penses-tu ? demanda-t-elle quand j'eus goûté.

— Absolument délicieuses, répondis-je.

Nous marchâmes à travers les rues de la ville et remontâmes jusqu'à la Torre Di San Pancrazio pour admirer le panorama. Nos conversations s'enflammaient sur le ton de l'humour et nos rires accompagnaient nos pas lents de touristes persuadés que le temps n'avait plus de prise sur eux, que la nuit leur appartenait. Comme s'il nous fallait mettre suffisamment de mots entre nous pour oser ensuite nous abandonner sans pudeur. Puis, quand il fut évident que nous étions parvenus au terme de la soirée, elle se plaça face à moi et posa ses mains sur mes épaules.

— C'est normalement le moment où tu me proposes de te suivre à ton hôtel. Mais tu te dis : « Elle est trop jeune pour moi et je ne suis pas venu ici pour séduire des gamines. »

— Tu lis si bien en moi ?

— Suffisamment bien pour également savoir qu'une autre voix te force à admettre que tu as envie de moi.

Nous rentrâmes à mon hôtel et passâmes une partie de la nuit à faire l'amour.

*

À mon réveil, elle n'était plus à mes côtés. Je pensai qu'elle s'était rendue à son travail et ne manquerait pas de m'appeler dans la journée mais elle ne se manifesta pas. Je passai la soirée à l'hôtel, dans ma chambre, espérant qu'elle surgisse,

Révélations

imaginant toutes les situations qui auraient pu l'empêcher de me rejoindre, de me téléphoner et finis par m'endormir.

Le lendemain, je pris l'avion sans avoir eu de nouvelles. Je me résignai : cette parenthèse dans ma vie resterait un beau souvenir. Cette rencontre m'avait redonné confiance en moi. Je pouvais plaire à une jeune et jolie femme sans rien devoir à ma célébrité. Et la mystérieuse fin de cette aventure n'altérait en rien la douceur du moment vécu.

Je n'aurais jamais pu envisager avoir commis une des pires erreurs de ma vie.

Chapitre 26

De retour aux USA mes obligations professionnelles et personnelles m'apparurent insurmontables. Le téléphone ne cessa de sonner et j'eus l'impression que chacun de mes interlocuteurs, alerté par ma courte disparition, souhaitait sonder ma capacité à réinvestir la panoplie de l'auteur à succès.

Rachel, heureuse de me savoir revenu, s'invita à dîner chez moi. Je fus surpris de me réjouir de ces retrouvailles. Rachel était devenue un des fondements de la stabilité à laquelle j'aspirais depuis quelque temps... sans toutefois faire les efforts nécessaires pour y parvenir.

Je commandai un dîner chez un traiteur, débouchai une bouteille de champagne et nous passâmes une soirée agréable. Je lui décrivis les paysages qui m'avaient enchanté et, conformément à notre accord, elle ne se montra pas curieuse. Nous fîmes l'amour et elle s'endormit.

Je me levai et renouai avec mes habitudes. Je m'assis devant l'ordinateur afin de prendre connaissance de mes messages. Je me connectai ensuite à Facebook avec le détachement de l'homme qui fume une cigarette par plaisir, se croyant guéri de son addiction. Après tout, si mon sevrage en matière de sexe s'était révélé être un échec, j'avais tout de même réussi à passer plusieurs jours sans me ruer sur un écran. J'avais même fini par oublier mon mystérieux contact et son désir de me persécuter ou, du moins, m'étais-je interdit d'y penser.

Je trouvai de nombreux messages, les parcourus rapidement. Soudain, je tressaillis : l'un d'entre eux m'était adressé par mon homonyme. Comment était-ce possible ? J'étais certain de lui avoir bloqué l'accès à ma messagerie ! Mon anxiété resurgit, sournoise, signifiant qu'il n'était pas si facile de me débarrasser d'elle, que sept jours de repos n'étaient rien en regard de sa pugnacité. Je me mis alors à douter d'avoir réellement effectué cette procédure d'exclusion : j'étais ivre lors de notre dernière conversation.

Je fus tenté de détruire le message avant de l'avoir ouvert. Rien ne m'obligeait à m'exposer aux assauts de mon persécuteur. Mais je me raisonnai : la fuite n'était pas la solution. La véritable sérénité consistait à lire sa nouvelle provocation sans investir de sentiments.

Mais il était plus fort que moi et je ne pus contenir ma surprise et ma peur en découvrant son envoi : une photo de moi enfant à l'âge de six ou sept ans. Une photo que je ne connaissais pas.

Où avait-il pu se procurer ce cliché ? Mon imagination me présenta plusieurs scénarios tous aussi incohérents les uns que les autres : il avait pénétré chez moi et me l'avait subtilisé ; un proche se cachait sous le pseudo de mon tourmenteur… j'envisageai même un instant qu'il dît vrai et m'écrivît du futur puis souris de ma bêtise. Il était impératif que je garde la tête froide et m'interdise d'entrer dans le délire de cet individu.

J'étais dans un état d'excitation extrême et ne pus m'endormir. J'enrageais de constater qu'il avait suffi d'un seul message pour anéantir les effets bénéfiques de mon séjour et me faire replonger dans la paranoïa.

Quand Rachel se leva, je fis mine de dormir et attendis qu'elle quitte l'appartement pour téléphoner à Denis.

— J'ai une question technique à te poser, annonçai-je.

— Je t'en prie.

— Est-il possible qu'une personne à qui j'ai interdit l'accès de ma messagerie Facebook puisse quand même m'écrire ?

— Oh non, il s'agit encore de ton demeuré, n'est-ce pas ? gémit-il.

— En effet...

— Tu ne vas pas recommencer avec ça, Samuel, s'exclama-t-il.

— Réponds-moi, s'il te plaît.

— O.K., je réponds : c'est impossible.

— Tu en es sûr ?

— Tout à fait. À moins que...

— À moins que quoi ? demandai-je, impatient.

— Que Facebook ait connu un bug.

— Ça arrive ?

— C'est déjà arrivé... Deux minutes, je vérifie. S'il y en a eu, les forums de geeks doivent le mentionner.

Je l'entendis pianoter sur son clavier.

— Non, il n'y a rien eu de la sorte apparemment, affirma-t-il au bout d'un moment.

— Mais pourtant...

— Tu as dû te planter en faisant la manip.

— Non, je ne suis pas aussi nul que ça.

— Alors... tu as cru le faire. Ou tu étais encore ivre.

— J'avais bu, c'est vrai. Mais je suis certain de l'avoir fait.

— Eh bien non, tu t'es trompé. Alors que se passe-t-il encore avec ce fantôme ?

Je lui racontai sa dernière incursion dans ma réalité.

— C'est dingue, n'est-ce pas ? conclus-je.

— C'est toi qui deviens dingue. J'espérais que ton petit séjour t'aurait permis de te détendre un peu.

— C'était le cas... Jusqu'à sa nouvelle intrusion.

— Tu n'as aucune idée de la manière dont il aurait pu se procurer cette photo ?

— Non. Ce mec va me faire péter un câble, Denis !

— Bon, calme-toi. Ton excitation t'empêche sûrement de réfléchir.

Il se tut un instant.

— Tu as peut-être transmis ce cliché à un journaliste il y a longtemps et...

— Impossible.

— Alors... Y a-t-il d'autres personnes sur cette photo ?

Sa question m'alerta.

— Non... mais il y en avait peut-être.

— C'est-à-dire ?

— C'est un gros plan et le grain laisse penser qu'il a zoomé sur mon visage. Il y avait donc sans doute quelqu'un près de moi.

— Quelqu'un qu'il ne voulait pas que tu identifies. Ou alors, c'est la situation qu'il a voulu te dissimuler.

Je suivais son raisonnement, les yeux posés sur la photo.

— Comment le savoir ? marmonnai-je.

— En retrouvant un exemplaire de l'original, lâcha-t-il, las de s'escrimer sur un sujet qui ne l'intéressait plus.

Je le remerciai, raccrochai et me lançai dans une fastidieuse recherche. Je vidai les cartons où j'avais remisé les reliques de mon passé. Mais après une heure d'investigation infructueuse, j'abandonnai, fatigué, déçu et inquiet.

*

Es-tu prêt à me croire ?

La question était arrivée dans la soirée.

Je posais mes mains sur le clavier mais me retins de répondre, conscient que cela le conforterait dans sa démarche. Mon désir était de discuter avec lui afin d'en apprendre le plus possible à son sujet. Mais ma raison m'intimait de le tenir à distance sans toutefois faire valoir d'arguments suffisamment forts pour me convaincre. Alors je fis émerger de mon esprit confus toutes sortes de justifications plaidant pour une communication : ne pas répondre pouvait également exprimer de la crainte ; je m'étais déjà fourvoyé et, plutôt que d'être passif, je préférais devenir acteur et tenter de maîtriser la relation ; s'il était vraiment prêt à tout, le renvoyer à sa frustration était dangereux.

— Serais-je une personne sensée si j'acceptais de croire ce que vous me dites ?
— Je ne m'attendais pas à ce que tu acceptes immédiatement cette vérité, en effet. Je te connais puisque... je suis toi. Toi plus vieux et... plus désespéré.

Il remettait ça.

— Je possède de nombreux autres moyens de te convaincre. Mais te (me) connaissant, il m'est apparu plus prudent de ne pas brûler les étapes.
— Me convaincre que vous êtes moi ? Mais dans quel but ?
— Enfin... voilà la question essentielle.

Il laissa passer quelques secondes et reprit.

— Je sais vers quoi la vie que tu mènes te conduit. Un avenir de solitude, fondé sur la tromperie, la duplicité. En fait, elle te mène jusqu'à moi.
— Et donc... vous tentez de me sauver ?
— Non. Je tente de ME sauver ! J'ai cette fantastique chance de pouvoir te parler et t'amener à changer ma condition. Ta future condition.

La conversation devenait délirante.

— Et donc, pour... vous sauver, que suis-je censé faire ?

— Renouer avec tes vraies valeurs.
— Ce qui veut dire?
— Ne plus te comporter comme tu le fais... Les conquêtes, les abus de toutes sortes. Et arrêter d'écrire des mièvreries.
— Renoncer à l'écriture?
— Non. Tu n'en es pas capable, je le sais.
— Donc?
— Tu écris pour satisfaire la demande des autres: de ton éditeur, de ton agent, de ton public. Tu dois maintenant écrire pour répondre à une nécessité: dire qui tu es, ce que tu vaux. Cesse d'être celui que l'on veut que tu sois pour enfin redevenir l'homme que tu es. C'est à ce prix que tu pourras reprendre une vie... normale.

Je souris. L'individu était habile.

— Je le ferai... Si je suis convaincu de la véracité de vos propos.
— Ne doute pas que je ferai tout ce qui est en mon pouvoir pour que tu finisses par me croire.

Il mit un terme à la conversation. Je l'avais provoqué afin qu'il m'en révèle plus mais sa dernière réplique résonnait comme une menace.

Chapitre 27

Nathan m'accueillit froidement. Il s'installa à son bureau et m'invita à prendre place face à lui en grommelant une phrase inaudible.

— Je n'ai pas droit au canapé aujourd'hui, remarquai-je. C'est donc un rendez-vous professionnel.

— As-tu lu l'e-mail que Jerry m'a fait parvenir hier ? lança-t-il, ignorant ma remarque. Je te l'ai forwardé.

— Non... mentis-je afin de gagner quelques secondes nécessaires à l'élaboration d'une stratégie de défense.

Il ne me crut pas mais prit tout de même la peine de me le résumer.

— Jerry exige le pitch de ton prochain roman pour la fin de la semaine. Ton retard lui cause des soucis. Et il ajoute ne pas t'avoir trouvé au mieux de ta forme lors de votre rencontre. Et même... bizarre.

Ma tentative de duper mon éditeur n'avait donc pas fonctionné.

— Que veux-tu que je réponde à ça ?

— Dans le meilleur des cas, j'aimerais que tu m'annonces avoir terminé l'écriture de ton sujet ou que tu m'assures que nous l'aurons dans les délais. Dans le pire, je souhaiterais que tu t'inquiètes de la situation. Suffisamment pour te mettre au boulot !

— Je m'inquiète de la situation, Nathan, rétorquai-je sur le même ton. Que crois-tu ?

— Je crois que tu t'en fous ! Que tu as l'esprit occupé par d'autres problèmes.

— Je suis sur un truc... Un sujet... complexe.

— Ne me raconte pas d'histoires, Samuel ! Pas à moi ! J'espérais que tu allais profiter de ces quelques jours de repos en Europe pour réfléchir à ton roman et revenir avec un joli résumé.

— Je suis parti pour me reposer, pas pour travailler, tu le sais.

— Les vrais écrivains ne considèrent pas l'écriture comme un travail Samuel !

L'attaque était perfide mais il n'y avait aucune animosité dans ses propos. Nathan souhaitait seulement provoquer une réaction d'orgueil qui me pousserait à redevenir productif.

— Je te l'ai dit, Nathan, je ne me considère pas comme un véritable écrivain.

— Et voilà... retour à la case départ, lâcha-t-il en laissant ses mains retomber sur son bureau.

Il soupira profondément et adopta un ton plus calme.

— O.K. Alors on fait quoi ? On jette l'éponge ?

— Je ne sais pas...

Il se leva, traversa son bureau, alluma une Winston, la porta à sa bouche.

— Écoute, on ne peut pas continuer comme ça et mentir à Jerry. Si tu te sens incapable d'écrire le roman que l'on attend de toi, on le lui dit, histoire de conserver au moins une part de sa confiance.

— Je ne sais pas quoi te répondre, Nathan.

— Sois simplement sincère avec moi.

— O.K. Au moment précis où je te parle, je n'ai aucune envie d'écrire ce roman ni même un résumé. Mais peut-être que demain, dans une semaine, dans un mois... j'aurais changé d'avis... Je suis lunatique, tu le sais.

Il tira à nouveau sur sa cigarette.

— Bon... deux options s'offrent à nous : on annonce à Jerry que tu es sec et qu'il est probable qu'il n'aura pas de roman l'année prochaine... ou on essaie de gagner encore un peu de temps dans l'espoir que tu te ressaisisses avant la campagne de promo.

Je fus tenté d'opter pour la première des possibilités mais m'en abstins. Après tout, compte tenu de mon état, j'étais incapable de prendre une décision sensée. De plus, je n'avais pas envie de décevoir Nathan davantage.

— Fais-le patienter quelques jours. Si d'ici la fin de la semaine je n'ai rien trouvé, alors nous lui dirons la vérité, proposai-je.

Je me levai pour partir.

— Samuel ! m'interpella-t-il.

— Oui ?

— Tu m'as tout dit ?

— À quel sujet ?

— Tes problèmes ?

— Oui... c'est juste une baisse de régime. Un ras-le-bol.

Il hocha la tête, pensif.

— Tu sais... Je crois que tu devrais t'efforcer de retrouver une hygiène de vie.

— Une hygiène de vie ?

— Oui... Dormir et manger à des heures régulières, arrêter de te perdre dans ces rencontres sans lendemain et te mettre en ménage avec Rachel. Et surtout... cesser de boire aussi. O.K., je ne suis pas moi-même un exemple de modération mais je sais faire la part des choses et je reste les pieds sur terre. Je gère mes affaires en veillant à ne décevoir personne.

— Alors que moi je déçois tout le monde n'est-ce pas ?

— Je n'ai pas dit ça. Disons que tu inquiètes ceux qui sont attachés à toi.

— Attachés à moi ? Ceux qui gagnent du fric sur mon dos plutôt. La vérité est que vous n'en avez rien à foutre de ma santé physique ou mentale tant que vous ponctionnez votre part sur le fric que je rapporte !

J'avais élevé la voix et le visage de Nathan s'était figé sur une expression que je ne lui connaissais pas, celle d'un père dépité face à la colère subite et injustifiée de son enfant habituellement calme.

— C'est ce que tu penses de moi ? demanda-t-il.

Je passai ma main dans mes cheveux, étonné de m'être laissé aller à cet accès de colère.

— Parce que si c'est le cas, je préfère laisser tomber tout de suite, continua-t-il, d'une voix ferme. J'ai assez de fric pour arrêter de bosser, vois-tu ? Si je m'occupe toujours de certains auteurs c'est parce que j'aime ça. J'aime les accompagner dans l'accouchement de leurs œuvres, j'aime gérer leurs états d'âme, j'aime leurs doutes, leurs hésitations, j'aime voir leurs visages s'illuminer quand leurs romans paraissent... et surtout, j'aime la relation de confiance qui me lie à eux. Alors si tu crois que mes conseils ont pour seul but de gagner du fric sur ton dos, au détriment de ta santé, c'est que nous n'avons plus rien à faire ensemble.

Je m'en voulus de l'avoir blessé.

— Excuse-moi, marmonnai-je. Ce n'est pas ce que je souhaitais dire. Enfin, ça ne te concernait pas. Je sais tout ce que tu as fait pour moi et...

— Je ne te demande pas de louanges non plus, Samuel. Juste de veiller sur toi. Je m'inquiète sincèrement. Ce n'est pas l'écriture qui te mine, mais ton incapacité à mener une vie saine.

J'aurais voulu lui rétorquer qu'il confondait les causes et les conséquences mais m'en abstins. Je n'étais même pas sûr d'avoir raison.

— O.K., O.K... je vais faire gaffe.

— Je n'ai peut-être pas suffisamment prêté attention à ton état de fatigue et je le regrette. Alors sache que si tu veux revenir sur ta décision et ne pas écrire le prochain roman, je te soutiendrai.

— Laissons passer quelques jours... et nous verrons.

Il se leva et, le pas lourd, la tête baissée, comme s'il craignait qu'un mot ne soit ajouté et finisse de ruiner notre amitié, il me raccompagna en silence à la porte de son bureau.

Chapitre 28

L'altercation avec Nathan m'avait profondément perturbé. J'avais réussi à me convaincre que ce séjour en Sardaigne m'avait revigoré mais c'était un leurre. À peine revenu, j'avais pété les plombs et heurté un ami cher.

J'entrai chez moi et m'installai devant l'écran de mon ordinateur bien décidé à me racheter. J'ouvris un dossier dans lequel j'avais pris l'habitude de répertorier toutes les idées qui me passaient par la tête. Des débuts d'histoire, des sujets possibles, des amorces d'intrigues.

Je ne sais pas comment fonctionnent les… êtres normaux. Pour ma part, chaque anecdote, chaque confidence, chaque fait, chaque information lue ou entendue représentait des sujets potentiels de roman. Mon imagination sautait sur toutes les occasions de s'emballer. Ou plutôt, telle une dompteuse d'étalons, hardie et sûre d'elle, elle enfourchait les montures, testait leur vitalité, leur fougue, leur capacité à se rebeller puis à se soumettre pour accepter de se laisser monter et porter vers de nouvelles aventures.

Une personne croisée dans le bus, dans la rue, lors d'une réunion, attirait mon attention et j'imaginais sa vie, son passé, ses amours, ses drames. Et tous ces éclats d'inspiration finissaient dans ce dossier. C'était une manie, une déviance peut-être, qui parfois m'insupportait quand, fatigué, j'aurais seulement voulu être un auditeur ou un spectateur passif.

Je revisitais donc ces idées, espérant que l'une d'entre elles pénétrerait ma créativité pour la féconder, que la magie opérerait une fois encore. Oui, il y avait quelque chose de magique dans l'éclosion d'un scénario. Une situation, une émotion s'installait dans mon esprit puis, sans que je puisse dire comment ni pourquoi, se transformait en histoire, faisait naître des personnages. Une excitation s'emparait alors de moi, je suivais une piste, l'abandonnais, en empruntais une autre et l'intrigue s'étoffait, les visages, les silhouettes et le caractère des protagonistes m'apparaissaient. Petit à petit un monde émergeait *ex nihilo*, quasiment sans intervention consciente de ma part et j'étais invité à le visiter pour le raconter ensuite aux lecteurs.

Mais cette fois-ci l'enchantement n'eut pas lieu.

Excédé, je me levai et me dirigeai vers le bar. Oubliant les conseils de Nathan et mes résolutions, je saisis une bouteille de whisky et bus au goulot, afin de calmer mon agitation. Il m'était fréquemment arrivé d'écrire sous l'emprise d'alcools ou de drogues et le lendemain de relire avec curiosité le fruit de ma création. La plupart du temps, la perte totale de mes inhibitions me conduisait à déverser des phrases que je pensais, sur le moment, inspirées, et que la sobriété me révélait insipides ou même insensées. Mais parfois, quand les substances n'avaient pas noyé ma lucidité, je découvrais un texte satisfaisant, voire étonnamment saisissant.

Je me mis à arpenter l'appartement, bouteille à la main, m'arrêtant seulement de temps en temps pour avaler quelques gorgées. Passant devant un miroir j'entrevis mon reflet et mon allure me fit tressaillir. Débraillé, les cheveux en bataille, le teint pâle, le regard fou, je ressemblais à un possédé.

Voilà donc ce à quoi me menait ma vie. Qu'aurait pensé ma fille ou Dana en me voyant ainsi ? En dix ans de succès littéraires j'étais devenu un autre homme. Un inconnu. À l'allure à laquelle mon état se dégradait, je risquais de mourir jeune ou de finir dans un asile. Non, je ne mourrai pas avant vingt ans ! m'exclamai-je à haute voix en éclatant d'un rire porté par le venin ambré qui coulait dans mon sang. La présence de mon double dans un futur encore lointain l'attestait ! Par contre, je me ruais bien vers le désespoir annoncé.

L'idée me plut et, libéré de l'animosité que j'éprouvais à l'encontre du dément s'amusant à investir mes failles, je m'autorisai à l'explorer.

Et si… toute cette histoire était vraie ? S'il s'agissait réellement de moi, de celui que je deviendrais ? Après tout, que savait-on des possibilités qu'offrirait la science dans vingt ans ? Qui aurait pu concevoir, quelques décennies auparavant, qu'il serait possible d'envoyer des fichiers, des textes, des vidéos en quelques secondes à l'autre bout du monde ? De téléphoner avec un petit instrument capable de remplacer un appareil photo, un caméscope, un agenda, les plans des rues de l'ensemble des pays et tant de choses encore ?

Mon double avait raison : de grands physiciens avaient élaboré des théories stupéfiantes sur les possibilités de voir l'espace-temps ressembler à autre chose qu'une ligne droite figée sur laquelle le monde avançait.

Alors, acceptant d'envisager cette hypothèse, je m'imaginais perdu dans le futur, en proie à mes échecs et, saisissant l'opportunité d'une découverte scientifique, je m'écrivais pour m'avertir des dérives qui me conduisaient à ma perte.

Je me laissai entraîner par ces folles idées et me sentis pris d'une excitation extrême tant elles se développaient, posaient des questions, proposaient des réponses plus incroyables encore.

Soudain, je réalisai que j'étais en train d'engendrer le scénario d'un roman. Voilà l'idée après laquelle je courais ! Elle était là, en moi et sur l'écran de mon ordinateur, et je ne l'avais pas vue ! J'avais bien envisagé la possibilité que mon mystérieux interlocuteur souhaite me faire écrire l'histoire qu'il avait en tête mais ne l'avais pas considérée en tant que telle, trop préoccupé à lui résister et à lui en vouloir de m'importuner ainsi.

Mystère, mysticisme, menace, suspense. Mon esprit s'empara du sujet et j'inventai une suite, puis une autre, puis m'épuisai à suivre toutes les pistes qui s'offraient.

Je m'assis devant l'ordinateur, posai les mains sur mes yeux afin de rassembler mes idées. Puis je sentis cette excitation particulière à l'écriture quand elle est guidée par la passion, un tourbillon d'émotions elliptiques cognant contre mon cœur, se ruant vers mon esprit, criant son impatience de trouver le chemin de mes idées, puis se muant en fourmillement au bout de mes doigts. Je remplis deux pages d'une intrigue nouée autour de ce sujet.

Puis, heureux d'être parvenu à tisser les prémices d'une histoire que, sans nul doute, j'apprécierais d'écrire, je relus le texte et, sans plus attendre, l'envoyai à Nathan et à mon éditeur.

Je me détendis et ressentis aussitôt la faim me forer l'estomac, signe d'une sérénité retrouvée. Je me rendis à la cuisine et me préparai rapidement quelques sandwichs en saisissant dans mon réfrigérateur ce qui paraissait encore comestible. Je m'assis et avalai la nourriture en pensant au roman qui venait de naître.

Ironie du sort, mon persécuteur était involontairement devenu mon bienfaiteur. Involontairement ? Je n'en étais pas certain : si tel était son dessein, j'étais en train de lui céder. Mais quel risque encourrais-je ? Aucun, si ce n'est qu'il devienne plus insistant encore. Pour l'heure, peu importait. J'attrapai mon iPad et me connectai à Facebook afin de voir si celui-ci m'avait laissé un nouveau message.

C'était le cas. Enfournant dans ma bouche un imposant morceau de sandwich pour me libérer les mains, je l'ouvris. Et ce que je vis m'arracha un cri de stupeur.

*

J'étais face à plusieurs photos de moi à des âges différents. Sous chacune d'entre elles, il avait écrit un commentaire, comme s'il tentait de raconter mon histoire.

« L'amour maternel », disait-il sous le cliché me montrant enfant dans les bras de ma mère.

« Puis la perte de repères » : je posais avec mes grands-parents.

« L'âge de la révolte, de la bêtise aussi » : j'étais adolescent. Le regard sombre, je me donnais des airs de voyou.

« L'amour, enfin » : Dana et moi, lors de notre voyage de noces, sur une plage de Miami, faisant un concours de grimaces.

« Le bonheur d'une famille » : j'étais à l'hôpital et tenais Mayane dans mes bras, près du lit dans lequel Dana se reposait, le visage rond et fatigué.

Puis suivaient quelques phrases :

Tu avais tout pour être heureux. Tu as tout foutu en l'air. Mais tu as encore la possibilité de t'en sortir.

Comment avait-il pu se procurer ces photos ? Seuls les membres de ma famille étaient susceptibles de les posséder. S'agissait-il de l'un d'entre eux ? Dans quel but ? Me contraindre à cesser de dériver ?

Je tournais en rond dans mon séjour, tentant de me calmer et de réfléchir.

Oui, l'hypothèse était crédible ! Il pouvait s'agir d'un proche qui utilisait ce qu'il savait de moi pour me faire réagir.

Après tout j'avais recours à cette stratégie dans certains de mes romans : un héros en perdition était sauvé par ses proches grâce à une ingénieuse ruse qui l'amenait à réaliser la valeur de la vie.

Mais qui était capable de le faire pour moi ? Dana ? Ou… Mayane ?

Dans l'absolu, cela collait. Mon mode de vie les désolait et elles étaient les seules à disposer des informations utilisées par mon interlocuteur.

Non, il ne pouvait pas s'agir de Mayane. Sa surprise lorsqu'elle m'avait vu débouler dans ce jardin n'était pas feinte. Ni la crise de nerfs qui avait suivi. Dana donc ? Étais-je encore suffisamment important à ses yeux pour qu'elle se donne autant de mal ? J'en doutais fortement. Et, il était inconcevable qu'elle laisse notre fille traîner avec une bande dans un parc malfamé.

Un ami ? Non, mes rares amis n'étaient pas en possession de ces photos. Ou alors, ils avaient profité d'une de leurs visites pour me les subtiliser.

J'écartais Denis des suspects. La vie que je menais n'était en rien un problème pour lui. Nathan, par contre, pouvait avoir créé cette histoire avec la même perfide ingéniosité que celle qu'il utilisait pour des opérations promotionnelles. Aussitôt envisagée, je récusai cette option : il n'aurait jamais pris le risque de me perturber plus que je ne l'étais déjà et, s'il était désormais prêt à me voir abandonner l'écriture, il n'avait, à l'origine des faits, aucune envie que j'échappe au positionnement marketing auquel il avait tant œuvré.

Alors qui de mes proches pouvait bien faire preuve d'autant de machiavélisme pour tenter de me sauver ? Je restai un instant perdu au cœur de ces supputations. Puis je me ressaisis et réalisai leur incongruité. Comment osais-je imaginer que l'un d'entre eux soit capable d'élaborer un tel stratagème, de m'acculer à la dépression, à la folie ? Je péchais par bêtise ou par narcissisme. Par dérive alcoolique aussi.

Je m'allongeai sur le lit, en proie à une lassitude infinie.

Chapitre 29

Je n'avais pas dormi. Nathan m'avait appelé tôt et fixé un rendez-vous dans l'un de ses bars préférés pour un petit déjeuner.

Avant de le rejoindre je téléphonai à Dana. Elle me répondit avec la politesse et la réserve que l'on manifeste aux personnes dont chaque apparition vous semble être une intrusion mais que l'on n'ose toutefois pas éconduire.

— Je vais te poser une question qui te paraîtra étrange, Dana.

— Crois-tu ? N'ai-je pas déjà sondé les profondeurs de l'étrangeté avec toi ?

— Ne te moque pas, je t'en prie.

— O.K., excuse-moi. Que veux-tu ?

— As-tu conservé des photos de moi, de ma jeunesse, de mon adolescence ?

— Que t'arrive-t-il ? Tu as perdu tes anciennes photos et tu veux savoir si j'en ai une copie ? Si c'est ça, ça peut attendre un peu, tu ne crois pas ?

— Réponds à ma question et je te promets de t'expliquer.

— Oui, je devais les avoir sur mon disque dur.

— Tu devais les avoir ?

— Je les ai perdues. Un jour l'ordinateur est tombé en panne. J'ai reformaté le disque et effacé toutes les données, dont tes photos.

— Tu ne les avais pas sauvegardées ?

— Non. Je n'avais sauvegardé que celles de Mayane.
— Quand cela s'est-il passé ?
— Je ne sais pas… Il y a six mois, peut-être moins. Bon, je ne répondrai plus à tes questions si tu ne m'expliques pas pourquoi tu me fais subir cet interrogatoire !
— D'accord. Tu te souviens de la personne qui m'avait envoyé un message sur Facebook pour m'avertir que Mayane traînait avec une bande de drogués ?
— Oui.
— Eh bien, l'individu m'a de nouveau contacté et fait parvenir des photos.
— Quelles photos ?
— Justement, de ma jeunesse, mon adolescence. De nous aussi.
— Dans quel but ?
— De m'impressionner sans doute.
— Et qu'est-ce je viens faire là-dedans ?
— Ces clichés ne sont pas sur mon ordinateur mais sur un disque dur externe que j'ai rangé dans un carton inaccessible. J'en suis donc venu à penser que cette personne les a subtilisés sur le tien.
— Quelle drôle d'idée !
— Qui a pu avoir accès à ton ordinateur hormis Mayane, avant que tu le reformates ?
— En théorie, tous ceux qui passent par la maison : nos amis, ceux de Mayane, les collègues de Lukas… Des personnes qui ne te connaissent pas et n'auraient aucun intérêt à t'ennuyer. De plus, aucun d'entre eux n'aurait pu s'asseoir devant l'ordinateur et tranquillement le fouiller avant de recopier quoi que ce soit.
— Je vois… lâchai-je, déçu.
— Bon, tu n'as plus besoin de moi ? Je dois y aller là.
— Je vois que tout ça ne t'inquiète pas plus que ça…
— Non. Tes histoires me fatiguent Samuel.
— Tu penses que je mens ?

Révélations

— Ou que tu deviens fou. Tes propos n'ont aucun sens. Cette histoire de messages d'un fan anonyme au sujet de Mayane... et maintenant ce délire sur des photos de jeunesse dont il se serait emparé... ça fait beaucoup, tu ne trouves pas ?

— Oui, je comprends... Désolé de t'avoir embêtée.

Je n'étais guère plus avancé. Si j'avais eu l'impudence d'envisager une implication de mon ex-femme dans une sorte de machination, j'étais désormais convaincu qu'elle ne pouvait y être mêlée. Et mon état la laissait apparemment indifférente.

*

— C'est pas mal du tout ! s'exclama Nathan.

— Tu trouves ?

— Oui, vraiment. Et ton éditeur m'a appelé pour me dire qu'il adorait. Je le vois demain pour définir les termes du nouveau contrat. Non vraiment, tu me surprends. Hier tu étais sec, dépité, et ce matin je découvre dans ma boîte mail un scénario très original.

Situé sous le pont reliant Park Avenue à Grand Central Terminal, Pershing Square est un des lieux les plus prisés des New-Yorkais et des touristes pour ses délicieux petits déjeuners et ses généreux brunchs. Nathan aimait y venir. Ses banquettes en cuir rouge, ses vieilles boiseries, ses chaises en osier et son carrelage en damier noir et blanc lui conféraient une atmosphère agréable. Et les incessants mouvements des voyageurs, des clients de passage et des serveurs constituaient des scènes qu'il aimait observer. En outre, l'agitation permettait de nous fondre dans la masse et, assis dans un coin de la grande salle, de discuter de mon roman.

Le garçon déposa la commande de mon agent : *caffe latte*, pancakes, toasts, une *three egg omlet* et un *blueberry lemon scone*. Me contentant d'un simple café, j'adressais une mimique admirative à Nathan.

— Tu devrais penser à te nourrir, se contenta-t-il de commenter en saisissant ses couverts.

Il semblait avoir oublié notre récente dispute.

— Tu vois, c'est une des raisons pour lesquelles j'aime mon métier, dit-il en trempant un toast dans son mug. Les écrivains m'épatent. Ils sont à l'agonie, pleurent devant leur écran ou leur feuille blanche puis quelque chose surgit dans leur vie, un truc auquel personne n'aurait porté attention, et ils s'illuminent, s'enflamment et retrouvent le chemin de la création.

Sa bouche se referma sur le toast, laissant échapper quelques morceaux trop imbibés sur la table.

— Alors, de quoi es-tu parti pour créer cette histoire ?

— D'un message envoyé par un lecteur sur Facebook, confiai-je, décidé toutefois à ne pas tout lui révéler.

— Ah bon ? Tu vas finir par me convaincre que ce réseau a un intérêt. Quel genre de message ?

— Un conseil sur la conduite de ma vie.

— Un lecteur lucide donc, s'exclama-t-il en riant.

— Plutôt dérangé.

— Il ne t'a tout de même pas suggéré le sujet tel quel, non ?

— Non, pas vraiment.

— O.K., je préfère. Je n'ai pas envie de voir un mec se pointer dans un an et revendiquer la paternité de l'histoire. Juridiquement, ça ne tiendrait pas, mais nos concurrents sauraient l'utiliser contre nous. Notamment cet enfoiré de Sullivan. Il est prêt à tout pour que son poulain reprenne la tête des ventes.

Il happa le reste de son toast, essuya les gouttes de café qui perlaient sur son menton et se lécha les doigts.

— Merde, Nathan, t'es répugnant, fis-je, amusé.

Il éclata de rire.

— Il faut que tu comprennes une chose : je suis un jouisseur. Autrefois tout me procurait du plaisir : les femmes, le fric, le pouvoir, la lecture. Vu mon physique, je n'inspire rien d'autre aux femmes que de la crainte, voire de la répulsion. Le fric et le pouvoir... je ne suis plus assez jeune pour croire qu'ils me rendront invincible. Le peu d'élégance qu'il me reste, je le conserve pour les soirées passées à lire. Je respecte trop les livres pour leur faire subir l'outrage d'une attitude désinvolte. J'exprime donc ma vulgarité dans ma manière de manger. Et tant pis pour ceux qui me font face.

Je bus mon café et en commandai un autre.

— Tu es prêt pour l'émission de Jack Lerman ? demanda-t-il alors.

— Je ne m'y suis pas particulièrement préparé, avouai-je.

— Tu ne redoutes pas d'affronter ses deux chroniqueurs ?

— Je devrais ?

Ma question l'étonna et il suspendit un instant sa mastication.

— Tu ne connais pas ce show ?

— Pas vraiment. De... réputation seulement. Je regarde peu la télé.

— Alors je te conseille une chose, déclara-t-il en pointant son scone sur moi. Visionne quelques émissions afin de faire connaissance avec l'arène dans laquelle tu t'apprêtes à combattre. Et ensuite, oublie tout et vas-y avec ton flegme habituel. Tu n'es jamais aussi bon que lorsque tu affiches ce détachement qui te donne un air de baroudeur revenu de tout.

— Est-il essentiel que je participe à ce show si les risques de me faire ridiculiser sont importants ?

— Essentiel non, plutôt nécessaire. Je t'avoue avoir hésité à t'y envoyer. D'un côté, une mauvaise prestation de ta part face aux attaques des deux pitbulls pourrait être préjudiciable à ton image mais, de l'autre, si tu t'en tires, tu auras accès à un public encore plus large. C'est le *talk-show* le plus regardé par la cible qui nous intéresse. Enfin, si nous avions refusé, ils auraient invité Norman McCauley et il aurait alors eu une excellente occasion de te damer le pion.

Chapitre 30

Je visionnais quelques extraits du *Jack Lerman Show* mais mon esprit restait accaparé par la dernière provocation de mon prétendu double.

Je pris une douche et me connectai à Facebook. Je n'avais pas de nouveaux messages.

Denis, en ligne, m'interpella. Merveille de la technologie qui conduit deux voisins si proches à se parler via le chat d'un réseau social.

— J'ai des amis qui donnent une fête ce soir. Une start-up qui vient de lever des fonds importants. Ça te branche ?

— Non, merci. Je n'ai pas envie de sortir.

— Ton pitch à écrire ?

— Non, ça, c'est fait. Mais je dois visionner l'émission de Jack Lerman pour m'y préparer.

— Ah oui, affûte tes arguments, ils sont terribles avec les écrivains !

— Je sais.

— Alors, tu as trouvé une explication concernant la photo ?

— Non. Et il m'en a envoyé d'autres depuis. Des photos de famille.

Il marqua un temps d'arrêt.

— Étonnant, en effet. Bon, je passe prendre un verre chez toi avant de sortir. Tu me montreras ça, O.K. ?

Il arriva une heure plus tard, dans un costume parfaitement taillé.
— Tu n'as pas changé d'avis ? demanda-t-il.
— Non, je suis vanné.
— Et ça se voit. Allez, montre-moi les messages de ce dingue et son profil.
— Vas-y, jette un coup d'œil, ma session est ouverte. Je vais chercher quelque chose à boire.
Quand je revins au salon avec deux verres de scotch, Denis m'attendait les bras croisés, un sourire énigmatique aux lèvres.
— Tu te fous de ma gueule, Samuel ?
— Pardon ? m'étonnai-je.
— Il n'y a rien à ce nom-là.

*

— Je... ne comprends pas, balbutiai-je en vérifiant à nouveau ma messagerie.
— Tu es sûr de ne pas les avoir effacés ?
— Non. Ils y étaient encore il y a une heure, au moment où nous discutions !
— Samuel... ils ne peuvent pas avoir disparu comme ça !
— Mais je t'assure ! m'emportai-je. Ils y étaient !
Je me sentis fébrile, en proie à une panique incontrôlable.
— Ça va... reste calme.
— Comment veux-tu que je reste calme ? Ce mec va me rendre fou !
Denis m'observait, inquiet.

— As-tu bu ce soir, Samuel ? demanda-t-il, embarrassé.
— Mais arrête avec ça ! Tu doutes de ce que je raconte ?
— Il y a de quoi, merde ! s'emporta-t-il à son tour. La dernière fois déjà, l'histoire de la résurrection d'un compte supprimé, c'était limite. Et là tu me parles de photos qu'il t'aurait adressées et je ne trouve rien !
— Tu penses que je délire, que je me suis inventé un ennemi imaginaire ?
— Je n'ai pas dit ça, Samuel.
— Mais tu l'as pensé, n'est-ce pas ?
— Non mais... tu es fatigué et tu bois trop, bafouilla-t-il. Et tu débordes d'imagination alors je me dis que peut-être...
— Je pète un câble ? Je deviens schizo ?
— Oui, je crois que tu pètes un câble. Je te le dis en tant qu'ami.

J'abandonnai, dépité.

— Je crois que je vais rester avec toi ce soir. Tu n'es pas bien, ça se voit.
— Non, ça va aller.

J'avais besoin de me retrouver seul, de faire le point.

— Tu en es sûr ? s'inquiéta-t-il.
— Oui, vas-y. Je vais me coucher et essayer de dormir un peu. On reparlera de tout ça demain.

Quand il fut parti, je m'allongeai sur le canapé, en proie à un terrible mal de tête et repensai à notre conversation.

Et s'il disait vrai ? Si tout ça n'était que le fruit de mon imagination ? Étais-je en train de devenir fou ?

Chapitre 31

Le lendemain, Rachel m'appela de San Diego où elle représentait l'entreprise de Denis à un salon high-tech.

— Denis m'a téléphoné hier. Il sortait de chez toi et m'a dit être inquiet à ton sujet.

— Oui... je suis fatigué. Et on s'est un peu énervés.

— À quel propos ?

— Une affaire entre lui et moi, dis-je afin de couper court à la conversation.

Je la sentis piquée par ma réponse et m'en voulus d'avoir été aussi lapidaire.

— Rien de grave, je t'assure, repris-je, d'une voix plus douce. D'ailleurs, nous nous sommes ensuite expliqués et tout est rentré dans l'ordre.

— D'accord. Je serai de retour demain. J'espère te voir.

Quelques instants plus tard, un message de Denis me parvint.

« Au sujet de ton persécuteur... j'ai tout de même envie de vérifier un truc. Il faut que j'analyse ton ordinateur. Téléphone-moi quand tu seras réveillé. »

Intrigué, je l'appelai.

— Que veux-tu vérifier ?

— Eh bien, si tu n'es pas complètement fou et si cette personne sait tant de choses sur toi, c'est peut-être parce qu'elle a accès à tes données.

— C'est-à-dire ?

— Tu t'es sans doute fait pirater ton ordinateur. Nous avions songé au fait que tu te sois fait piquer ton mot de passe Facebook, tu te souviens ? Mais là, j'en viens à penser que le hacker s'est introduit au cœur de ton système.

J'avais déjà envisagé cette hypothèse, mais je croyais être prémuni contre ce type d'agression. Je fis part de ma réserve à Denis.

— Il est possible de contourner toutes les protections, sache-le.

— Ça expliquerait en effet pas mal de choses, reconnus-je alors. Mais pas les photos.

— Elles ne sont pas sur ton ordinateur ?

— Non, sur un disque dur externe, que je n'ai pas connecté depuis longtemps.

— Je vois... Mais une fois aurait suffi. As-tu besoin de ton ordinateur ces prochains jours ?

— Non.

— Alors apporte-le chez moi. Je pars remplacer Rachel au salon demain. Durant le vol et à l'hôtel, j'aurai le temps d'analyser ton portable. S'il s'avère que j'ai vu vrai, il ne te restera plus qu'à porter plainte contre ce fou. Tu disposeras de preuves suffisantes et peut-être même qu'il sera possible de remonter jusqu'à lui.

— O.K. Merci.

— Ne me remercie pas. Et excuse-moi pour hier mais tu avais l'air si...

— C'est oublié. Je me fais peur aussi ces derniers temps.

Je me sentis plus léger, plein d'espoir. En piratant mon ordinateur, cette personne avait pu avoir accès à mes informations, publier ces messages, ces statuts... Pour les photos, j'étais plus dubitatif. Fébrile, je cherchai le trousseau que Denis m'avait laissé un jour en échange du mien afin de parer à tout problème de perte ou d'oubli et montai lui déposer mon ordinateur.

Chapitre 32

Le lendemain, j'attendis toute la journée le résultat des investigations de Denis mais il ne m'appela pas. Je tentai de le joindre à plusieurs reprises, en vain.

Rachel me téléphona dans la soirée.

— Écoute, je suis inquiète. Je suis rentrée dans l'après-midi et Denis aurait dû me remplacer. Mais le chauffeur qui est allé le chercher à l'aéroport a dit qu'il n'était pas dans l'avion. Et il est injoignable. As-tu eu de ses nouvelles ?

— Pas depuis hier.

— C'est incroyable ! Il n'est pas du genre à disparaître comme ça. C'est un salon important pour l'entreprise !

— Je vais monter chez lui. J'ai un double des clés.

Je repensai au dernier message de l'inconnu et une angoisse m'étreignit.

Je gravis les deux étages en toute hâte et entrai dans l'appartement. Celui-ci était plongé dans l'obscurité et aucun bruit ne témoignait de la moindre présence. J'allumai la lumière et vis immédiatement mon ordinateur sur la table. Denis ne l'avait donc pas emporté avec lui. Ou alors... il n'était pas parti.

J'allai jusqu'à la chambre. Mon cœur battait plus fort, mes mains étaient moites. Je trouvai un lit vide sur lequel des vêtements étaient soigneusement posés. Je vis alors que la salle de bains était éclairée.

— Denis ? appelai-je.

Mais ma voix rencontra un épais et sinistre silence. Je poussai la porte. Denis était là, dans son bain.

Mort noyé.

*

Rachel était arrivée trente minutes après mon appel. Je l'avais empêchée d'entrer dans la salle de bains où la police opérait. Elle sanglotait sur le canapé et je me sentais impuissant à la calmer. J'étais moi-même sous le choc, incapable de pleurer ni même de ressentir la moindre émotion. Dans mes romans, j'avais décrit de nombreuses scènes dans lesquelles les personnages exprimaient leur douleur face à la mort mais je me rendais maintenant compte de la fatuité des mots quand ils ne jaillissent pas de l'expérience. Il me semblait être à mon tour devenu le héros d'une histoire qui me dépassait, attendant que l'auteur signifie quel comportement adopter, quels sentiments manifester.

Denis était là, à quelques mètres, sans vie, et mon esprit restait focalisé par le message prémonitoire de mon faux homonyme.

La police avait trouvé un tube de somnifères près du lit et en avait déduit qu'il s'était noyé après s'être endormi. L'accident était relativement fréquent. Quant à moi, j'avais tout d'abord été tenté d'incriminer mon persécuteur mais, devant les faits, je venais à en douter.

Deux inspecteurs nous demandèrent de les suivre afin de nous interroger séparément. Celui qui s'occupa de moi devait avoir la trentaine. Il affichait un air professionnel, à mi-chemin entre l'empathie et la résignation, comme s'il voulait me dire « je sais, pour vous c'est dur, mais pour moi c'est le quotidien ». Il portait une tenue soignée, un costume gris anthracite, une chemise blanche et une cravate noire. Ses cheveux blonds étaient parfaitement coiffés. Il aurait pu jouer le rôle d'un flic dans une série policière ou se retrouver dans une de mes histoires. Nous nous installâmes sur la terrasse. Il sortit un carnet et un stylo et m'observa un instant.

— Je suis l'inspecteur Robinson. Je ne vous demande pas de vous présenter, je vous connais bien. Enfin... ma femme a lu tous vos romans. Elle vous admire. Moi, je n'ai pas le temps de lire, dit-il.

La remarque aurait pu paraître déplacée compte tenu des circonstances, mais je compris qu'il tentait d'instaurer un climat propice à l'interrogatoire. Toute formule de remerciement étant en revanche incongrue, je me contentai de hocher la tête.

— Depuis combien de temps connaissiez-vous M. Simon ?
— Depuis que j'ai emménagé ici, il y a deux ans.
— C'était un ami ?
— Oui.
— Quel genre d'ami ?
— Le genre avec lequel on apprécie de faire la fête.
— Il buvait beaucoup ?
— Oui. Mais seulement le soir, quand il sortait. C'est... c'était un chef d'entreprise sérieux.
— Il se droguait ?

J'hésitai un instant. Mais à quoi bon mentir.

— Oui.
— Quel genre de drogue ?
— Coke. Ecstasy.

Il inscrivit quelques notes dans son carnet.

— Pourquoi êtes-vous monté chez lui ?
— Parce que Rachel, son assistante, s'inquiétait de ne pas avoir de nouvelles. Il devait se rendre à un salon à San Diego.
— Vous aviez ses clés ?

— Oui. Nous avons échangé nos doubles afin d'avoir un moyen d'entrer chez nous si nous perdions ou oublions nos trousseaux.

— Quand l'avez-vous vu pour la dernière fois ?

— Avant-hier. Il est passé chez moi vers vingt-deux heures avant de se rendre à une fête. Ensuite, nous nous sommes parlé au téléphone.

— Vous nous avez dit que l'ordinateur qui était sur son bureau était le vôtre...

Sans trop savoir pourquoi je décidai de ne rien lui dire au sujet de mon faux homonyme. Les deux histoires n'étaient pas liées et je crois qu'inconsciemment je n'avais pas envie qu'il pense qu'elles puissent l'être.

— Oui. Je lui avais donné mon portable afin qu'il vérifie s'il n'y avait pas de virus.

Il me posa encore quelques questions et le corps fut emmené. L'inspecteur nous demanda de quitter les lieux. Je voulus reprendre mon ordinateur mais il s'y opposa, prétextant qu'il fallait attendre que le médecin légiste confirme la mort par noyade.

— Vous avez des doutes à ce sujet ?

— Pas vraiment, mais c'est la procédure.

Je retournai dans mon appartement, soutenant Rachel complètement effondrée.

*

— Je suis désolé pour Denis, déclara tristement Nathan.

Celui-ci m'avait appelé dans l'après-midi. Dès que je lui avais fait part de la nouvelle, il s'était empressé d'arriver chez moi.

Les deux hommes se connaissaient peu. Nathan n'appréciait pas que Denis m'entraîne dans ses virées nocturnes. Il disait qu'il possédait une mauvaise influence sur moi. Mais, bien entendu, sa mort le bouleversait.

— Si tu veux que nous décalions la campagne de promotion, pas de problème, dit-il.

— Je ne sais pas encore, répondis-je. Je suis sonné. Je ne parviens pas à réfléchir.

— C'est normal. Pour ma part, je te conseillerais de ne rien changer à ton programme. Si tu restes chez toi à te morfondre, tu vas finir par sombrer. La tournée t'empêchera d'y penser. Et sache que je ne dis pas ça pour sauvegarder nos intérêts financiers mais parce que je me soucie de ta santé.

— Tu as sans doute raison, murmurai-je, sans en être toutefois convaincu.

*

J'étais dans les locaux du NYPD. Kyle Robinson m'avait téléphoné dans l'après-midi pour me demander de passer. Il ne s'agissait pas d'une convocation officielle mais le ton était suffisamment ferme pour m'inciter à accepter.

Il me reçut dans son bureau, m'invita à m'asseoir.

— Vous ne nous avez pas tout dit au sujet de M. Simon et de votre ordinateur. Son dernier message vous était destiné. Et il parle d'un... persécuteur. Votre persécuteur. Je crois que cela nécessite quelques explications... n'est-ce pas ?

Je n'avais pas envisagé la possibilité que la police pousse plus loin ses investigations et découvre nos échanges : je ne pus dissimuler mon embarras. Devais-je vraiment tout dire au sujet de cette histoire ? Je n'avais aucune preuve de ce que j'avancerais. Si Denis avait eu du mal à me croire, qu'en serait-il de ces flics, professionnels du doute et pragmatiques forcenés ?

— Il s'agit d'une personne qui me harcèle sur Facebook.

— De quelle manière ?

Je lui racontai une partie de l'histoire, évitant de dire que l'individu en question prétendait m'écrire du futur afin de réduire les événements à un scénario crédible : celui d'un fan dérangé souhaitant me faire peur.

— Avez-vous conservé ces messages ? demanda-t-il.
— Non. Ils se sont... effacés.
— Qui les a effacés ?
— Cette personne, je pense.
— Mais comment aurait-il pu supprimer des messages écrits sur votre profil ?
— Justement... Denis supposait qu'il avait piraté mon ordinateur et avait accès à toutes mes données. C'est ce qu'il devait vérifier.

Il envisagea mes explications quelques instants, ne laissant rien apparaître de ce qu'il en pensait.

— Aviez-vous des raisons d'en vouloir à M. Simon ?
— Pas du tout ! m'offusquai-je. Pourquoi me posez-vous cette question ?
— Il s'est confié à des amis la veille du décès, à cette fête à laquelle il a assisté. Et il leur a dit... que vous pétiez un câble. Que vous lui donniez l'impression d'être devenu schizophrène. Et que vous lui faisiez peur.

La légendaire discrétion de Denis... Son irrépressible désir de toujours parler de tout à tout le monde...

— Oui, quand il est parti de chez moi, il tenait ce genre de propos. Puis, plus tard, il s'est ravisé et m'a demandé de lui déposer mon ordinateur chez lui.

L'inspecteur hocha la tête, pensif.

— Mais de quoi me suspectez-vous ? Sa mort est accidentelle, n'est-ce pas ? me révoltai-je.
— Nous n'en sommes pas sûrs. Nous avons relevé des traces sous ses aisselles et de légers hématomes sur le corps, comme si on l'avait porté. Nous envisageons désormais le fait qu'il ait été drogué puis noyé.

Je restai sans voix, visualisant la scène.

— Et je suis... suspecté de... l'avoir tué ? finis-je par bafouiller.

— S'il s'agit d'un homicide, le tueur s'est introduit chez lui sans effraction. Or, pour l'instant, à notre connaissance, vous êtes la seule personne à posséder un double de ses clés. Et vous êtes également la seule personne dont il a parlé en des termes inquiétants la veille de sa mort.

— Mais c'est aberrant ! m'emportai-je. Denis était mon ami !

— L'ami de l'écrivain, du voisin aussi. Pas celui de cet autre homme que vous pourriez être quand votre esprit bascule dans la folie.

— Que voulez-vous dire ? m'écriai-je, surpris.

— Après avoir appris que M. Simon doutait de votre santé mentale, nous avons fait une petite enquête à votre sujet. Et plusieurs témoins ont déclaré que vous avez eu un comportement étrange ces derniers temps. Il y a eu ces propos tenus sur Facebook, puis votre altercation au cours d'une soirée. Des faits dont vous n'avez apparemment gardé aucun souvenir.

— Qui vous a raconté ça ?

— Peu importe.

— C'est ignoble ! hurlai-je.

— Vous voyez : il y a un instant vous étiez doux et perdu et là vous devenez furieux, remarqua-t-il, provocateur.

Robinson me présentait la pire des hypothèses, celle que je redoutais le plus tant elle hantait mon esprit depuis quelque temps déjà.

— Je refuse de vous écouter, déclarai-je, en me levant.

— Nous avons analysé votre ordinateur, continua-t-il. Nous n'avons trouvé aucune trace de piratage.

Je suspendis mon geste, abasourdi par cette nouvelle. Elle anéantissait mon dernier espoir de donner du sens à cette histoire.

— Et qu'en concluez-vous ? demandai-je en me rasseyant.

— Je ne tire encore aucune conclusion, j'exploite mes hypothèses. Donc, soit cette personne n'existe pas et il n'y a jamais eu de virus dans cet ordinateur... ce qui laisserait penser que vous avez inventé toute cette affaire. Soit elle existe et c'est elle qui s'est introduite chez M. Simon pour le tuer et effacer toute trace de son forfait. Si c'est le cas, elle est encore en liberté et pourrait bien réitérer et s'en prendre à vous ou... à votre fille, par exemple.

Ses propos eurent l'effet qu'il escomptait. La peur que j'avais jusqu'alors tenue à distance s'engouffra en moi et m'empêcha de respirer. L'inspecteur m'observait attentivement.

— M'avez-vous tout dit au sujet de cet individu ?

Comment lui avouer qu'il se prétendait être moi dans vingt ans sans accréditer la thèse que l'inconnu n'était qu'un double créé par mon esprit malade ? Mais je n'avais pas le choix. Il me fallait protéger Mayane et Dana avant tout.

Je lui racontai alors toute l'affaire. Il m'écoutait et prenait des notes, comme s'il était habitué à entendre des histoires aussi extravagantes. Quand j'eus terminé il posa ses yeux sur moi, fronça les sourcils.

— Vous me paraissez sceptique, dis-je, pour rompre le silence.

— Eh bien... nous avons également trouvé un texte, écrit sur votre ordinateur, envoyé à votre agent et votre éditeur. Un sujet de roman qui ressemble étrangement à cette histoire.

— Et alors ? me défendis-je. Je me suis simplement inspiré de cette mésaventure pour créer ce scénario !

— Possible.

— Possible ? Vous continuez à penser que je suis fou et que l'altération de mon jugement me conduit à confondre mes fantasmes et la réalité, n'est-ce pas ?

— Je suis tenté de vous croire, monsieur Sanderson, déclara-t-il. Mais restons-en là pour l'instant.

Il se leva pour me raccompagner.

Révélations

— Soyez prudent et prévenez-moi si cette personne se manifestait à nouveau.

*

J'étais effondré. Je me retrouvais au cœur d'une affaire délirante et sans aucune prise sur les événements. Les deux options présentées par Robinson étaient tout aussi effrayantes l'une que l'autre. Soit le persécuteur existait bel et bien et il venait de tuer mon ami afin de l'empêcher de révéler son incursion dans ma vie. Soit... j'étais fou.

Je décidai de ne tenir compte que de la première et, à peine arrivé chez moi, téléphonai à Dana pour lui raconter les derniers faits et l'inciter à prendre garde. Si la seconde était avérée, elles n'avaient rien à craindre de moi. Du moins, l'espérais-je.

Chapitre 33

Nathan fulminait. Il marchait de long en large dans son bureau en tirant nerveusement sur sa cigarette.

— Pourquoi ne m'as-tu pas parlé de ça avant ? Ne suis-je pas ton ami pour que tu me caches cette histoire de fan dérangé ?

— Tu doutais déjà de mon équilibre mental, répondis-je, las. Je ne voulais pas t'inquiéter plus encore.

Il s'arrêta de gesticuler.

— Bon, restons calmes. Il nous faut prendre les bonnes décisions. Tout d'abord, je vais faire en sorte que rien ne transpire dans la presse. Ensuite nous allons mettre nos meilleurs avocats sur le coup. Il est hors de question que tu répondes encore aux sollicitations de la police en dehors de toute procédure. Et comme ils n'ont rien contre toi, nous devrions pouvoir tuer l'affaire dans l'œuf. Concernant le sujet de ton prochain roman… Pas de problème avec ça. Tu t'inspires de ce qu'il t'arrive et ce harcèlement a pu te donner l'idée d'un sujet. C'est normal, pas condamnable du tout. Enfin… le problème essentiel : il y a un mec dans la nature qui cherche à te nuire. Et c'est peut-être cette personne qui a assassiné Denis.

« Je suis peut-être cette personne », fus-je tenté de dire pour évacuer cette sombre idée.

— Jerry Snooker ne sait encore rien de tout ça. Je vais l'en informer. Je préfère qu'il l'apprenne de ma bouche plutôt qu'une fuite ne le lui révèle.

— Il risque de mal le prendre, n'est-ce pas ?

Je le souhaitais presque. Si cette affaire remettait en cause nos accords, j'aurais alors la possibilité d'échapper à mes obligations. De plus, je me sentais tout à fait incapable de continuer à jouer les écrivains célèbres quand mon existence était menacée.

— J'ai mon idée. Je lui expliquerai que si la presse est mise au courant, nous orchestrerons la polémique de manière à faire de toi une victime. Chacune de tes apparitions dans les médias sera pour nous une occasion de parler de ton dernier roman et, par ailleurs, pourquoi pas, d'annoncer que tu écris une histoire s'inspirant des faits.

— Tu penses vraiment faire ça ?

— Le talent d'un agent est d'exploiter les opportunités permettant de faire parler de ses artistes. Les journalistes adoreront le scénario que nous leur servirons. Premier volet : un fan psychopathe s'attaque à tes proches et tente de t'impliquer dans ses forfaits. Second volet : tu écris un roman relatant ce par quoi tu es passé.

— Je trouve ça déplacé, Nathan ! La mort de mon ami n'est pas une opportunité ! C'est un drame qui m'affecte profondément.

— O.K., je me suis mal exprimé et j'en suis désolé. Je veux simplement dire que nous devons envisager toutes les possibilités, affûter nos arguments et nous préparer au pire.

Le pire était en effet devant nous. Et rien ne m'y avait préparé.

Chapitre 34

Le jour de la fameuse émission de télévision arriva sans que l'affaire ait transpiré dans les médias. Mon attachée de presse, mon éditeur et mon agent m'appelèrent dès le matin afin de vérifier ma disposition d'esprit et me prodiguer leurs derniers conseils sur la conduite à tenir lors de l'interview. Derrière la décontraction qu'ils affichaient je pouvais aisément percevoir leur fébrilité.

J'avais maintenant une vision assez précise de la manière dont le show se déroulait. Un animateur, plutôt bienveillant, dressait un portrait de ses invités et leur posait quelques questions sur leur parcours. Puis, il les livrait en pâture à ses chroniqueurs. Ceux-ci étaient capables de tout pour les déstabiliser. Leurs attaques portaient principalement sur l'œuvre de leurs victimes mais ils ne s'empêchaient pas d'aller fouiller partout dans leur vie afin de déceler des faits ou propos révélant les failles de leur personnalité quand, selon eux, elle participait à mystifier le public. Érigés au rang de juges des talents du moment, et « pères la morale » de la société, ils étaient particulièrement véhéments avec ceux qui, comme moi, produisaient ce qu'ils appelaient des produits de grande consommation, qui plus est relayés par des campagnes promotionnelles importantes. Le succès du programme résidait dans l'attrait de ce même grand public pour le spectacle qu'ils offraient : échanges corrosifs, voire violents, humiliation des invités ou, au contraire, victoire de ceux qui ne se laissaient pas atteindre par les attaques. Après leur passage dans cette émission, certains avaient disparu de la scène publique. La plupart en tentant maladroitement de se défendre face aux virtuoses de la critique et de l'interview à charge.

Pourtant, tous les musiciens, les auteurs, les vedettes du petit et du grand écran et les politiciens espéraient être invités à ce show tant il conférait, à ceux qui s'en sortaient, une importante notoriété, leur ego les dupant sur leur capacité à plaire ou, au moins, à savoir se défendre.

« Sois naturel ! me dit Sandie, surexcitée. Ils vont sans doute tenter de te désarçonner en moquant ton style, la simplicité de tes histoires, la répétitivité de tes intrigues. N'entre pas dans leur jeu, ne t'énerve pas. Accepte la critique et parle de tes lecteurs, de ton désir de leur apporter du réconfort à travers des romans simples, faciles d'accès, divertissants. Revendique ton positionnement grand public. Et surtout... souris ! Enfin, s'il te plaît, ne bois pas avant l'émission. Ils vont te proposer du champagne, du whisky, de l'excellent vin afin de te faire perdre pied... refuse ! »

« Ce sont des connards, m'assura Nathan. Des frustrés qui ont trouvé le pouvoir et la célébrité en brisant les artistes ou les politiques qui font la une. En temps normal je n'aurais pas douté de ta capacité à leur résister. Mais vu les événements récents... Et ils vont appuyer là où tu as mal en ce moment : la valeur de tes romans. Ne les laisse pas t'atteindre. Ne réponds pas à leurs agressions mais parle du plaisir que tu éprouves à écrire. Même si ce n'est plus tellement vrai. Force-les à respecter ton travail, même s'ils ne l'aiment pas. Et ne souris pas ! T'aurais l'air d'un con qui essaye de dissimuler sa contrariété. »

« J'ai eu Jack Lerman au téléphone, me confia Jerry Snooker. C'est un ami. Il dit qu'il ne sait pas dans quelles dispositions sont ses critiques à ton égard. Mais il m'a assuré que lui apprécie tes romans et qu'il te défendra s'ils étaient trop véhéments. Tu sais l'importance de cette émission sur tes ventes, n'est-ce pas ? Mais je sais que tu t'en sortiras bien. Et, s'il te plaît, souris. Tu as un sourire charmeur qui, quoi qu'il arrive, fera craquer tes lectrices. »

Si les passages à la télé ou à la radio ne m'intimidaient plus (après tout, il s'agissait juste de répondre à des questions sur mon travail), l'excitation et les conseils hystériques de mes acolytes avaient fini par me faire douter. Il est vrai que jusque-là j'avais plus souvent eu affaire à des journalistes dont les considérations étaient plutôt positives ou, au pire, gentiment acerbes.

Ceux qui n'aimaient pas mes textes, les gardiens de la grande littérature, investis, croyaient-ils, de la noble mission de préserver la beauté des lettres, se contentaient de me railler dans des papiers ou chroniques dans lesquels ils souhaitaient avant tout faire la preuve de leur maîtrise de la langue, de l'immensité de leur culture et de leur sens ineffable de l'humour. Ils me donnaient l'impression d'appartenir à un autre monde, fermé, un club régi par des codes élitistes et fréquenté par des gens qui leur ressemblaient. Donc pas à mes lecteurs. Leurs lazzis, toujours les mêmes, ne me touchaient pas.

Mais là, il s'agissait de ne pas perdre la face devant des millions de téléspectateurs et, en l'occurrence, ceux qui appréciaient mes romans. Qui plus est, la mort de Denis et l'ombre menaçante de mon tourmenteur ne cessaient de me hanter. J'avais hésité à annuler ma participation à cette interview mais cela aurait conféré à ce dernier un sentiment de toute-puissance.

Je me servis un verre de Jack Daniels. L'émission ne commencerait que dans cinq heures et j'aurais le temps d'évacuer les effets de l'alcool. Puis je m'installai devant mon ordinateur afin de me détendre un peu. Sur Facebook mes lecteurs annonçaient mon passage à la télévision. Nombre d'entre eux me réconfortaient, m'assuraient de leur soutien, comme si j'étais un boxeur amateur en passe d'affronter le champion du monde catégorie poids lourd.

Comme s'ils avaient eu le pressentiment du K.O. à venir.

Chapitre 35

Nous étions dans les coulisses attendant que Jack Lerman m'appelle sur le plateau. La régisseuse me tenait le bras, prête à me donner l'impulsion pour m'inviter à avancer. Nathan et Sandie étaient à mes côtés et, comme moi, regardaient l'écran de contrôle sur lequel défilaient des publicités. Si Sandie ne cherchait plus à dissimuler son stress, Nathan, lui, ne paraissait pas inquiet et, une assiette à la main, continuait son entreprise de destruction massive des toasts qu'il avait subtilisés dans les loges.

La publicité prit fin et l'animateur apparut à l'écran, tout sourire.

« Il est maintenant temps de recevoir l'un des auteurs les plus lus du pays », annonça-t-il face à la caméra.

Sandie se redressa, me caressa affectueusement le dos. J'étais prêt. Un peu stressé, certes, mais pas vraiment intimidé.

« Certains admirent sa capacité à tisser des histoires dans lesquelles viennent s'entremêler les fameux 3S : Sentiments, Suspense et Sexe. D'autres dénoncent la pauvreté de son style et sa propension à toujours appliquer la même recette. Il est également connu pour ses frasques amoureuses... »

Sans cesser de mastiquer, Nathan me jeta un regard blasé et complice.

« Mesdames et messieurs, je vous demande d'accueillir... Samuel Sanderson ! »

La régisseuse me poussa et je me dirigeai vers le fauteuil sous les applaudissements du public. Je ressentis immédiatement un malaise mais, aspiré par la lumière, dopé par l'excitation, je fus incapable d'en saisir les raisons. Je serrai la main de Jack Lerman puis celle des deux critiques et m'assis.

Le chauffeur de salle réclama le silence et le calme revint.

Je me détendis et laissai Jack Lerman présenter mon parcours puis mon roman. Il se montra positif, allant jusqu'à dire qu'il conseillait aux téléspectateurs qui souhaitaient se divertir durant leurs vacances d'emporter ma dernière production. Puis il passa la parole aux deux chroniqueurs. À leurs sourires, je compris qu'ils n'allaient pas être tendres. Et en effet, le plus petit des deux, Marcus Daniels, un rondouillard chauve qui tentait de compenser son manque de grâce en portant des chemises originales et sans doute très coûteuses, se lança dans une entreprise de démolition. Il railla le style, la pauvreté de mes intrigues, la bêtise de mes dialogues.

« Ce n'est même pas du niveau d'une sous-série télévisée ! »

« N'importe quel écrivaillon est capable de pondre un tel texte en moins d'un mois. »

« N'avez-vous pas l'impression d'écrire toujours la même chose ? »

Je l'écoutais, impassible. Ses assauts m'indifféraient. Il était dans son rôle, je devais rester dans le mien.

Il entreprit alors de démonter le plan de mes romans, expliquant que l'intrigue se nouait toujours dans les cinq premières pages, que les rebondissements apparaissaient au même rythme, que les scènes d'amour était, une fois sur deux, suivies de passages torrides dont il lut quelques extraits pour en démontrer la mièvrerie.

Jack Lerman tempérera sa véhémence en me défendant. Mais ses éclats de rire face aux attaques de son chroniqueur donnaient peu de valeur à ses plaidoyers.

— Qu'avez-vous à objecter ? me demanda Jack Lerman, hilare.

— Et, de grâce, ne vous cachez pas derrière les millions de personnes qui vous lisent pour justifier d'un quelconque talent ! lança le petit homme avant que je n'ouvre la bouche. Il y a aussi des millions de téléspectateurs qui regardent des reality shows dans lesquels de jeunes décérébrés se contentent de manger, boire, dormir et dire des conneries dans une langue plus qu'approximative mais ça ne fait pas pour autant de ces émissions des grands moments de télévision ni de ces marionnettes des personnes intéressantes.

Il paraissait satisfait de lui. L'autre critique feuilletait un dossier en attendant son tour.

Jack Lerman me relança.

— À vous donc. Qu'avez-vous à répondre ?

« Qu'il a raison », eus-je envie de dire. Après tout, le petit pitbull exprimait d'une manière plus agressive ce que j'avais moi-même formulé quelque temps auparavant à Nathan. Mais je ne voulais pas décevoir ceux qui croyaient en moi et encore moins offrir à ce critique un moment de télévision qui contribuerait à sa gloire.

— Rien, dis-je, platonique.

— Comme dans ses romans, il n'a rien à dire, ironisa Daniels, se réjouissant de la causticité de son intervention.

— Vous ne voulez pas répondre ? relança l'animateur.

— Répondre à quoi ? Il n'y a pas de question dans ces propos. Juste un avis. Il n'aime pas ce que j'écris... O.K. Je m'en remettrai.

Une partie du public m'applaudit.

— Mais vous pouvez tout de même nous dire s'il a raison ou tort quand Marcus dit que vos romans sont répétitifs.

— Je les construis comme certains studios de cinéma construisent leurs films. J'amorce l'intrigue, je présente les personnages et je conduis les lecteurs jusqu'au dénouement. Appelez ça « recette » si vous le voulez...

— Mais les 3S, ce n'est pas nous qui les avons inventés ! déclama le critique.

— Non, c'est moi.

— C'est donc bien que vous vous appliquez à développer toujours les mêmes ficelles !

— Parler d'amour et de sexe c'est parler de la vie, non ? Quant au suspense, c'est ce qui tient l'histoire et la rend intéressante.

Mes réparties décevaient Daniels. Il cherchait la confrontation, l'esclandre, le scandale qui, dès la fin de l'émission, feraient le buzz.

Jack Lerman passa la parole au second chroniqueur. Grand, maigre, les yeux cernés, Ethan Moore était connu pour sa capacité à porter des attaques assassines à ceux qui étaient aimés du grand public et à flatter, ou tout au moins à épargner, les romancières aux charmes avenants. Je l'avais croisé plusieurs fois dans des lieux courus par la jet-set, toujours en compagnie de très belles femmes. En regard de son physique plutôt ingrat je pouvais affirmer que la notoriété était pourvoyeuse de séduction.

— Je ne parlerai pas du contenu du dernier roman, annonça-t-il. Je rejoins l'avis de mon confrère sur le sujet. Moi, c'est l'homme qui m'intéresse.

Il marqua une pause pour ménager son effet.

— C'est de votre intégrité dont j'aimerais parler, monsieur Sanderson. Vos personnages ne cessent de prôner des valeurs fortes telles que l'honnêteté, la sincérité, le respect... mais votre comportement dans la vie n'est-il pas complètement antinomique ? En d'autres termes, êtes-vous le mec bien que votre éditeur essaye de nous vendre depuis tant d'années ?

Si les questions, sur le fond, m'interpellaient et faisaient écho à mes sempiternels doutes, je pressentis que, sur la forme, la diatribe cachait un piège.

— Ma vie privée n'a rien à faire ici, me défendis-je.

— Ah bon ? Pourtant vous l'étalez sur les pages des magazines people.

— Les magazines l'étalent. Mais je ne suis pas complice de ce jeu-là.

— Admettons. Mais ce qui m'intéresse c'est ce grand écart permanent entre celui que vous êtes et celui pour qui vous vous faites passer. Est-il possible d'aimer la grande littérature, comme vous le clamez, et de produire de telles bêtises ? Est-il concevable de parler d'amour lorsqu'on est un coureur invétéré ?

— Le sens de la vie est à trouver dans la réduction de ces écarts, n'est-ce pas ?

— C'est-à-dire ?

— Prenons votre cas. Vous donnez l'impression d'être un intellectuel austère qui passe ses jours et ses nuits à lire de grandes œuvres, à fréquenter les musées, à creuser les mystères de l'âme. Pourtant, je vous rencontre souvent dans des discothèques et bars à la mode au bras de bimbos qui, à en juger par leur apparence, ne sont pas des étudiantes en philo.

Le public applaudit et Jack Lerman éclata de rire. Mon interlocuteur, lui, esquissa un petit sourire que je pris d'abord pour l'expression de son fair-play mais qui, je m'en rendis compte ensuite, n'était dû qu'à sa satisfaction de me voir tomber dans le traquenard qu'il m'avait tendu.

— Vous souhaitez aller sur ce terrain monsieur Sanderson ? Très bien. Convenons donc que vous et moi aimons les femmes. Mais, pour ma part, je n'outrepasse pas les limites de la décence ou, tout au moins, de la légalité.

Le silence se fit sur le plateau.

— Qu'insinuez-vous ? questionnai-je, intrigué.

— J'aimerais vérifier une chose, monsieur Sanderson. J'ai reçu un message aujourd'hui…

Il leva la main.

— La régie peut-elle afficher la photo ?

Je n'étais qu'un fou

Un portrait de femme apparut et je sentis mon sang déserter mon cerveau. Figé, les yeux exorbités, je cherchai un sens à cette soudaine apparition.

— J'allais vous demander si vous connaissiez cette jeune femme mais votre réaction est suffisamment explicite, déclara Ethan Moore, goguenard.

— Où voulez-vous en venir ? interrogeai-je d'une voix éteinte.

— Il s'agit de Carla Ancelotti, annonça-t-il, ignorant ma question.

Carla, ma joggeuse italienne, ma mystérieuse conquête d'un soir. J'étais pétrifié, conscient qu'un précipice venait de s'ouvrir devant moi et qu'il était trop tard pour refuser d'avancer.

— Vous avez eu une aventure avec cette jeune fille, n'est-ce pas ?

— Je n'ai pas à répondre à ce genre de question, me défendis-je faiblement.

— Peu importe, mademoiselle Ancelotti a déjà répondu à ce sujet. Elle dit que vous l'avez séduite lors d'un récent voyage en Sardaigne.

Pourquoi Carla avait-elle raconté cela ? Et à qui ? Elle n'était pas censée me connaître.

— Elle dit ce qu'elle veut. Et même si c'était vrai, quel serait le problème ?

Ma voix tremblait et je ne parvenais pas à contrôler mes émotions. J'étais conscient d'offrir ce trouble à des millions de téléspectateurs.

— Le problème, monsieur Sanderson est que Carla... est mineure.

Je reçus cette information comme une gifle et restai sonné. Le silence envahit le plateau.

— Et vous savez que coucher avec une mineure est interdit par la loi.

Quelques sifflets retentirent.

Je jetai un coup d'œil désespéré en coulisse et vis Nathan et Sandie s'agiter, s'adresser à la régisseuse.

— Vous n'êtes ni flic ni juge. Et vous ne savez pas ce qu'il s'est passé entre elle et moi, tentai-je alors.

— C'est vrai. J'ai reçu ce dossier juste avant l'émission. Avec d'autres photos, plus explicites, que j'ai refusé de montrer à l'écran. Je sais que la police l'a reçu en même temps que moi et qu'elle vous interrogera sous peu. Si les faits se révèlent vrais, comme tendent à le prouver les éléments joints au dossier, le public appréciera votre duplicité et saura qui se cache derrière l'auteur de romans emplis de bons sentiments, de belles valeurs. Car la vraie question est : qui est vraiment l'auteur donneur de leçons ? Un mec bien ? Un pur produit marketing ? Un homme sans foi ni loi ? Un séducteur de lectrices, profitant de leur naïveté, de leur jeune âge ?

— Un homme faillible peut-être... répondis-je, avec sincérité. Mais je sais maintenant qui vous êtes, vous. Un homme qui, sans aucune preuve, sans avoir enquêté, avance des faits devant des millions de téléspectateurs, non pour me démasquer comme vous le dites, mais pour faire le spectacle et vous faire valoir. Vous avez cependant une part de lucidité : vous êtes conscient de votre petitesse. Alors vous abattez ceux qui jouissent d'une notoriété construite sur leur travail pour vous hisser sur leurs cadavres et paraître plus grand.

La déclaration avait retenti dans un silence pesant, presque matériel.

— C'est votre avis, répliqua Moore, désarçonné mais ravi d'avoir touché sa cible.

Jack Lerman, visiblement embarrassé, reprit la parole et mit fin à l'interview.

*

À la sortie du plateau, je découvris le visage horrifié de Sandie. Elle tenta de dire quelque chose, chercha ses mots puis se contenta de secouer la tête comme pour évacuer les dernières images d'un cauchemar.

Derrière elle, Nathan avait conservé sa placidité. Il me posa la main sur l'épaule.

— Les flics sont là, m'annonça-t-il. Je leur ai dit que je te déposerai à leurs bureaux dès la fin de l'émission. Pour éviter qu'ils ne t'interpellent devant les journalistes.

Il me prit le bras et me fit avancer dans les couloirs du studio.

Jack Lerman nous rattrapa.

— Je suis désolé, dit-il, contrit.

— Non, tu n'es pas désolé, espèce de faux-cul ! l'interrompit fermement Nathan. Tu es, au contraire, heureux. Les réseaux sociaux doivent déjà s'agiter et demain toutes les télévisions montreront ces images.

— Je ne savais pas que...

— Tu ne savais pas que ton kapo allait déballer une telle histoire ? Quel genre de professionnel es-tu pour ne pas maîtriser le contenu de ton émission ?

Nathan posa un doigt menaçant sur la poitrine de l'animateur effrayé.

— Tu sais ce qui va se passer maintenant ? Une fois que Samuel sortira blanchi de cette affaire je vous traînerai toi et tes rigolos devant la justice. Et je mettrai toutes mes forces, tout mon pouvoir de nuisance à détruire ta réputation. Je sais comment faire d'un inconnu une star ; je sais aussi comment faire l'inverse.

Il le laissa pantois et me rejoignit.

— Dis-moi que tu n'as pas couché avec cette fille Samuel, murmura-t-il.

Je ne répondis pas.

— Merde... c'est donc vrai.

— Je ne savais pas qu'elle était mineure, Nathan. Elle m'avait dit avoir vingt-cinq ans.

— O.K. On va te tirer de là. J'ai appelé nos avocats. Ils te rejoindront au poste.
— Nathan... c'était un piège.
— Oui, elle t'a piégé pour faire parler d'elle.
— Non. Quelqu'un cherche à me nuire. Je ne lui avais pas dit qui j'étais. Mais elle le savait. Elle m'a dragué, m'a proposé de dîner avec elle... Il y a quelqu'un derrière ça.
— Si c'est le cas, nous le découvrirons.

*

J'étais face à des photos qui me montraient endormi, près de Carla.
— Il est évident que ces clichés ont été réalisés pour nuire à mon client, déclara mon avocat. Est-il normal qu'une fille prenne des photos de son amant endormi ? Il s'agit manifestement d'un piège ! Elle lui a menti sur son âge. Elle savait ce qu'elle faisait.
J'avais passé plus d'une heure à répondre aux questions de l'inspecteur Robinson. Les photos, le message envoyé au chroniqueur du *Jack Lerman Show* juste avant l'émission... le procédé semblait suffisamment grossier pour qu'il comprenne que j'étais victime d'un guet-apens. Mais quoi qu'il en fût je tombais sous le coup de la loi sur « les crimes sexuels au troisième degré ».
— Pensez-vous qu'elle ait improvisé un plan en vous reconnaissant ? demanda l'inspecteur.
— Non, je pense qu'elle était là pour ça, répondis-je.
— C'est-à-dire ?
— Elle était en mission.
— En mission pour cette personne qui cherche à vous nuire ? questionna-t-il, sans que je puisse déceler d'ironie dans le ton de sa voix.
— Peut-être.
— Mais qui savait que vous étiez à Cagliari ?

— Mes proches et... la personne qui a piraté mon ordinateur. J'ai effectué mes réservations via Internet.

— Vous pensez donc que cette affaire est liée au meurtre de M. Simon ?

— Oui.

— Nous n'avons aucune preuve que votre portable ait été piraté, vous le savez, fit-il remarquer.

— Je ne vois pas d'autres explications.

— Qui pourrait chercher à vous nuire ?

— Tous ceux qui jalousent sa réussite, intervint Nathan : les auteurs qui vivent mal leur anonymat, par exemple. Ou Robert Sullivan, l'agent de Norman McCauley. Il a menacé Samuel il y a quelques semaines.

— Menacé ? En quels termes ?

— Il m'a dit ne pas apprécier que je marche sur les platesbandes de McCauley et qu'il me montrerait de quoi il était capable, répondis-je.

— C'était vraiment une menace ?

— Oui.

— Nous l'interrogerons, annonça-t-il.

— Cet homme peut être violent mais... je ne crois pas qu'il aurait été capable de faire tout ça. Pas de tuer en tout cas.

— Mais de vous impliquer dans cette histoire de mœurs ?

— Je ne sais pas...

— Donc, les deux affaires ne seraient pas le fait d'un même homme ?

— Je répondais à votre question concernant Sullivan, mais je pense que tout est lié. Une seule personne est derrière tout ça. Un fou persuadé que sa mission est de diriger ma vie. Ou de la détruire.

À ce moment une femme entra dans le bureau et tendit une note à l'inspecteur Robinson. Il la lut puis leva les yeux sur moi.

— Cette fille n'est pas italienne. Elle vit à Los Angeles. Elle est partie pour Cagliari deux jours après vous.

— Cela valide l'hypothèse selon laquelle elle a rejoint mon client pour le piéger, intervint mon avocat.

Il hocha la tête.

— Nous avons demandé à nos confrères de L.A. de l'interroger. Nous en saurons plus demain. D'ici là, une procédure va être lancée et vous devez vous tenir à notre disposition.

Au moment où nous allions quitter le bureau, l'inspecteur m'interpella.

— Je dois vous prévenir… la presse a reçu les mêmes clichés que nous.

*

Nathan déposa des journaux devant moi.

— Et ce n'est que le début, annonça-t-il.

Je jetai un rapide coup d'œil, sachant pertinemment à quoi m'attendre. Hormis les photos me montrant endormi près de Carla, la presse s'étalait sur l'interview du *Jack Lerman Show*. Le chroniqueur répondait aux questions des journalistes afin de s'expliquer sur ses sources et justifier son accusation. Ce connard avait atteint son objectif.

— Bon, tous les articles ne sont pas à charge. Certains te défendent. Enfin… disons plutôt qu'ils dénoncent la manière dont le petit bouseux t'a attaqué sans avoir au préalable vérifié ses informations.

J'étais abattu, incapable de réagir, de concevoir l'ampleur de cette affaire. Mon esprit avait été atomisé par les interrogations et émotions provoquées : pouvais-je réellement envisager qu'une seule personne se cache derrière ces agissements ? Était-il possible que ma folie interfère ? Qu'allaient penser mes lecteurs, mes amis de ce qui venait de m'arriver ? Et Rachel ? Et Dana ? Et… Mayane.

Je n'étais qu'un fou

Ma fille avait dû être outrée d'apprendre que j'avais couché avec une mineure. Une fille plus jeune qu'elle ! Cette idée me révulsa.

J'avais envie de l'appeler pour tenter de lui expliquer ce qu'il en était mais je savais qu'elle ne serait pas disposée à m'écouter. Les événements étaient trop frais et elle devait écumer de rage.

— Nous allons attendre que les flics interrogent cette fille et espérer qu'elle dira la vérité. Ensuite nous contre-attaquerons dans la presse.

Je ne me sentais ni la force ni l'envie de me lancer dans une bataille médiatique. La tâche me paraissait insurmontable et, de toute façon, vaine. Même si nous réussissions à prouver ma bonne foi, je resterais à jamais entaché par cette affaire. Le parfum de la suspicion n'est pas de ceux dont on se débarrasse en se frottant le visage. Dès lors qu'il vous atteint, il s'insinue dans les pores de votre peau, dans les plis de votre âme et continue à jamais d'exsuder.

*

L'inspecteur Robinson se présenta à mon appartement accompagné d'un de ses collègues.

— Monsieur Sanderson, je vous arrête pour détournement de mineure. Vous avez le droit de garder le silence. Tout ce que vous direz pourra être utilisé contre vous. Vous avez le droit de faire appel à un avocat pour vous représenter...

Je n'entendis pas le reste de « l'avertissement Miranda ». Comme dans un mauvais rêve, mon esprit tanguait autour d'images qui me semblaient lointaines et terriblement réelles en même temps. Je vis le regard désolé de l'inspecteur, les menottes, je sentis l'acier froid sur ma peau, les flashs des photographes qui attendaient devant la porte. Je perçus les paroles réconfortantes de Nathan derrière moi : « Ne t'inquiète pas, je vais te sortir de là. Tu seras dehors dans quelques heures. »

Le monde s'effondrait. J'étais tel un enfant apeuré. Les méchants avaient vaincu et on me conduisait en prison. J'avais envie de pleurer, d'appeler au secours. Mais d'appeler qui ? Qui pouvait me réveiller, me sortir de ce cauchemar ?

*

Kyle Robinson posa une tasse de café sur la table devant moi.

— Carla Ancelotti nie avoir agi volontairement ou pour le compte d'une tierce personne. Elle reconnaît ne pas vous avoir dit la vérité sur son métier et sa présence à Cagliari afin de respecter l'anonymat dont vous sembliez vouloir disposer. Vous avez menti sur votre identité, votre métier ; elle a donc fait pareil pour lier connaissance et vous séduire. Elle dit avoir pris les photos pour prouver à ses amies qu'elle avait fait l'amour avec un auteur connu.

— Et qui les aurait envoyées à la presse et à la police ?

— Elle nie l'avoir fait. Selon elle cela peut être une amie, une relation ayant eu vent de son aventure.

— C'est tiré par les cheveux.

— Dans cette affaire, tout paraît... tiré par les cheveux, comme vous le dites. Donc pour l'instant, nous sommes obligés de nous en tenir aux faits et à ses déclarations. Et, le plus important est qu'elle dit... vous avoir fait part de son âge.

— Elle est maligne : un mensonge passe mieux au cœur de vérités.

— Elle n'est pas si maligne que ça... Elle n'a pas convaincu les confrères qui l'ont interrogée. Selon eux, elle ment. Ils pensent qu'elle cherche à se faire de la publicité. L.A. regorge de starlettes en mal de notoriété. Mais pour l'instant nous sommes obligés d'appliquer la procédure et de vous inculper.

— Et vous, quel est votre sentiment ? demandai-je, abattu.
— Je n'aime pas du tout cette affaire, me confia-t-il. Au début, je vous suspectais, vous le savez. Maintenant je me range à l'idée qu'une personne tire les ficelles. Mais j'ai du mal à faire le lien entre la mort de M. Simon et cette histoire de détournement de mineure.
— Que va-t-il se passer désormais ?
— Nous allons vous présenter devant le juge. Il prononcera votre inculpation et décidera de votre envoi en prison et du montant de votre caution.

Tout cela me paraissait irréel. On m'avait projeté dans un autre monde. Le monde de mes romans.

Chapitre 36

Je fus libéré sous caution et assigné à résidence jusqu'au jugement. Dans un premier temps, les médias s'étaient emballés puis ils avaient progressivement lâché l'affaire attendant sans doute le procès pour se déchaîner à nouveau. Je passais mes journées à tourner en rond dans l'appartement, coupé du monde, ne répondant plus au téléphone et ne me connectant plus à Internet.

Nathan venait sans cesse me voir. Il s'inquiétait pour moi. Peut-être craignait-il même que j'attente à ma vie. Il me donnait quelques nouvelles, me parlait de la défense qu'organisaient mes avocats.

— Tu devrais appeler Dana, me dit-il ce jour-là.

Il prit note du sourire désabusé que j'affichai et poursuivit.

— Elle s'inquiète pour toi.

— Elle se fout complètement de ce qui m'arrive. Tout comme Rachel.

Dana ne s'était pas manifestée. J'avais imaginé qu'elle me croyait coupable et voyait dans cette affaire la sordide conclusion de la vie que j'avais menée jusqu'alors. Quant à Rachel, elle m'avait envoyé un mot de rupture, m'expliquant qu'elle m'en voulait d'avoir foutu en l'air notre relation de manière si minable, qu'elle avait désormais à subir les regards moqueurs de son entourage. Elle me reprochait sans doute également la mort de Denis.

— Ce n'est pas vrai. Enfin, au début, Dana était assez remontée contre toi. Elle disait que tu ne pensais pas aux conséquences de tes actes sur ta fille. Puis elle s'est calmée. Quoi qu'il en soit, elle m'a téléphoné chaque jour pour prendre de tes nouvelles.

Je scrutai son visage afin d'y lire les signes d'un mensonge mais n'en trouvai pas.

— Tu es sérieux ?

— Bien entendu. Elle ne croit pas un seul instant à ta culpabilité. Elle dit que tu es seulement victime de ta naïveté. Enfin… pour être plus précis, elle a employé le mot connerie.

— Pourquoi ne m'a-t-elle pas contacté alors ?

— Elle a tenté de le faire ces derniers jours mais tu n'as pas répondu. Elle s'est mis en tête que tu ne souhaitais pas aborder le sujet avec elle. Parce qu'elle était dure avec toi ces derniers temps. Parce que tu craignais qu'elle porte un jugement sévère sur ton comportement.

Je pris mon téléphone, regardai les listes d'appels auxquels je n'avais pas répondu. En effet, Dana m'avait appelé à trois reprises.

— Pourquoi ne me l'as-tu pas dit avant ?

— Je ne savais pas où vous en étiez. Je ne gère pas tes affaires personnelles.

Une onde de chaleur se propagea en moi.

— Et… Mayane ? Comment vit-elle tout ça ?

— Appelle ton ex-femme, elle te le dira.

Dès qu'il partit je composai le numéro de Dana.

— Bonjour Samuel.

— Bonjour.

Le silence qui nous séparait était celui d'une gêne confinant à la pudeur.

— Je viens d'allumer mon téléphone. Et j'ai vu que tu avais essayé de me joindre.

— Oui… je m'inquiète pour toi.

— Je m'inquiète pour moi aussi, plaisantai-je. Et pour vous également...

— Tu crains les suites de cette affaire ? demanda-t-elle. Nathan a l'air assez confiant. Il pense que la mise en scène de cette... fille est assez explicite pour que le jury te croie sincère.

— Nathan est toujours positif. Mais, depuis le début de cette histoire, rien n'est logique. J'ai le sentiment de n'avoir plus de prise sur ma vie. Tout ce que je fais se retourne contre moi.

Elle me répondit par un silence dont je compris la signification.

— Oui, je sais... Je paye la facture de toutes mes années de conneries. Mais là, je t'assure, je ne savais pas qu'elle était mineure. Je te le jure.

— Je te crois.

— Et... Mayane ?

— Je ne vais pas te mentir : ça a été dur pour elle. Tout ce vacarme autour de l'affaire, les questions de ses amis, les mauvais regards, les railleries... Mais, du coup, elle s'est rebellée et t'a défendu. Elle crie haut et fort que tu es innocent.

Je sentis les larmes me monter aux yeux.

— Je suis tellement désolé... Si tu savais ce que je donnerais pour revenir en arrière...

— Revenir à la semaine qui a précédé ton départ pour la Sardaigne ?

— Et... même avant.

Cette fois, je ne sus pas interpréter son mutisme.

— Mayane va venir te rendre visite, déclara-t-elle.

— Ah ? Quand ? questionnai-je, surpris.

— Je ne sais pas. J'ai simplement compris qu'elle en avait l'intention.

— Je ne pense pas que ce soit une bonne chose... Pas dans ces conditions-là. Et il y a toujours quelques photographes planqués dans le coin.

— Si elle se décide à venir, ni toi ni eux ne l'empêcheront.
— C'est vrai... elle a du caractère.

Après notre conversation, je me sentis mieux, plus léger et plus fort. Je n'étais plus seul. Et j'avais trouvé une raison de me battre.

Chapitre 37

Mayane se présenta deux jours plus tard.
Quand j'ouvris la porte, elle resta un instant sur le palier, m'observant avec un air de défi qui, je le compris, masquait l'émotion qui la submergeait. Puis elle entra d'un pas décidé.
— Salut, lança-t-elle, en jetant son sac sur le sofa.
Elle parcourut cet appartement qu'elle ne connaissait pas, curieuse de découvrir ce lieu souvent imaginé et soucieuse de dissimuler son trouble.
— C'est sympa, trancha-t-elle.
Elle s'arrêta devant la baie vitrée, fit mine d'admirer la vue.
— Tu veux boire quelque chose ? proposai-je.
— Oui, un truc frais.
Je me rendis à la cuisine et revins avec deux canettes de Coca. Je la trouvai dans la même position.
— Je sais que tu es innocent, lâcha-t-elle.
Ne sachant pas quoi répondre, je posai les boissons sur la table du salon.
— Et tous ces cons qui t'accusent sans savoir, continua-t-elle.
— Je paie le prix de ma notoriété, fis-je. Et de tous mes excès.
— C'est vrai.
— Je suis désolé que tu aies eu à endurer tout ça.

Elle haussa les épaules.

— En fait, je suis désolé pour tout, ajoutai-je. Pour toutes ces années pendant lesquelles j'ai été absent, pour…

— Arrête papa. Garde ce genre de confessions pour tes romans.

Il n'y avait ni sarcasme ni méchanceté dans sa remarque. Juste le désir de ne pas remuer tout ça. Comme si nous n'en étions déjà plus là.

— J'ai lu tous tes romans, murmura-t-elle.

— Ah bon ? Ta mère m'a toujours dit que tu refusais les exemplaires que je t'envoyais.

— Oui, c'est ce que je disais. Pour exprimer ma colère. Mais comment aurais-je pu ne pas lire ce que racontait mon père à des millions de lecteurs quand il me parlait si peu.

Sa remarque me blessa.

— Là c'est toi qui parles comme dans mes romans, plaisantai-je, pour donner le change.

Elle se retourna, un timide sourire aux lèvres. Elle saisit la canette, en but quelques gorgées.

— Comment comptes-tu te sortir de cette histoire ? demanda-t-elle.

— Ai-je le choix ? Je suis obligé de rester ici et de faire confiance à la justice.

— Tu es sérieux ? s'emporta-t-elle. Faire confiance à la justice ? Celle qui a envoyé des innocents tels que Todd Willingham, Troy Davis, George Stinney et tant d'autres à la mort ?

Elle lissa ses cheveux, pensive.

— Comment ça se passe en cours ? la questionnai-je, pour changer de sujet.

— Les cours ça va. Mais tous ces abrutis qui me regardent comme si j'étais la fille d'un monstre… les mêmes qui hier tentaient de lier connaissance parce qu'ils aimaient tes romans ou admiraient ta célébrité.

— Les gens sont versatiles. Les médias les manipulent facilement.

— Tu m'étonnes !

— Ça n'est pas facile d'être la fille d'un romancier célèbre, n'est-ce pas ?

Elle fit une petite moue.

— Avant, j'avais à endurer les sarcasmes sur le fait que j'étais nulle en littérature alors que mon père était écrivain. Puis les petits sourires ironiques de mes professeurs qui n'ont que du dédain pour le genre de romans que tu écris.

— J'ai aussi subi ce genre de moqueries. Quant à tes résultats en littérature... je suis désolé.

— Pourquoi désolé ?

— Peut-être est-ce de ma faute si tu as rejeté les matières littéraires.

— Possible. Mais ça va mieux maintenant. Je prends des cours particuliers.

— C'est moi qui aurais dû te donner ces leçons.

— On en reparlera.

Elle se leva.

— Je vais te laisser. J'ai des trucs à faire.

Elle se dirigea vers la porte.

— Mayane ?

— Oui ? dit-elle en se retournant.

Je la saisis et l'attirai à moi. Elle ne résista pas. Je la serrai très fort, respirai son odeur, embrassai ses cheveux. Il y avait si longtemps que je ne l'avais tenue dans mes bras.

— Je t'aime, lui murmurai-je.

Elle posa son front contre mon torse et se mit à pleurer.

— Fait chier, c'est ce que je voulais éviter, se plaignit-elle.

— Et tu ne le diras pas, mais je sais que tu m'aimes aussi. Malgré tout.

— C'est pas faux.

Nous restâmes un long moment enlacés puis elle se détacha de moi.

Je n'étais qu'un fou

— Je vais t'aider à t'en sortir, dit-elle.
— Que veux-tu dire ?
— J'ai mon idée.
La lueur qui éclaira ses yeux me déplut.
— Ne t'inquiète pas, je ne ferai rien de barré.
Elle ne me laissa pas le loisir de la questionner plus et s'en alla.

Chapitre 38

Nathan déposa sur ma table deux paquets de chez Da Silvano.

— Cuisine italienne, annonça-t-il en se frottant les mains.

— Bonne idée, ça me rappellera mes vacances en Sardaigne, râlai-je.

Il se figea puis leva les yeux sur moi.

— Je n'y ai pas pensé une seconde, répondit-il, presque embarrassé.

— Je plaisante ! Allez, déballe tout ça, je vais chercher des couverts.

— Et prends deux verres à vin. J'ai également pris une bouteille de Vino Nobile di Montepulciano, lança-t-il en tentant d'y mettre l'accent.

Je revins m'asseoir.

— Antipasti... normal, commenta-t-il, puis spaghettis à la *puttanesca*.

— Spaghettis de la putain ? traduisis-je en posant un regard circonspect sur mon adorable ami.

Il resta interdit un instant puis éclata de rire.

— Tu crois que c'est mon subconscient qui me joue des tours ?

Il me servit un verre de vin et leva le sien.

— À la fin de tes soucis !

Je trinquai avec lui.

— Tu m'as l'air en forme, constata-t-il en commençant à manger.

— Oui. J'ai eu Dana au téléphone. Et Mayane est venue me voir.

Je lui racontai notre rencontre. Il m'écouta attentivement tout en dégustant les antipasti.

— Bon, c'est une bonne chose, conclut-il. Il faut que tu aies le moral. Nous allons mener deux combats de front.

— Deux combats ? m'étonnai-je.

— Oui, le judiciaire et le commercial.

— Tu comptes tout de même faire paraître mon roman ?

— Il est trop tard pour tout arrêter.

— Mais nous allons nous vautrer ! Personne ne voudra lire le bouquin d'un salaud !

— Détrompe-toi. Pendant que tu marinais dans ton jus de tristesse, j'ai opéré quelques modifications.

— Concernant la campagne de promotion ?

— Non, la campagne, elle, est annulée. Faire de l'affichage, de la pub radio sur un auteur en prise avec la justice serait apparu comme de la provocation. Et, pour l'instant, s'engager sur des déplacements partout dans le pays serait malvenu.

— Alors... de quelles modifications parles-tu ?

— Le titre de ton roman.

— Oui. C'était censé être un titre provisoire mais nous l'avons gardé.

— De toute façon, nous aurions pu lui donner n'importe quel titre, il aurait marché comme les autres.

— Tu as donc changé le titre ?

— Oui. Ça va s'appeler *Demain tu comprendras*. Qu'en penses-tu ?

Je haussai les épaules. Croyant que je n'avais pas compris la subtilité de son idée, Nathan me l'expliqua.

— Ça fait référence à l'histoire mais c'est aussi un clin d'œil à ta situation. Une sorte d'aveu...

— J'avais compris, merci. Mais... le roman n'était-il pas déjà imprimé ?

— Il était en cours d'impression mais nous avions tout stoppé après l'émission de ce connard de Jack Lerman. La quatrième de couverture te présentait comme un auteur romantique, épris de beaux sentiments... Enfin, tu vois ce que je veux dire.

— Je vois.

— Nous faisons réimprimer la couverture et j'ai décidé d'en profiter pour changer le titre. Ça ne te plaît pas ?

— À vrai dire... je m'en fous.

Ma réponse ne le découragea pas plus que ça.

— Et, dans le prochain roman tu raconteras ta mésaventure.

— Parce que tu es persuadé que j'aurai envie d'écrire un tel roman et qu'il y aura encore des lecteurs pour me lire ?

— Bien sûr que tu auras envie de l'écrire ! Ne souhaitais-tu pas te lancer dans la réalisation d'une grande œuvre ? Un vrai roman, inspiré de ton histoire ?

— Je n'ai pas cette capacité de me projeter dans l'avenir. Pas maintenant. Je n'ai pas ton optimisme, Nathan. Et, si je m'en sors, je doute de vouloir me replonger dans l'horreur de ces événements.

— Nous verrons bien.

— Tu as donc toujours un coup d'avance Nathan ? m'amusai-je.

— Le président Truman a dit : « Un pessimiste fait de ses occasions des difficultés, et un optimiste fait de ses difficultés des occasions. » C'est là tout le sens de ma vie.

Le sens de la mienne s'était noyé dans la brume du présent.

Chapitre 39

Quand le téléphone sonna, j'eus le pressentiment d'une mauvaise nouvelle. Aussi, quand je découvris que c'était Dana qui m'appelait, je décrochai, anxieux.
— Samuel... Mayane...
Elle cherchait son souffle.
— Quoi Mayane ? demandai-je, sentant mes jambes faiblir.
— As-tu eu de ses nouvelles ?
— Non, pas depuis sa visite, il y a deux jours. Que se passe-t-il ?
— Elle n'est pas rentrée. Et... elle ne répond pas au téléphone. Je suis allée dans sa chambre. Son sac de voyage n'y est plus. Ainsi que certains de ses vêtements.
— Comment ça ? Elle ne t'a pas laissé de message ?
— Si, elle m'a envoyé un SMS : *Ne t'inquiète pas, je sais ce que je fais*. J'étais au travail, j'ai tout de suite tenté de l'appeler mais elle n'a pas répondu. Je suis donc rentrée et c'est alors que j'ai remarqué qu'elle avait emporté quelques affaires. J'ai peur, Samuel.
— Tu as appelé ses amies ? Cette Pernile...
— Oui. Elle m'a simplement dit que Mayane était étrange ces derniers temps. Et qu'elle lui avait confié... qu'elle allait faire quelque chose pour toi.

Cette idée m'affola. J'essayai à mon tour de joindre Mayane mais les appels basculaient sur sa messagerie. Je lui envoyai alors quelques SMS, lui demandant de nous rappeler au plus vite.

Je me mis à marcher de long en large, chassant toutes les images nauséeuses qui s'imposaient à mon esprit. N'y tenant plus, je m'approchai de mon ordinateur. Si le pire des scénarios était avéré, peut-être trouverais-je un message de celui qui m'avait annoncé les événements ayant bouleversé ma vie.

Les mains tremblantes, je me connectai. J'avais reçu un grand nombre de messages, certains de soutien, d'autres d'insultes. Mon persécuteur, lui, ne m'avait pas écrit et j'en ressentis un certain soulagement.

*

Deux heures plus tard, Dana me rappela.

— Elle a pris l'avion, cet après-midi. Un vol pour Los Angeles.

— Los Angeles ? m'étonnai-je.

— Oui, elle a dit à Pernile qu'elle y passerait le week-end.

— Connaît-elle quelqu'un là-bas ?

— Oui, une ancienne copine du collège qui est allée habiter sur la côte Ouest. J'ai réussi à obtenir son numéro de téléphone mais elle ne répond pas non plus.

— Elle a dû aller voir Carla ! dis-je à Dana.

— Carla ? Cette fille qui… Mais pourquoi ?

— Pour la convaincre de cesser de mentir. Elle habite à Los Angeles et… Mayane m'a confié vouloir faire quelque chose pour me tirer d'affaire.

— Mon Dieu ! Et elle n'a pas répondu afin que je ne l'empêche pas de partir. Je vais prendre le prochain avion et…

— Non. Attendons encore un peu. Elle doit savoir que nous sommes inquiets. Elle va certainement nous appeler.

En effet, Mayane téléphona dans la soirée.
— Où es-tu ?
— À Los Angeles, dans un café.
— Mais que fais-tu donc là-bas ? Pourquoi être partie sans rien dire ?
— Maman ne m'aurait pas laissée faire.
— Elle est folle d'inquiétude !
— Je viens de l'avoir.
— Qu'as-tu en tête, Mayane ?
— J'ai rendez-vous avec Carla Ancelotti.
— Mais... comment...
— Je me suis fait passer pour une journaliste. Je lui ai dit que je voulais faire un portrait d'elle. Elle m'a donné rendez-vous ici. Je vais la convaincre de dire la vérité à la police.
— Mais c'est insensé ! Elle ne t'écoutera pas !
— Qu'en sais-tu ? C'est comme ça que ça se serait passé dans un de tes romans, n'est-ce pas ?
— Mais nous sommes dans la vraie vie là !
— Malheureusement. Bon, je dois te laisser, elle ne va pas tarder à arriver. Je te tiens au courant.

Si l'inquiétude me rongeait, je ne pouvais également m'empêcher de ressentir de la fierté à l'idée que ma fille se montre si courageuse afin de me sortir d'affaire.

*

Mayane me rappela quinze minutes plus tard. Je décrochai mais n'entendis rien d'autre qu'un murmure lointain. Puis je perçus deux voix et compris de quoi il s'agissait. Mayane avait dû discrètement appuyer sur la touche de rappel afin que je puisse écouter la conversation. Malgré le bruit environnant, je pus comprendre les échanges.
— Bon, donc vous êtes sa fille...
— Oui.

— Je me casse, je n'ai rien à vous dire !
— Mais moi oui. Je viens de New York pour vous parler. Alors, je vous en prie, écoutez-moi.

L'autre ne répondit pas et Mayane en profita.

— Vous et moi savons que vous avez menti...
— Je ne vous permets pas ! Je...
— Laissez-moi parler. Ensuite vous pourrez dire ce que vous voulez.

À toutes fins utiles, je saisis mon dictaphone et enregistrai la discussion. Peut-être était-ce ce qu'attendait Mayane.

— Mon père n'est pas un modèle de vertu. Je ne lui ai quasiment pas adressé la parole ces dernières années. Mais il n'est pas non plus l'homme que vous avez dénoncé.

J'imaginai l'autre regardant ailleurs, affichant son indifférence.

— Avant son succès, c'était un père fantastique et un mari modèle. Mais cette putain de célébrité l'a changé. Elle lui est montée à la tête. Il n'a pas su l'assumer. Il a commencé à tromper ma mère. Ils se sont séparés. Ensuite, il s'est mis à boire, à prendre toutes sortes de conneries, à faire la fête comme s'il avait encore vingt ans.

— Je n'ai pas à savoir tout ça, l'interrompit Carla.
— Je vous dis cela parce que... l'homme que vous avez rencontré en Sardaigne était un homme fragile, facile à duper. Et aujourd'hui... je crains pour sa vie. Il est complètement abattu, perdu.

— Je me fous de savoir comment il va !
— Non, vous ne vous en foutez pas. Si c'était le cas, si vous n'étiez qu'une fille intéressée par le fric et la célébrité, vous seriez partie dès que je me suis présentée. Mais vous êtes restée. Ce qui veut dire que toute cette affaire vous pose un problème de conscience. Je me trompe ?

Carla resta silencieuse.

— Je ne me trompe donc pas, constata Mayane. Alors, envisageons la situation sereinement. Que va-t-il se passer si vous continuez à accuser mon père ? Vos avocats engageront sans doute une négociation avec les siens afin d'obtenir une grosse somme d'argent. La presse parlera de vous. Dans le meilleur des cas, jolie comme vous l'êtes, un producteur vous proposera un contrat et vous deviendrez une de ces stars éphémères. Mais, un jour, dans un, deux ou trois ans... vous vous retrouverez seule face à vous. Et vous aurez à affronter la réalité. Vos mensonges auront sali un homme, détruit sa carrière, ruiné sa vie. Il se sera peut-être foutu en l'air, ne supportant plus le poids de cette injustice et ses conséquences. Et vous devrez vivre avec, faire semblant de vous en foutre. Et, pour tous ceux que vous rencontrerez, vous serez celle qui a un jour accusé un romancier célèbre, celle dont on doutera toujours de la véracité des propos. Car, entre-temps, les avocats de mon père et une certaine presse vous auront salie. Et plus tard, vos enfants...

— Assez ! s'emporta Carla. Vous me faites rire avec vos phrases mielleuses... Vous êtes une petite fille riche qui voit son monde basculer. Je n'ai pas eu votre chance. Mais j'ai un atout : mon physique. C'est mon seul capital. Alors je couche avec des hommes riches qui payent très cher le privilège de baiser une jolie mineure. Je n'en suis pas fière mais je n'en ai pas honte non plus. Je sais que la vie est un combat et qu'il me faut utiliser les armes dont je suis dotée pour m'en sortir.

— Je comprends. Mais pas au détriment d'un homme bon. Je ne sais pas combien de temps vous avez passé avec lui. Mais je suis certaine que vous avez eu le temps de vous rendre compte que mon père est un mec bien. Certes un peu perdu, un peu frimeur... mais un mec bien. Avez-vous un père Carla ? L'aimez-vous ? Moi, j'aime le mien et je ne supporte pas de le voir ainsi accusé. Je ne supporte pas de le voir devenir une loque. Et je ne supporterai pas de le perdre.

— O.K., je crois que nous nous sommes tout dit.

— Encore une minute. Vous m'avez écoutée, Carla. J'ai vu que mes mots vous touchaient. Révélez la vérité, s'il vous plaît.

Il y eut un instant de silence durant lequel je pus percevoir la tension qui les liait.

— Carla... je vous en prie...

— En admettant que vous ayez raison... murmura la jeune escort-girl, la voix tremblante, je ne peux pas me déjuger... j'aurai des problèmes...

— Je vois ce que vous voulez dire. Mais... je m'engage à vous aider. Nous paierons tous vos frais. Et... en définitive, vous ne serez pas perdante.

— Au revoir.

— Attendez, j'ai une dernière question : avez-vous agi seule ou... pour le compte d'une autre personne ?

— Je... je ne vois pas de quoi vous parlez.

— Mon père est persécuté par une personne qu'il ne connaît pas. Peut-être est-ce cette personne qui vous a incitée à agir de la sorte ? Peut-être qu'elle vous a proposé une importante somme d'argent ?

— Vous vous trompez...

— Si c'est le cas tant mieux.

— Pourquoi ?

— Parce que cette personne est dangereuse. Elle est soupçonnée d'être l'auteur du meurtre de Denis Simon, l'un des amis de mon père. Vous comprenez ce que cela veut dire ? Si vous avez agi sur commande pour cet individu, vous êtes en relation avec un criminel et vous risquez de vous trouver mêlée à une affaire bien plus grave que celle dans laquelle vous pensez aujourd'hui avoir le beau rôle. Vous risquez également d'être sa prochaine victime...

— Je ne suis mêlée à rien de tout ça, bredouilla Carla.

Carla avait dû se lever pour partir.

— Réfléchissez à tout ça Carla. Voici mon numéro. Vous pouvez m'appeler quand vous le voulez.

Un moment passa avant que Mayane ne saisisse son téléphone.

— Papa ?
— Oui, je suis là.
— Tu as tout entendu ?
— Oui. Et j'ai même enregistré la conversation.
— Je sais que je l'ai touchée papa ! s'enthousiasma Mayane. Tu aurais dû la voir... ses mains tremblaient. Elle n'osait pas me regarder dans les yeux.
— Son émotion s'entendait.
— Je suis persuadée qu'elle va renoncer ! Enfin, je m'emballe peut-être mais... j'ai eu le sentiment qu'elle regrettait de s'être embarquée dans cette affaire. C'est une fille apeurée, dépassée par les événements.
— Mayane... je suis fier de toi, dis-je, ému. Tu ne peux pas savoir à quel point... Mais il faut que tu rentres maintenant.
— Je vais passer le week-end ici. Une amie va m'héberger. Je prendrai l'avion lundi matin, je te le promets.

Chapitre 40

L'inspecteur Robinson s'était présenté chez moi sans prévenir, était entré, s'était assis sur le canapé, comme s'il rendait visite à une vieille connaissance.

— J'ai une bonne et une mauvaise nouvelle, annonça-t-il. Mais je ne vous laisserai pas le choix de l'ordre dans lequel je vais vous les révéler.

Il y avait de la lassitude dans le ton de sa voix, dans son attitude aussi.

— La bonne nouvelle est que Carla Ancelotti a téléphoné à mes confrères de Los Angeles. Elle était fébrile et a demandé ce qu'elle risquait si elle revenait sur sa déposition. Ils ont souhaité la voir sur-le-champ mais elle a refusé. Ils ont tenté de la rassurer et elle a promis de passer les voir ce lundi matin. Voilà pour la bonne nouvelle.

Il redressa le buste, s'avança un peu, posa les coudes sur ses genoux.

— La mauvaise nouvelle est qu'elle ne s'est pas présentée au poste de police. Le sergent Lowson l'a donc appelée mais elle n'a pas répondu. Il s'est rendu à son domicile, elle n'y était pas.

— Elle aurait changé d'avis ?
— Peut-être.

J'entrevis une autre possibilité, plus dramatique.

— Ma fille l'a rencontrée, déclarai-je alors.
— Pardon ?
— Elle s'est rendue vendredi à Los Angeles. Elle avait pris rendez-vous avec elle en prétextant être une journaliste. Elle voulait la raisonner.
— Y est-elle parvenue ?
— Ce que vous venez de me raconter tend à le démontrer.
Je lui confiai ce que je savais et lui fis écouter la cassette.
— Nous pouvons donc supposer que l'intervention de votre fille lui a donné des remords. Elle était prête à tout déballer. Et elle s'est ravisée.
— Ou… quelqu'un l'en a empêchée…
— Toujours cette même personne ?
— C'est possible.
Soudain je tressaillis et me précipitai vers le téléphone.
— Excusez-moi. Je dois vérifier quelque chose.
Je tentai de joindre Mayane mais elle ne répondit pas. J'appelai alors Dana.
— Oui, tout va bien. Je viens de l'avoir, elle était en route pour l'aéroport. Son avion arrive dans une heure. J'irai la chercher. Ensuite, nous passerons chez toi.
Robinson avait suivi la conversation.
— Votre fille est rentrée ?
— Elle est dans l'avion.
— Bon, tant mieux.
Il se leva.
— Avec ces nouveaux éléments, la procédure à votre encontre a de fortes chances d'avorter, expliqua-t-il.
— Vous croyez donc désormais à l'existence de ce malade ?
— Je n'ai pas à croire ou ne pas croire mais plutôt à établir des hypothèses et vérifier si elles sont valides ou non. J'ai toujours envisagé la possibilité qu'une personne veuille vous nuire. Mais je n'avais pas grand-chose pour l'étayer.
— Et maintenant ?

Révélations

— Maintenant... les indices m'incitent à octroyer plus d'importance à cette piste. Avez-vous eu d'autres messages de la part de cet individu ?
— Non.
— Ce qui laisserait donc penser qu'il sait que votre ordinateur est surveillé.
— Et qu'auparavant il avait accès à toutes mes informations.

*

Une semaine s'était écoulée et Carla Ancelotti n'avait toujours pas été retrouvée. Entre-temps, l'assignation à résidence avait été levée mais je restais cloîtré dans mon appartement, préférant éviter l'agitation provoquée par les derniers événements. La presse s'interrogeait sur la disparition de la jeune fille et ceux qui, hier, me vouaient aux gémonies me réhabilitaient sans vergogne. Ethan Moore, le critique qui m'avait mis en cause durant le *Jack Lerman Show*, voyait ses compétences contestées : on lui reprochait d'avoir privilégié le sensationnel afin de se faire valoir. La versatilité des médias tient du mouvement pendulaire et je me demandais ce qui resterait de tout ça quand, après avoir oscillé aux positions extrêmes, le pendule se stabiliserait en son centre.

J'avais le sentiment d'avoir échappé à une tempête mais le calme revenu ne me procurait pas la sérénité attendue. Quelqu'un rôdait dehors. Une personne qui avait pour objectif de détruire ma vie. Je craignais pour Dana, Mayane, Nathan, tous ceux que j'aimais.

J'avais raison. Il ne s'agissait pas d'une tempête mais d'un cyclone et j'étais dans l'œil de celui-ci. Suivrait bientôt la seconde phase du déchaînement des éléments. Sa violence ne m'épargnerait pas.

Chapitre 41

L'enquête de l'inspecteur Robinson piétinait. Carla n'était pas réapparue et tout laissait penser qu'elle avait été kidnappée ou assassinée : il n'y avait eu aucun mouvement sur son compte bancaire et son téléphone était resté désespérément muet.

Mais, pour moi, la vie avait repris. La vie... ou, tout au moins, son pendant professionnel.

Mon dernier roman caracolait en tête des ventes. Mes lecteurs en l'achetant faisaient acte de soutien et ceux qui ne m'avaient jamais lu, poussés par la curiosité, se ruaient dans les librairies.

Je recommençais à donner quelques interviews dont le cadre était précisément fixé par Sandie et Nathan : « Pas de questions sur les récents événements. Samuel est encore sous le choc de cette injustice et il ne parlera que de son roman. »

Mon agent jubilait et préparait déjà le terrain pour l'année suivante. « S'ils veulent savoir comment tu as vécu tout ça, ils attendront ton prochain bouquin. D'ici là, nous ferons monter la pression. »

Jack Lerman m'avait fait parvenir une lettre dans laquelle il s'excusait de la manière dont les choses s'étaient passées et les rumeurs allaient bon train sur le non-renouvellement du contrat de Moore.

Tout ceci me paraissait quelque peu excessif, voire outrancier. Exploiter cette situation à des fins commerciales, oublier les victimes, reprendre le cours d'une vie de romancier vedette... je suivais le mouvement, incapable de me définir une ligne de conduite acceptable et de distinguer ce qui était normal et juste de ce qui ne l'était pas.

Ma seule consolation était la présence de Mayane. Nous nous voyions deux à trois fois par semaine chez moi ou dans un restaurant.

— Qu'as-tu ? lui demandai-je ce jour-là, alors qu'elle venait de me rejoindre dans un sushi bar.

— Rien, répondit-elle en haussant les épaules.

— Tu as l'air triste. Et tu as mauvaise mine.

— Ben... en fait, je n'arrête pas de penser à Carla.

— J'y pense aussi.

— Non mais ce que je veux dire c'est que... je me sens coupable de ce qui lui est arrivé. Si je ne l'avais pas convaincue de parler à la police, elle n'aurait sans doute pas disparu.

— Et j'aurais fini en taule !

Elle prit un maki entre ses doigts, le tritura.

— C'est vrai... Mais quand même...

— Elle est seule responsable de ce qui lui est arrivé. Elle a accepté de jouer un jeu dangereux et elle a payé son imprudence et sa... malhonnêteté, argumentai-je sans conviction.

— Je sais ça aussi. N'empêche...

— Écoute, on la retrouvera peut-être.

— Oui, peut-être. J'aimerais que l'on tourne la page de cette histoire lugubre et que nous reprenions une vie normale. C'est pas marrant non plus de devoir toujours faire attention, de ne plus pouvoir sortir.

— Tant que la police n'aura pas mis la main sur ce malade, nous devrons rester prudents.

Les consignes de sécurité imposaient à Dana et Mayane de ne jamais se déplacer seules. Dana accompagnait donc notre fille en cours, allait la chercher. Son beau-père la conduisait chez moi ou au restaurant et je la raccompagnais. Quant à ma protection, j'avais refusé de me voir chaperonné par un garde du corps, au grand dam de Nathan.

— Nous partons en vacances, m'annonça-t-elle.

— Qui va partir et où ?

— Maman, Lukas et moi. Lukas a loué une maison dans les Hamptons pour deux semaines. Ce serait bien que tu nous rejoignes.

J'avais eu l'occasion ces derniers temps de faire plus ample connaissance avec Lukas. Quand il déposait Mayane, il prenait parfois un verre avec nous. Ce cinquantenaire à l'allure sportive, à la voix douce et au sourire chaleureux avait fini par me séduire. Et je lui étais reconnaissant de veiller sur ma fille comme si c'était la sienne. Bien entendu, j'étais jaloux de lui... C'était un mec bien.

— Je ne sais pas... Et je ne suis pas sûr que ta mère ou Lukas apprécient de me voir débarquer.

— Je leur en ai parlé. Et ils ont dit que c'était une excellente idée.

— Bon, je vais y réfléchir.

Devenir l'ami du couple que formait mon ex-femme avec cet homme revenait à faire le deuil de notre relation. Or, j'avais nourri l'espoir de voir un jour notre histoire reprendre.

Chapitre 42

Quelle était désormais ma capacité à entreprendre le roman que Nathan attendait ? À vrai dire, mon désir d'écrire un texte différent s'était éteint sous la pluie des événements. Le véritable désir d'écrire est toujours l'expression mature d'une douleur longtemps fermentée. La blessure présente ou encore suppurante ne requiert que le cri ou la plainte. Mais écrire requiert la primauté de la lucidité sur les émotions. Et je n'étais pas suffisamment apaisé ni clairvoyant pour raconter des faits qui agitaient encore mon esprit.

Peut-être que sous la cendre couvaient des tisons qui, plus tard, rallumeraient le feu sacré mais, pour l'heure, j'avais plutôt envie de laisser le ressac des jours effacer ce qui pouvait l'être. Ou même m'engloutir.

De plus, la démarche me paraissait macabre. Denis était mort et il y avait peu de chance de voir Carla resurgir. Comment aurais-je pu raconter mon aventure sans évoquer leurs disparitions ? Il y avait de l'impudeur à trouver du plaisir dans la composition d'un texte alors que deux êtres avaient été victimes des conséquences collatérales de mon activité littéraire.

La pluie tombait sur New York. Une pluie dense, agressive, qui semblait vouloir noyer la ville. Une nuit sans lune, une masse mouvante de nuages noirs, des rues désertes, détrempées, et le vent faisant osciller les feux de signalisation : on aurait cru qu'un producteur hollywoodien avait élaboré ce décor pour tourner les premières scènes d'un film apocalyptique.

Je pensai à Dana, Mayane et Lukas, dans leur maison au bord de la mer et me félicitai d'avoir refusé leur invitation. Rester confiné dans un lieu, fût-il beau, avec pour seule distraction le bonheur d'une famille à laquelle je n'appartenais plus m'aurait été insupportable.

Je décidai de regarder un film et fis défiler l'offre des chaînes de *pay-per-view*. Je m'arrêtais sur une comédie romantique datant des années quatre-vingt-dix : *Entre deux rives*. L'histoire d'un homme et d'une femme ne se connaissant pas mais qui, après avoir échangé des courriers, tombent amoureux avant de découvrir... qu'ils vivent à deux époques différentes. Je repensai alors à celui qui disait m'écrire du futur. Pourquoi ne s'était-il plus manifesté ? S'était-il laissé dépasser par les conséquences de ses actes ? Avait-il renoncé ou attendait-il le moment opportun pour réapparaître au cœur de ma vie ?

Une fois encore, comme s'il avait entendu mes questions, le persécuteur allait me répondre.

*

J'avais déjà vu plusieurs fois ce film et ne parvenais pas à fixer mon attention sur l'écran du téléviseur. L'orage avait redoublé d'intensité et la pluie fouettait la baie vitrée avec force. Il en résultait un vacarme qui envahissait l'espace et constituait une bande-son assourdissante et dissonante.

Je saisis mon iPhone, fis un tour sur Facebook puis consultai mes e-mails. L'un d'entre eux, arrivé une heure plus tôt, attisa ma curiosité. Je ne connaissais pas l'expéditeur mais l'objet frappa mon esprit : « Les Hamptons » ?

Il ne comportait qu'un lien que j'ouvris sans hésiter. Une vidéo apparut à l'écran.

Les images étaient sombres et mouvantes, sans doute filmées avec un téléphone portable. Je distinguai une rue sur laquelle s'abattait la même pluie puissante et obstinée. La caméra avança et je vis une propriété au cœur d'un jardin. Ma respiration s'accéléra et mes mains devinrent moites. Je n'osai encore formuler l'explication qui pourtant affleurait à mon esprit.

La personne qui filmait s'approcha de la porte d'entrée puis fit le tour de la maison. Ensuite, à travers les lames d'un volet, elle me révéla une scène qui confirma mes craintes : Dana et Lukas étaient dans la salle à manger, préparant la table pour le dîner. Je me levai, en proie à une véritable panique tout en continuant à scruter les images, craignant qu'elles ne me révèlent maintenant une vision d'horreur mais la séquence prit fin sur un texte : « Nous t'attendons. »

Je restai debout, ne sachant que faire, incapable d'affronter l'idée horrible qui avait percé dans mon esprit. J'avais l'impression d'avoir basculé dans une autre dimension.

Me trompais-je ? Se pouvait-il qu'il s'agisse de lui ? L'homme qui menaçait ma vie rôdait autour de cette maison ? Ou… était-il déjà à l'intérieur ?

Oui, c'était lui, à n'en pas douter et son message était clair : la vie des miens était menacée. Peut-être même étaient-ils déjà…

Je repris mes esprits et tentai de téléphoner à Mayane mais un message de l'opérateur m'indiqua que les dégâts causés par la tempête avaient temporairement interrompu les communications. J'essayai toutefois d'appeler Dana puis Lukas, en vain.

Des images effrayantes vinrent électriser mon cerveau et de nouveau je m'affolai. Mon cœur battait trop fort, ma vue se brouillait et j'eus envie de vomir. Je m'assis un instant.

Je n'étais qu'un fou

Il était passé à l'offensive ! Cela me paraissait fou, invraisemblable, cauchemardesque. Mon erreur était évidente, outrageante même, et je me maudis de ne pas avoir pris plus de précautions, de ne pas les avoir accompagnés.

Puis je me raisonnai : qu'aurais-je pu faire ? S'il avait voulu s'attaquer à moi, il l'aurait fait. Non, son dessein était de s'en prendre à ce que j'avais de plus cher.

J'enfilai un jean, un pull, et saisis mes clés de voiture. Je me précipitai dans mon garage et démarrai en trombe. J'agissais tel un automate, accomplissant les gestes sans m'en rendre compte. La pluie qui s'abattait sur le pare-brise réduisait la visibilité à deux mètres devant moi. Je roulai aussi vite que je pus, espérant ne pas percuter un piéton ou une auto mais presque personne ne s'était risqué à sortir. Le véhicule fit plusieurs embardées, glissant sur les épaisses flaques d'eau. À certains moments l'intensité de la pluie faiblissait et j'en profitais pour accélérer.

Je tentai à maintes reprises de les joindre mais tombai sur le même message.

Les communications n'étaient pas coupées dans le centre de la ville et je réussis à contacter l'inspecteur Robinson. Il m'écouta attentivement, me demanda l'adresse de cette demeure puis promit de me rappeler.

*

Les rafales de pluies m'empêchaient d'entendre distinctement ce que Kyle Robinson disait.

— Je récapitule encore une fois, annonça-t-il. Nous serons postés autour de la maison. Arrivé sur place, vous m'appelez et maintenez votre téléphone connecté. Sitôt entré, vous commentez ce que vous voyez de manière à nous donner le maximum d'indications. Dès que vous estimerez que nous pouvons intervenir, vous nous le signalerez en répétant le code suivant : « C'est incroyable. » Deux fois, d'accord ?

Auparavant vous vous serez assuré de la possibilité de communiquer aux autres la consigne de se baisser. C'est entendu ?

— Oui.

— Mais sincèrement, je ne pense pas que ce soit la meilleure solution. Vous devriez nous laisser prendre en mains la situation.

— Pas question. C'est moi que veut atteindre cette personne. Si elle est à l'intérieur, je pourrai sans doute parler avec elle et vous donner des informations pour que vous opériez sans trop de risques.

En effet, si cet individu s'était introduit dans la maison, je ne voulais pas qu'une action inconsidérée tourne au drame. S'il n'était pas entré, il était préférable de ne pas effrayer les occupants.

*

En route vers les Hamptons, de violentes bourrasques venues de la mer abattaient des trombes de pluie sur le pare-brise de la voiture. La fureur des éléments créait un décor dramatique et rajoutait à la tension du moment. Je roulais en suivant les feux de signalisation du véhicule me précédant. Parvenu à destination, je me garai.

Je cherchai la présence des hommes de Robinson mais n'en repérai aucun. Je respirai profondément pour calmer la peur qui menaçait de me paralyser.

J'actionnai la touche de rappel et Kyle me répondit aussitôt.

— Où êtes-vous ? demandai-je.

— Tout près et bien dissimulés.

Je sortis de la voiture. Le vent tenta de me repousser et je me retrouvai trempé. Je décidai de faire le tour de la maison afin d'observer ce qui s'y passait. L'atmosphère était lugubre, inquiétante. À travers les lames des volets du salon je vis que la pièce était vide et, sur la table, les reliefs d'un repas.

La seconde fenêtre donnait sur la cuisine, éclairée et vide elle aussi.

— Je ne vois personne à l'intérieur, annonçai-je, doutant que le policier puisse m'entendre compte tenu du vacarme de la tempête.

J'appuyai sur la poignée de la porte. Celle-ci n'était pas fermée.

— J'entre par la cuisine.

Je fis deux pas dans la pièce. Le bruit extérieur était si fort qu'il était impossible de percevoir un quelconque son à l'intérieur. J'avançai en retenant ma respiration comme si je craignais que le moindre souffle d'air n'attise le feu de ma peur. La plus terrible des pensées fouetta mon esprit : j'allais découvrir leurs corps inanimés, là dans une pièce.

Je sentis alors un objet pointer dans mon dos.

— Surtout ne bouge plus, murmura une voix. Lève lentement les mains.

Ce fut comme si mon cœur avait cessé de battre.

Il était là, dirigeant une arme sur moi. Je pensai à Mayane et Dana. Que leur avait-il fait ? Je n'osai l'imaginer. Non, c'était un cauchemar. Cela n'arrivait que dans les films. Ou dans mes romans. Pas dans la réalité. Pas ma réalité.

*

Il fallait que je parle, que je donne des indications aux flics. Mais ma gorge restait serrée, ma langue comme collée à mon palais. L'inspecteur l'avait-il entendu me demander de lever les mains ? Peut-être pas. Il s'était exprimé dans un faible et menaçant sifflement et le vacarme de la pluie et du vent avait dû couvrir sa voix.

— Avance, ordonna-t-il, d'une voix tremblante.

— O.K., j'avance, ne tirez pas, réussis-je à dire pour que Kyle m'entende.

Je fis quelques pas et me retrouvai à l'entrée du salon, en pleine lumière.

— Putain... Samuel ! s'exclama l'individu derrière moi.

Surpris, je tournai la tête. Lukas me faisait face, le visage transformé par la peur et l'étonnement, le front trempé de sueur.

— Mais... que... balbutia-t-il.

— Mayane ? Dana ? questionnai-je, incapable de faire une phrase.

— À l'étage. Il faut que je les prévienne. Elles doivent être...

Soudain, je pensais à Robinson.

— Inspecteur ! criai-je. Tout va bien ! C'est...

Lukas, ne comprenant pas pourquoi je prononçais ces paroles insensées en regardant dans le vide, retrouva le courant de sa peur.

À cet instant la porte s'ouvrit et deux hommes entrèrent, armes à la main.

Lukas sursauta et, après une seconde d'hésitation pendant laquelle la stupeur figea son visage, je le vis paniquer et vouloir redresser son pistolet.

— Ne tirez pas, c'est un ami ! criai-je à l'adresse des deux flics tout en arrachant l'arme de Lukas.

*

Nous étions tous au milieu du salon. J'avais expliqué les raisons de notre présence. Lukas me raconta avoir été prévenu par l'alarme d'une intrusion dans le jardin. À la faveur d'un éclair dans le ciel il avait vu une ombre rôder. Il avait envoyé Dana et Mayane s'enfermer dans une chambre, à l'étage, et avait saisi son pistolet. Il s'était précipité pour fermer les portes, m'avait vu entrer, s'était caché dans le noir jusqu'au moment où j'étais passé devant lui.

Nous nous regardâmes un instant, comme si nous sortions d'un cauchemar trop effrayant pour continuer à le déchiffrer.

— Je vais nous servir un verre d'alcool, annonça Lukas.

— Alors cet homme sait que nous sommes ici, conclut Dana, pour signifier qu'il n'y avait pas lieu de se réjouir encore. C'est terrifiant. Il faut que nous rentrions ce soir même.

Mayane se serra contre elle, les yeux perdus dans le vague.

Kyle s'approcha de moi.

— Pouvez-vous me montrer le message qu'il vous a envoyé ?

— Oui. Il est là, sur mon téléphone.

Je lui tendis l'objet.

— Ouvrez le lien, indiquai-je.

Il visionna la vidéo et releva la tête, l'air contrarié.

— Il y a un problème, déclara-t-il en me tendant l'iPhone.

Tous les regards convergèrent vers lui.

— Le lien permet de visualiser un film promotionnel sur les Hamptons. Pas celui que vous m'avez décrit.

Dana, Mayane et Lukas vinrent se placer près de moi, les yeux rivés sur mon écran. Je cliquai à mon tour et ce que je vis me coupa le souffle. Il s'agissait en effet d'un clip publicitaire sur les Hamptons. Un film qui se terminait par les mêmes mots : « Nous vous attendons. »

Tous m'observaient maintenant.

— Je vous assure... Ce n'était pas ça... Il y avait...

À la manière dont ils me dévisageaient, je compris que malgré leur envie de me croire ils doutaient de moi.

Je ne pus contenir ma colère.

— Putain, ce mec essaie de me rendre fou ! Je vous jure qu'il avait filmé la maison de l'extérieur. D'ailleurs, je vous ai vus dresser la table !

Je me rendis compte de la faiblesse de l'argument en regard des restes encore présents.

— Ne me regardez pas comme si j'étais dément, merde ! hurlai-je.

— Calmez-vous ! ordonna Robinson.

— Oui, calme-toi, répéta Dana. Personne ne te prend pour un...

— Mais si, je le vois dans vos yeux ! continuai-je à hurler. Vous vous dites que j'ai encore une fois tout inventé ! Que je deviens fou… comme ma mère ! Mais c'est faux ! Je sais ce que je dis !

— Papa ! cria Mayane, afin de me forcer à me taire.

Elle avait les yeux inondés de larmes, ses lèvres tremblaient. Je réalisai alors que ma réaction était encore plus effrayante que la disparition du film. Maintenant, ils avaient matière à douter de ma santé mentale.

— Je te crois, dit-elle en se jetant dans mes bras.

Je la serrai contre moi et ce contact m'apaisa.

— Il est facile de substituer un fichier à un autre, expliqua-t-elle alors aux autres, cherchant à les convaincre.

— Oui, c'est vrai… confirma Lukas.

— Je suis désolé, balbutiai-je. Mais… j'ai eu si peur… et pendant tout le trajet, j'imaginais des choses horribles…

— Nous vous comprenons, assura le policier.

Dana, elle, baissa les yeux, résignée, et je sus qu'elle s'interrogeait quant aux fondements de l'autre explication. Dans son esprit les pièces d'un sombre puzzle se mettaient en place pour dresser le tableau de ma folie : ce qu'elle savait de ma mère, ma peur d'un jour sombrer comme elle, la manière dont j'avais changé dès la parution de mon premier roman, les récents événements…

Mon esprit suivit ce même parcours mental et un souvenir me revint. Celui de ma grand-mère qui, plusieurs années après le suicide de ma mère, avait lâché sur un ton triste et résigné : « Le pire de tout est qu'elle ne l'admettait pas. Elle disait qu'elle n'était pas folle. »

Chapitre 43

— Dis-moi que ce n'est pas toi qui as envoyé cet e-mail à la presse ! Dis-moi que c'est ce taré qui cherche encore à te nuire !

Le visage congestionné, la bouche tordue dans une hideuse grimace de dédain, la voix tremblante, Nathan me posait ces questions sans attendre de réponse.

— Pourquoi ne pas m'en avoir parlé ? Si tu ne me considères plus comme ton agent, ne suis-je pas pour autant ton ami ?

— Si je t'en avais parlé, tu ne l'aurais pas accepté. Et tu te serais lancé dans une de tes fameuses joutes verbales pour me faire changer d'avis. Je n'avais ni la force ni l'envie de polémiquer à ce sujet. Ma décision est prise.

Il sortit un journal, le déplia et lut l'article.

— « Samuel Sanderson a informé la presse de sa volonté d'arrêter l'écriture. L'auteur invoque des raisons de santé et sa lassitude. Son agent, joint par téléphone, s'est montré surpris. » Je passe pour un con vis-à-vis du milieu !

— Excuse-moi... Je ne voulais pas te mettre en mauvaise posture, rétorquai-je.

— « Je remercie les lecteurs qui m'ont fait confiance, poursuivit-il. Certains se montreront déçus, m'en voudront même peut-être de les abandonner mais j'ai perdu la passion de l'écriture. Continuer dans ces conditions-là reviendrait à leur manquer de respect. » Ben voyons ! Très classe. Je m'en suis foutu plein les poches et je me casse par respect pour vous. C'est bien, tu conserves le beau rôle. Et tu m'attribues celui de l'agent incompétent.

Il ne décolérait pas.

— Je suis désolé que tu le prennes comme ça...

— Désolé... tu ne penses qu'à toi, comme d'habitude, enragea-t-il.

— Non, je pense enfin à moi. Pas au romancier mais à moi, l'homme qui est en train de perdre la raison après avoir perdu sa famille et sa santé.

Il se laissa choir dans le canapé et se tut.

— Alors, c'est une décision mûrement réfléchie ? finit-il par demander, radouci.

— Oui. Et irrévocable.

— Et ce roman sur ta vie... tu renonces également ?

— Oui. Je n'ai plus rien à dire, plus rien à écrire et... tout à vivre.

— Peut-être que dans quelque temps... un an, deux ans, plus même...

— Non, Nathan. J'ai enfin saisi une chose : écrire c'est vivre dans d'autres mondes régis pas d'autres lois. C'est permettre à l'imagination de prendre le pouvoir sur la raison, de brouiller les frontières, d'effacer les repères. Et on finit par passer plus de temps dans des univers irréels à fréquenter des personnages qui le sont également qu'à prendre soin des êtres qui nous sont chers. Je n'ai plus envie de ça. Je veux reprendre une vie normale. En fait, je veux retrouver ma vie d'avant.

Il se leva, se dirigea vers la porte.

— Tu réécriras un jour, j'en suis sûr, murmura-t-il, d'une voix lasse. Tu ne réussiras jamais à tuer l'écrivain en toi.

Et il me quitta, sans me dire s'il me conservait son amitié, ou si je l'avais froissé et déçu au point de ne plus la mériter.

*

Arrêter l'écriture m'était apparu comme la dernière chance de m'en sortir. Il n'y avait plus rien à rectifier, à modifier, plus aucun choix partiel à faire, plus de compromis possibles. Le constat était clair : en devenant romancier je m'étais transformé en un autre homme, détestable, irresponsable, inconséquent. Je m'étais vidé de ma sensibilité, de mes valeurs, de mes mots et cette hémorragie me laissait exsangue. Et, quoi qu'il en soit, cette décision ne me coûtait pas : la passion ne m'animait plus.

J'avais renoncé à statuer sur la nature de mes problèmes. Étaient-ils le fait d'un psychopathe ou étais-je moi-même fou ? Bien entendu, je trouvais toutes les raisons de valider la première hypothèse mais la seconde était toujours présente, tapie dans l'ombre de mes appréhensions. Faire une croix sur mon métier de romancier, car c'était bien devenu un métier, résoudrait peut-être aussi le mystère. S'il s'agissait d'un lecteur haineux, une fois que les feux de la notoriété m'auraient délaissé, il finirait peut-être par m'oublier. Si j'étais l'auteur de ces délires, je m'en rendrais compte avec le temps.

Le téléphone n'arrêtait pas de sonner : les journalistes voulaient connaître les motivations de ma décision, les relations professionnelles souhaitaient me raisonner. Je ne répondais ni aux uns ni aux autres. Mais cette tension environnante me pesait, me raccrochait à l'identité dont j'essayais de me défaire. Il me fallait quitter la ville, me faire oublier. Je cherchai donc une destination, ou plutôt un lieu de retraite, afin de me reposer, de faire le point. Pas trop loin de New York pour continuer à voir Mayane.

Je n'étais qu'un fou

Dès que je l'eus trouvée, j'en informai mes proches mais ne confiai l'adresse qu'à ma fille. Nathan, lui, s'était résigné. Et il avait sans doute l'espoir que je me refasse une santé et revienne un jour lui déposer un manuscrit sur son bureau.

Mayane et Dana, elles, ne voyaient pas ce départ d'un bon œil. J'allais échapper à leur surveillance. Depuis la fameuse nuit aux Hamptons, elles ne cessaient de prendre de mes nouvelles. Mayane passait souvent me voir, me téléphonait. Mais elles perçurent ma détermination.

Je partis donc à la fin de l'été.

Chapitre 44

Les hommes disent se sentir exister quand leur vie se rebelle et les surprend. Pourtant ils se rassurent en créant des habitudes puis s'éteignent quand elles deviennent routine.

Pour ma part, j'avais laissé les événements derrière moi et, depuis quinze jours, je m'évertuais à m'oublier dans de nouvelles et banales occupations : me lever, courir, avaler un petit déjeuner, aller à la pêche, faire une excursion, prendre des photos, rentrer dîner, écouter de la musique, me coucher.

Située à moins de deux heures de New York, Candlewood Lake offrait un dépaysement total. Très fréquentée durant les vacances d'été, la ville paraissait désormais se reposer et offrait des espaces quasi déserts, propices à la méditation et à la solitude auxquelles j'aspirais.

J'avais loué une maison en bordure du lac et les activités que je m'étais choisies étaient passives, contemplatives, voire apathiques. Je voulais éloigner mes peurs et mes doutes en désactivant mon cerveau. Courant à travers les bois, je calais mes pensées au rythme de mes pas, de mon souffle. Assis dans une barque, observant le bouchon flotter à la surface de l'eau, mon esprit n'était plus qu'une masse ouateuse traversée d'images floues, incapable de supporter un raisonnement profond. Marchant au cœur de nouveaux paysages, je focalisais mon attention sur la beauté des lieux et les sujets qui méritaient d'être photographiés.

Il n'y a qu'à la nuit tombée, lorsque je ne pouvais plus éviter d'affronter ma présence, que les questions, trop longtemps refoulées, jaillissaient, véhémentes. Il m'était impossible de lire, je n'avais pas de connexion Internet et, à part écrire à Mayane de longs SMS, je n'avais rien à faire. Dans ces messages, je lui décrivais la nature ou lui transmettais des photos légendées. Afin de ne pas être dérangé, j'avais coupé ma ligne habituelle et en avais pris une autre. J'étais heureux d'avoir renoué une vraie relation avec ma fille, attendri par le fait qu'elle s'inquiète pour moi, touché par la complicité qui, désormais, nous liait. Nous étions convenus qu'elle viendrait prochainement passer quelques jours avec moi et je me réjouissais de lui faire découvrir le paysage.

Puis, quand la nuit devenait oppressante je prenais un somnifère et m'enfuyais dans un sommeil immédiat et sans rêve.

Au terme des deux premières semaines, satisfait qu'aucune manifestation de dérive mentale n'ait troublé mes journées, j'avais réussi à croire que ma vie pourrait se réduire à ce programme et à m'en contenter.

*

Il avait posé ses lignes là où je posais chaque jour les miennes. Aussi, quand je le vis, je ressentis une certaine contrariété. L'homme est ainsi fait : il pense que ses habitudes lui octroient un droit, une préséance. La nature n'était-elle pas suffisamment vaste pour offrir à chacun la possibilité d'ancrer ses pratiques ailleurs que là où d'autres les avaient initiées ? Puis je conçus qu'il venait peut-être ici avant que je ne découvre cet endroit. Il me fit un petit signe de la main et je lui rendis son salut. J'arrêtai ma barque plus loin et jetai mes lignes. Je ne pus toutefois l'ignorer. Une présence humaine dans cet environnement sauvage, à l'endroit même où j'appréciais être seul était, en soi, perturbante.

Je le vis sortir deux jolies pièces tandis qu'aucun poisson ne mordait à mes hameçons. Puis, alors que mon esprit voguait sur les flots, il approcha son embarcation de la mienne.

— Bonjour, lança-t-il.

Il devait avoir le même âge que moi, était barbu, avait le crâne dégarni. Son visage, bien qu'avenant, portait les stigmates d'une extrême fatigue qui, malgré son sourire, lui donnait un air grave.

— Pourrais-je vous emprunter du fil ? J'ai oublié une partie de mon matériel.

— Bien entendu, répondis-je.

Il me tendit la main.

— Julian, annonça-t-il.

— Samuel.

J'attendis deux secondes, espérant qu'il ne s'exclamerait pas « Ah mais je vous connais, vous êtes l'écrivain... » et fus satisfait de constater qu'il ne savait pas qui j'étais.

Je lui confiai une bobine et il s'empressa de préparer sa ligne.

— Ça a l'air de mordre pour vous, dis-je.

— Oui, pas mal.

— Pas mal ? Pour ma part je suis bredouille.

— J'ai un secret, me confia-t-il, en souriant.

— Un secret ?

— Tous les pêcheurs ont des secrets, n'est-ce pas ?

— Sans doute, rétorquai-je. Mais je ne suis pas pêcheur. Enfin, je n'ai pas vraiment d'expérience.

Il fouilla son paquetage, en sortit un sachet qu'il me tendit.

— Tenez, essayez d'amorcer avec ça.

— Qu'est-ce que c'est ?

— La formule est secrète, répondit-il en riant.

— Alors... merci.

Je n'étais qu'un fou

— On ne se remercie pas entre pêcheurs. La solidarité est un principe.

Il s'éloigna et immobilisa sa barque non loin de moi.

J'ouvris le petit sac. Une odeur pestilentielle m'agressa. Je plongeai mes mains et en ressortis une pâte compacte. J'en fis une boule que je plaçai sur mon hameçon.

Dix minutes plus tard je ferrai un brochet. Alors que je me débattais pour le remonter, Julian s'approcha de moi et me prodigua quelques recommandations.

— Laissez-le filer un peu... maintenant ramenez-le. Tirez la canne sur la droite... sur la gauche maintenant... oui, comme ça. Ne courbez pas le dos. Ramenez vos bras...

Soudain, le fil cassa.

— Ah... il vous a eu, constata-t-il.

J'avais manqué la prise mais le combat m'avait plu.

— J'apprends, dis-je. Merci pour vos conseils.

— Avec plaisir.

— Bon, je vais rentrer, annonçai-je.

— Moi aussi. Je commence à avoir faim.

Nous ramâmes vers la rive. Une fois pied à terre, il me rejoignit.

— Vous êtes en vacances ? demanda-t-il.

— En quelque sorte.

— Citadin ?

— Vous l'avez compris en me voyant pêcher ? plaisantai-je.

— Non. Je sais juste que le coin est apprécié par les New-Yorkais en quête de sérénité. Ils viennent s'y ressourcer.

— C'est le cas. Et vous ?

— Je suis enseignant. Et j'ai une maison ici. J'y viens dès que je le peux.

— Bon... eh bien, à demain peut-être.

Nous nous saluâmes et chacun d'entre nous partit de son côté.

Je me rendis compte que cette rencontre m'avait fait du bien. Je n'avais quasiment pas parlé durant ces deux semaines.

La solitude m'avait apporté une forme de sérénité. Il était réconfortant de savoir que le monde, à quelques kilomètres de là, s'agitait frénétiquement alors qu'ici le mouvement semblait avoir été aboli ou, tout du moins, s'était enlisé dans l'épaisseur feutrée de la nature. Mais j'étais un être humain, donc sociable, et l'échange, même anodin, et surtout anonyme, commençait à me manquer.

*

Nous nous revîmes le lendemain. Julian m'apporta un peu de sa préparation secrète et s'éloigna pour pêcher. Deux heures plus tard, je lui proposai de prendre un café. J'arrimai sa barque à la mienne, sortis mon thermos et le servis.

Il se montra volubile, m'expliquant les diverses espèces de poissons que l'on pouvait trouver dans les rivières et lacs à moins de deux heures de voiture. Il y avait une dimension irréelle dans cette discussion entre deux êtres, au milieu d'un lac, une tasse de café à la main. Mais il y avait également quelque chose d'étrange dans sa manière de s'exprimer : tout ce qu'il donnait à voir et à entendre tendait à démontrer que j'avais affaire à un individu aimable, doux, chaleureux. Mais il y avait cet air grave, sous-jacent, ces gestes un peu brusques, la contraction de sa mâchoire qui faisait saillir des petits muscles sous sa peau fine et… ce regard qui parfois se plantait dans mes yeux comme pour y lire la réponse à une question non formulée. Pourtant, j'avais envie de gagner sa sympathie. L'idée de posséder un ami, ici, au lieu de m'alerter, me séduisait.

*

Julian disparut plusieurs jours. Je déplorai son absence et me sentis plus seul encore. Puis il surgit un matin alors que je m'apprêtais à monter dans ma barque.

— Je suis allé donner des cours, expliqua-t-il.
— Et si nous pêchions ensemble ? proposai-je.
Il réfléchit deux secondes.
— Excellente idée, déclara-t-il, enthousiaste.
Nous nous rendîmes au même endroit et restâmes silencieux un moment.
— Vous comptez rester longtemps ?
Sa question m'interpella.
— C'est marrant... je ne me suis pas posé cette question. Je suis là... c'est tout.
Il hocha la tête, comme si ma réponse était pleine de bon sens. Mon portable vibra.
— Ma fille ! annonçai-je.
Je lus le message.
— Elle me souhaite une bonne journée, expliquai-je, fièrement, comme s'il s'agissait d'une manifestation exceptionnelle d'affection d'une fille envers son père.
Un sourire traversa sa barbe.
Après notre partie de pêche, il me proposa de venir dîner chez lui.
— Je cuisinerai le poisson que nous avons pris, expliqua-t-il.
— Pourquoi pas ? répondis-je.
Il accueillit ma réponse avec un réel plaisir.

Chapitre 45

Quand il m'ouvrit la porte, Julian était souriant, détendu.
— Je t'en prie, dit-il en s'effaçant pour me laisser entrer.
Sa décoration était aussi impersonnelle que la mienne et probablement que celle de toutes les maisons destinées à accueillir des touristes pour de brefs séjours, ce qui m'étonna compte tenu du temps qu'il m'avait dit y passer.
Je fus également surpris de ne pas sentir d'odeur de cuisine.
Je me débarrassai de mon blouson.
— Je te sers à boire ?
— Oui.
— Je n'ai pas tellement de choix.
— Une boisson sans alcool s'il te plaît.
— O.K. Je vais nous préparer un cocktail de jus de fruits.
Je m'assis sur le canapé.
— Tu as trouvé facilement ? demanda-t-il de la cuisine.
— Non, je me suis un peu perdu.
Il revint avec un plateau sur lequel étaient disposés quelques assiettes de biscuits apéritif et deux verres. Il m'en tendit un.
— Santé ! lança-t-il.
Je l'imitai et bus.
— Tu n'as pas décoré ta maison, constatai-je. J'ai quasiment le même mobilier.

— Non. Je ne suis pas doué pour ça. C'est le genre de choses que je remets toujours au lendemain. Je pense que je le ferai quand je viendrai m'installer définitivement ici.

— Tu vis seul ? questionnai-je.

— Oui. Et je n'ai pas d'enfants.

Il avait dit cela en souriant pour ne rien laisser paraître du désarroi qui perçait pourtant à travers son regard. J'eus alors la sensation que quelque chose n'allait pas sans réellement en appréhender les raisons. C'était comme une subtile dissonance.

— Désolé, je ne voulais pas être indiscret, murmurai-je en portant le verre à mes lèvres.

— Pas de problème. Et toi, que fais-tu dans la vie ?

— J'écris. Enfin... j'écrivais. J'ai arrêté.

Tout en lui répondant, je me rendis compte que ses paroles, le ton de sa voix ne collaient pas avec ce qu'exprimait son visage. Il se forçait à paraître sympathique mais je percevais le raisonnement métallique de sa voix, l'aigreur de son regard.

— Tu écrivais quoi ?

— Des romans.

Je jetais discrètement de rapides coups d'œil alentour et soudain j'eus une intuition. Une quasi-certitude même, suffisamment effrayante pour me figer et trop invraisemblable pour y croire totalement.

— Excuse-moi... je peux utiliser tes toilettes ? demandai-je.

— Bien sûr. C'est derrière toi, au fond du couloir.

Parvenu à la salle de bains, je fis le constat qu'il n'y avait aucune affaire personnelle. Pas de brosse à dents, pas de vêtements. Je laissai le robinet couler et me dirigeai vers la chambre. Ici aussi, malgré la pénombre, je pus relever l'absence d'effets indiquant que Julian vivait là. Mon cœur se mit à accélérer.

J'ouvris les placards, ils étaient vides. Près du lit, je vis une valise. Je saisis le bagage, ouvris la pochette extérieure.

J'y trouvai des feuilles que j'approchai de mes yeux pour tenter de voir de quoi il s'agissait. Ce que je découvris confirma mes craintes : des photos de Dana, de Mayane, des feuilles remplies d'informations à mon sujet.

Je fus pris d'une terrible frayeur et mes jambes se dérobèrent.

Que faire ? Mon absence était trop longue. Il allait se douter de quelque chose. Il me fallait prendre une décision, rapidement. Devais-je tenter de me ruer jusqu'à l'extérieur ? Non, les clés de ma voiture se trouvaient dans ma veste, rangée dans le placard. Je pouvais courir dans la nature en pleine nuit mais il me rattraperait vite. Faire comme si tout allait bien et attendre le moment propice afin de m'enfuir ? Il remarquerait mon émotion. Mes mains tremblaient, mon visage était trempé de sueur. L'affronter ?

Je n'eus pas le temps d'envisager cette possibilité.

— Samuel ?

Il était là, derrière moi, souriant, comme s'il s'attendait à me trouver dans cette pièce et avec ces documents à la main.

— Quelque chose ne va pas, Samuel ? demanda-t-il.

— Qui es-tu ? questionnai-je, apeuré.

Il éclata de rire. Un rire malsain, gorgé de haine.

— Je suis toi... dans vingt ans, dit-il en m'assenant un coup violent sur le crâne à l'aide d'une masse roulée dans une serviette.

Chapitre 46

J'étais dans un état de semi-conscience, enfermé dans mon propre corps. Il m'était impossible d'agir, de parler, mais les sons, les images et quelques sensations continuaient à me parvenir d'un lointain improbable et effrayant. C'était comme si un éclat de lucidité subsistait, reclus au fond de mon esprit, et m'envoyait des informations parcellaires. Je me rendis compte que j'avais les mains ligotées et qu'il m'avait enroulé dans une couverture. Seul mon visage émergeait. Je ressentais la même peur, décuplée par mon incapacité à bouger, me défendre, fuir.

Il s'était levé et s'agitait dans la pièce. Il débarrassait et nettoyait les lieux. Puis il sortit à deux ou trois reprises avant de s'occuper de moi. Il me traîna alors jusqu'à la voiture, me souleva et me déposa dans le coffre.

Un claquement puis l'obscurité se fit. Le véhicule démarra. Je ne sais pas combien de temps dura le trajet. Je tentai plusieurs fois de bouger mes membres, d'articuler un mot, de crier, de pleurer. Je ne parvenais pas non plus à organiser mes idées. Chacune d'entre elles m'échappait aussitôt que je la saisissais. Puis je ne fus plus en état de résister et une torpeur sournoise envahit les derniers bastions de ma conscience ; je perdis connaissance.

*

Je n'étais qu'un fou

Je crus d'abord être mort. La pénombre, l'absence de sensations et ma lucidité retrouvée... la mort devait ressembler à cela. L'âme, libérée du corps attendait de s'élever. Puis le froid s'engouffra en moi et je compris que je m'étais réveillé dans un lieu privé de lumière. J'essayai de bouger et mes membres répondirent. Mollement d'abord. Je ressentis alors une vive douleur au crâne, comme après une nuit d'ivresse. Les dernières images que j'avais enregistrées me revinrent en mémoire. Où étais-je ? Où était Julian ? Que voulait-il faire de moi ?

Je me redressai. Je fouillai mes poches, espérant naïvement y trouver mon téléphone mais elles étaient vides. Je tâtonnai alentour. J'étais installé sur un lit, le sol était en terre battue, les murs en béton froid. Je me levai et me déplaçai les bras tendus. Je cognai un objet que mes mains identifièrent comme étant une chaise. Elles palpèrent aussi une table et, juste à côté, un WC et un lavabo. Puis encore des murs.

Il ne s'agissait donc pas des divagations d'une nuit agitée. J'étais prisonnier. La rage, autant que la peur, me submergea et je hurlai.

— Qui es-tu ? Que me veux-tu ?

Mes paroles heurtèrent les parois denses et froides.

Je m'assis sur le lit et m'efforçai de me calmer. Il me fallait réfléchir à tout ça, envisager autant que possible la situation.

À peine avais-je amorcé ma réflexion qu'une lumière inonda la pièce, me brûlant les pupilles. Après quelques secondes, je pus prendre connaissance du lieu. J'étais dans une petite pièce, sans doute une cave à en juger par la configuration et l'escalier qui menait à l'étage. En haut de celui-ci, une lourde porte en acier. J'étais assis sur un lit constitué d'un matelas assez fin posé sur un vieux sommier. Il y avait aussi un bureau sur lequel se trouvaient un ordinateur, un bloc de papier et un stylo puis, juste à côté, les toilettes et le lavabo. Je me précipitai sur l'ordinateur, l'allumai et cherchai l'interface de connexion à Internet. Mais, bien entendu, il ne possédait qu'un programme de traitement de texte. Soudain, une fenêtre s'ouvrit sur l'écran et je vis le visage de Julian. Il était filmé en gros plan dans un lieu impossible à identifier, et ne masquait plus ses traits durs et anxieux.

— Bonjour Samuel. Tu viens de te réveiller d'un long sommeil. Le sommeil d'une vie.

Il attendit un instant en fixant l'objectif.

— Qui es-tu ? Qu'est-ce que ça veut dire ?

— Ne t'inquiète pas, le temps est venu pour moi de te fournir quelques éclaircissements.

— Que veux-tu ? hurlai-je, fou de rage autant que de peur.

— Je suis celui qui te tourmente depuis de nombreux mois déjà, qui t'a conduit à penser que tu étais devenu fou, comme ta pauvre mère, puis à sombrer dans la dépression t'ayant mené jusqu'à moi. Oui, c'est moi qui ai fait de ta vie un enfer.

— Mais... pourquoi ?

— Je laisse cette question de côté pour l'instant. Cependant avoue que, d'une certaine manière, c'est plutôt une bonne nouvelle non ? Tu n'es pas fou !

— Qu'attends-tu ?

— Je peux répondre à celle-là par contre. J'attends de toi que tu écrives un roman. Mais pas une de ces merdes qui contribuent à anesthésier le sens critique des millions de lectrices qui te sont fidèles. Un vrai roman. Enfin... l'expression « vrai roman » ne doit pas t'amener à croire que j'attends de ta part un grand texte. Non, je sais pertinemment que tu en es incapable. J'entends par là un texte porté par la sincérité, racontant une vérité, des sentiments vécus. Un récit dans lequel tu révéleras l'imposteur que tu es.

— Je ne comprends pas...

— Si, tu comprends très bien. J'attends que tu produises un texte dans lequel tu expliqueras comment tu es devenu écrivain puis les raisons pour lesquelles tu as quitté ton épouse et t'es vautré dans la débauche. Pourquoi et comment tu as trompé ta femme puis tes lecteurs. Et la manière dont tu as sombré ces derniers mois.

Son visage devint plus grave encore.

— Je te donne un mois. C'est peu je sais mais… s'agissant d'un témoignage cela suffira. D'autant que je ne te demande pas d'exprimer tes qualités littéraires.

— Mais va te faire foutre ! Je n'écrirai rien espèce de taré ! hurlai-je.

— Oh si… tu écriras, répondit-il, avec une froide certitude.

— Pourquoi ? Que feras-tu pour m'y contraindre ? Me torturer ? M'affamer ?

— Non. J'aurais pu envisager ces solutions mais cela m'aurait pris trop de temps et d'énergie.

— Alors ? Comment comptes-tu me convaincre ?

— Regarde ça, Samuel.

Il disparut et une petite vidéo débuta. Elle révéla l'intérieur d'une habitation. Soudain, je sursautai : le visage de Mayane venait d'apparaître. Elle souriait à la caméra.

— Pour être sincère, je n'ai pas tellement envie de travailler aujourd'hui, lança-t-elle en riant.

— Et pourtant… il le faut.

C'était la voix de Julian que j'avais entendu. Il connaissait Mayane, s'était approché d'elle. Je crus manquer d'air et ma respiration devint courte.

Mayane soupira et s'assit à son bureau.

— Qu'allons-nous étudier ?

— Les poètes du siècle précédent.

La séquence s'interrompit et une autre suivit. Cette fois, c'est Dana qui souriait à la caméra

— Alors ? Comment ça s'est passé aujourd'hui ?

— Bien. Votre fille est paresseuse mais brillante.

L'écran devint noir mais je continuai à le fixer, encore sous le choc. Mes mains avaient enserré les coins de la table jusqu'à la douleur.

Julian réapparut.

— Tu as compris maintenant ? dit-il, le regard mauvais.

Il se pencha, comme s'il voulait me faire une confidence.

— Écoute-moi bien. Je suis le professeur particulier de ta fille depuis plusieurs mois déjà. Elle m'apprécie beaucoup. J'entre et sors de chez toi quand je le veux. Alors tu vas écrire le texte que je te demande. Si je ne l'ai pas dans un mois, je m'en prendrai à ta femme et ta fille. Je suis seul avec elles certains jours.

J'étais abasourdi. Les atrocités qu'il évoquait se transformèrent en petites séquences qui vinrent s'animer dans mon esprit et j'eus envie de hurler.

— Tu sais que j'en suis capable. Je me suis débarrassé de ton ami, le fouineur. Je n'avais rien contre lui mais il a fallu que tu le mêles à tout ça.

L'aveu m'horrifia. J'étais là, enfermé, sans moyen de communication avec l'extérieur et à la merci d'un psychopathe capable de mettre ses menaces à exécution. Je n'avais, pour l'heure, pas d'autres choix que d'entrer dans son délire.

— Mais pourquoi ? balbutiai-je.

Il fit mine de ne pas avoir entendu la question.

— Tu vas écrire ce texte, Samuel, n'est-ce pas ?

— Oui.

— Je contrôle ton écran. Je verrai donc ton travail évoluer. Si je constate que tu cherches à gagner du temps, que tu tronques la réalité, je n'hésiterai pas à m'occuper de tes deux amours.

Il ne parut pas tirer plaisir de la facilité avec laquelle il m'avait soumis. Il s'exprimait mécaniquement, comme s'il avait toujours été convaincu de parvenir à ses fins et contenait la haine qu'il me vouait.

— Je te fournirai trois repas par jour. N'essaie pas de t'échapper. La porte est blindée. Et je vis dans une maison isolée donc crier ne servirait à rien. Ne perds pas de temps.

— Comment pourrai-je être sûr qu'ensuite tu ne leur feras pas de mal ?

— Je vais être sincère : je ne peux te proposer aucune garantie. Mais tu n'es pas en position de réclamer ni de négocier quoi que ce soit.

— Tu me tueras quand j'aurais fini ce roman, n'est-ce pas ?

— Je vais être encore une fois sincère : oui.

— Parce que j'ai vu ton visage ?

— Non. Parce que, depuis le début, j'ai prévu de le faire.

Il avait énoncé la sentence d'un ton neutre, comme s'il répondait à une question banale.

— Mais… pourquoi ? Qu'est-ce que je t'ai fait ?

— Commence à travailler dès maintenant. Un mois c'est court.

Il recula, tendit la main pour éteindre ce qui devait être une tablette tactile.

— Au fait, lança-t-il, je ne m'appelle pas Julian mais Jim.

Et l'image s'évanouit.

*

J'étais resté assis à ma table, face à l'écran vide, désespéré. Je repassais en boucle chacune des phrases qu'il avait prononcées, les séquences vidéo qu'il m'avait montrées, mais ne trouvais aucun sens à tout cela.

Pourquoi m'en voulait-il ? S'agissait-il juste d'un malade mental qui s'était mis en tête de pourfendre les auteurs offensant la langue en écrivant des romans qu'il jugeait ineptes ? Non, il avait un compte personnel à régler avec moi, j'en étais persuadé. Il avait élaboré un plan infernal, s'était introduit chez Dana, avait tué mon ami et sans doute Carla, m'avait harcelé et poursuivi jusqu'ici... c'était la démarche d'un psychopathe poursuivant un but précis.

Mais je ne le connaissais pas. Pourquoi m'avait-il révélé son vrai prénom juste avant de couper la communication ? Pour rétablir une vérité ? C'était comme s'il avait souhaité fournir un indice sur son identité et répondre ainsi à la question qu'il avait auparavant ignorée.

Mais ce prénom, ce visage, ne m'évoquaient rien.

*

Étrangement, ma propre mort ne me posait pas de problème. Ou alors était-ce parce que, obnubilé par l'idée que ce fou puisse s'en prendre à Mayane et Dana, je me souciais moins de mon sort ?

Mais pouvais-je écrire ce roman... et mourir, sans avoir la certitude qu'il ne leur ferait rien ?

J'entendis se déclencher le bruit d'un mécanisme contre le mur. Je me levai, m'approchai. Un monte-charge. Je l'ouvris et découvris un plateau repas. Je le laissai et refermai. La faim me paraissait une piètre préoccupation.

Le monte-charge se remit en marche et la lumière s'éteignit.

Je m'allongeai sur le lit. J'étais terriblement anxieux et nerveux mais la fatigue finit par me gagner. Jim... Jim... répétai-je alors que je m'enfonçais dans une atonie tourmentée. Je tentai de l'imaginer sans sa barbe, les cheveux plus longs. Puis plus jeune. Et, avant que ma conscience ne lâche prise, par les détours mystérieux dont est capable le cerveau, une image me revint.

Je connaissais Jim.

*

La dernière année de collège. J'étais un étudiant peu doué mais apprécié pour mes compétences sportives. Je faisais partie de l'équipe de basket, ce qui me valait de nombreuses amitiés et des conquêtes faciles. Jim Edwards était un élève brillant et discret. D'un physique assez banal, il dissimulait sa timidité derrière un air détaché qui confinait à l'arrogance. Nous n'étions pas dans la même classe et sans doute ne l'aurais-je pas remarqué s'il ne m'avait pas un jour abordé. J'étais en train de discuter avec des amis quand il m'interpella.

— Je peux te parler cinq minutes ?

Je l'avais observé, surpris que nous puissions avoir un sujet en commun justifiant un aparté. Ses lèvres tremblaient un peu mais son regard était ferme, menaçant.

J'avais fait quelques pas avec lui.

— T'es une petite star, Sanderson, commença-t-il sans que je puisse savoir s'il m'interrogeait ou établissait un constat. Tout le monde te respecte, t'admire.

— Où veux-tu en venir ?

Il ignora ma question.

— Tout ça parce que tu es bon en sport. Dans notre monde, c'est ce qui compte : savoir faire le spectacle. Le travail, les bons résultats scolaires ne suscitent que de l'inimitié.

J'arrêtai de marcher et lui fis face.

— Qu'est-ce que tu me veux ? Si tu veux philosopher ce n'est ni le moment ni le lieu.

— Ni la bonne personne, compléta-t-il en retenant un sourire.

— Tu te fous de ma gueule ?

— Non. Sincèrement, non.

Sa détermination me fascina. Il dirigeait la conversation, maîtrisait ses propos, comme un adulte. Les jeunes de notre âge n'affichaient pas cet aplomb. Tout juste savaient-ils mimer un rôle, prendre la pose, faire des gammes sur des attitudes stéréotypées.

— Je voulais te parler de Jennifer. C'est ta copine du moment, n'est-ce pas ?

Révélations

— Qu'est-ce que ça peut te foutre ?
— Je t'ai vu sortir avec pas mal de filles. Je vois toutes ces imbéciles se pavaner à tes côtés, comme si être ta petite amie revenait à décrocher le titre de Miss America. Elles irradient de fierté. Puis, quelques jours ou semaines plus tard je les vois errer dans le bahut, les yeux humides et rouges, désespérées de s'être fait larguer.
— Tu fais partie d'un mouvement féministe ?
— Jennifer est différente, poursuivit-il. Ce n'est pas une petite conne. Elle est intelligente mais... fragile.
— Tu en pinces pour elle, c'est ça ? rétorquai-je pour l'embarrasser.
— Oui, répondit-il, sans sourciller, me démontrant une fois de plus sa maturité. Aucun jeune de notre âge n'aurait révélé être amoureux. La séduction était fondée sur le plaisir, non sur les sentiments.
— Qu'attends-tu de moi, alors ? Que je la laisse tomber pour qu'elle sorte avec toi ?
— Non, je n'attends rien d'un mec dans ton genre. Je veux juste que tu saches que je n'accepterai pas que tu te foutes d'elle.
J'éclatai de rire.
— Ah bon ? Tu n'accepteras pas ? Tu me menaces là ?
— Je t'avertis.
— Et si... je me fous d'elle, comme tu dis ? l'interrogeai-je en avançant vers lui.
Il conserva son aplomb, ne manifesta aucun signe de peur.
— Je te demande de ne pas te moquer d'elle, c'est tout.
Son ton était froid, résolu. Il tourna les talons et me laissa en plan au milieu de la cour.
Je fus tenté de le rattraper mais m'en abstins.
Jennifer me quitta quelques jours plus tard, sans doute déçue par mon inconstance. Mais je ne les vis jamais ensemble.

Durant le reste de l'année, je surpris Jim à m'observer parfois. Puis j'oubliai l'incident et sa présence.

*

Je me levai précipitamment. Se pouvait-il que cet homme soit le collégien que j'avais connu ? J'envisageai la proposition faite par mon subconscient à la lueur des indices dont je disposais. Sa taille, sa manière de marcher, quelques traits de son visage... Oui, tout indiquait qu'il s'agissait de la même personne. Mais alors... sa haine tenait-elle à une si vieille rancune ? Était-il possible qu'il m'en veuille au point de me persécuter, de tuer mon ami et de vouloir maintenant me supprimer, pour un incident aussi banal survenu vingt-cinq ans auparavant ?

L'hypothèse était délirante. Mais je savais également qu'en termes de pathologies mentales les explications rationnelles étaient, par définition, rares. Si cet homme était atteint de troubles importants, il avait peut-être focalisé son problème sur moi, sur ce que je représentais.

*

Le plafonnier de ma cellule s'alluma et la lumière m'aveugla. Je me levai, l'esprit brumeux. Avais-je dormi ? Peut-être m'étais-je assoupi quelques fois entre deux tentatives d'organiser le chaos de mes pensées.

J'avais encore mal à la tête et mon corps était perclus de douleurs. Je fis des mouvements pour reprendre possession de mes muscles. Quelques minutes plus tard, le monte-charge livra mon petit déjeuner. J'avalai donc le café et les toasts puis mis l'ordinateur en marche. L'interface vidéo était éteinte. Je l'appelai et quelques secondes plus tard il se connecta.

— Je me souviens de toi.

— Très bien, répondit-il, placide.

— Mais... tu ne peux pas me haïr à ce point pour une histoire si vieille ! C'est ridicule !

Un léger sourire traversa son visage.

— Tu es resté aussi stupide qu'à l'époque du collège, déclara-t-il. Le même mec imbu, sûr de lui.

— Tu t'es arrêté à ce que je donnais à voir.

— Oui, je sais... tu vas me jouer la partition du petit garçon traumatisé par la mort de sa mère.

— En effet, les blessures de mon enfance m'ont conduit à longtemps me chercher ! m'emportai-je. Mais tu ne peux pas vouloir me détruire parce qu'à l'époque je te paraissais stupide ! Ou pour cette histoire avec Jennifer ?

Son visage devint subitement dur.

— Tu m'as volé ma vie ! lança-t-il, transfiguré par la haine.

— Je t'ai... ? Je ne comprends pas.

— Je t'en ai assez dit pour aujourd'hui. Commence à écrire.

— Non, je n'écrirai pas, annonçai-je, sur un ton que j'espérai ferme.

— Pourquoi ?

— Parce que je n'ai aucune certitude qu'une fois ce texte terminé, tu ne t'en prendras pas à ma fille et à ma femme.

Il sourit, sûr de lui, comme s'il s'attendait à cette rébellion.

— Je t'invite à voir les choses différemment. Tu peux être certain que si tu n'écris pas, je m'en prendrai à elles.

— Et ça devrait me suffire ?

— Oui, compte tenu de ta position. Mais je vais te donner une autre raison d'y croire. Tu vas écrire ce roman puis je te tuerai. Je m'arrangerai pour que cela ressemble à un suicide. Tout le monde y croira compte tenu des récents événements. D'ailleurs, sache qu'à cette heure-là, ta femme et ta fille ont signalé ta disparition et la presse évoque déjà cette possibilité : drames, dépression, retrait dans un lieu désert...

suicide. Ils ne vont pas tarder à draguer le fond du lac à mon avis. Tout le monde croira donc à une mort volontaire. Sauf… si je les tue.

Son raisonnement était sensé.

— J'en déduis donc que tu ne peux pas non plus t'en prendre à elles maintenant sauf à courir le risque que les flics fassent le lien avec ma disparition et enquêtent sur notre entourage.

— Tu oublies une chose. Je veux ce manuscrit. Et si je ne l'ai pas, peu m'importera d'être arrêté ou de mourir.

Il attendit de mesurer l'impact de ses propos sur moi.

— Pourquoi ce texte est-il si important à tes yeux ? Pourquoi ruiner mon image auprès de mes lecteurs et me faire perdre l'estime de mes proches représente-t-il un si grand enjeu ? Parce que tu te seras vengé de cette stupide histoire de gonzesse au collège ? Non, je ne crois pas. Il y a autre chose.

— Je répondrai à tes questions, au fur et à mesure que ton livre avancera. Des chapitres contre mes vérités. De plus, tout te dire maintenant pourrait influer sur ton texte. Alors… écris.

Il éteignit la webcam.

Je restais un long moment à envisager les termes de notre conversation et une vérité s'imposa : écrire constituait mon unique option.

J'ouvris donc le logiciel de traitement de texte et demeurai quelques instants à réfléchir. Puis je décidai de commencer ce récit comme j'avais débuté tous les autres. Par un prologue. Et les premiers mots affleurèrent…

À la fin de ce roman, je serai mort.

Partie 2

Confessions

Chapitre 47

1er jour

J'ai peur. Et cette peur électrise mon cerveau jusqu'à paralyser mes pensées et mes membres. Je suis comme un animal pris au piège, conscient de ne pas pouvoir s'en sortir, guettant le moment où on le mettra à mort.

Et, comme exutoire à mon effroi, je possède seulement ce bloc de papier et un stylo.

Alors je vais tenir le journal de mes derniers jours. Pour tenter de calmer mes pensées affolées en les enfermant dans des phrases. Pour laisser une trace. Également parce que le texte que je lui livrerai ne serait pas complet sans ce témoignage.

Disant cela, je me rends compte que je garde l'espoir d'être libéré. Un espoir insensé compte tenu de la situation. Mais rien dans toute cette histoire n'a, jusqu'à maintenant, eu le moindre sens.

J'écrirai dans l'obscurité de ma cellule et cacherai mes feuilles sous mon matelas.

2ᵉ jour

J'ai écrit le prologue en moins d'une journée. Et, me prendrez-vous pour un fou ou pour un menteur, j'y ai pris plaisir.

J'ai aimé amorcer la trame de l'histoire en livrant au lecteur seulement quelques indices, la plupart incompréhensibles à ce stade de la narration mais qui, plus tard, trouveront sens.

Mais mon excitation puise sa dynamique dans l'aspect fondamental de ce roman : la mort. Elle était omniprésente dans la plupart des prologues de mes précédents textes afin d'appâter le lecteur et lui indiquer la nature dramatique de l'aventure qui allait lui être proposée.

Un jour mon éditeur m'a demandé pourquoi je débutais toujours mes livres par un décès. Je lui ai répondu que la mort et la maladie sont deux événements si violents qu'ils permettent de faire table rase des aspects superficiels de la vie et de revenir à son essence même. Elles imposent de baisser la voix et la tête, d'oublier les vaines préoccupations dans lesquelles nous avons tendance à nous dissoudre, de faire émerger les questions essentielles, donc existentielles.

Mais là, pour la première fois, la mort évoquée est la mienne.

Et cela confère à mon écriture un nouvel élan : celui de la passion de l'auteur devant un sujet aussi beau qu'unique qui le contraint à ne pas faillir, à en exploiter toute la substance ; celui de l'excitation qu'un romancier ressent quand il imagine la manière dont les lecteurs recevront ses mots et ce qu'ils susciteront en eux.

Enfin, quel auteur possède la chance de décrire sa mort dans son roman ?

Mais, au-delà, écrire me fait du bien, permet de m'échapper de cette cellule pour retrouver les miens.

Voilà pourquoi j'ai éprouvé ce plaisir, déplacé et morbide mais, je le crois, compréhensible par ceux qui, comme moi, ont toujours été en quête du sujet de leur vie.

En l'occurrence, ici, celui de ma mort.

*

Pendant que je déjeunais en relisant mes quelques pages d'introduction, le visage de Jim est apparu à l'écran.

— C'est un bon prologue, me dit-il. Oh, je le trouve un peu prétentieux et ton style me pose toujours problème mais j'apprécie la manière dont tu utilises la fin de ton histoire pour construire l'amorce. Tu sais t'y prendre avec les lecteurs.

— Je devrais peut-être te remercier de me fournir un sujet ?

Il ignora l'ironie et continua.

— J'ai également aimé que tu sois résigné à ta mort prochaine.

— Un effet de style.

— Je veux maintenant que tu racontes qui tu étais avant que ton premier roman ne soit publié.

— J'étais un mec bien, répondis-je.

— Ça, c'est une formule. Ce que j'attends ce sont des mots, des phrases, des paragraphes qui permettront au lecteur de saisir ce que tu caches derrière cette expression.

— M'en diras-tu plus sur tes motivations ?

— Quand tu auras achevé cette partie de l'histoire.

La caméra s'éteignit.

Oui, j'étais un mec bien.

4e jour

Pendant l'écriture des premiers chapitres, les larmes ont roulé sur mes joues. Parler de l'époque où Dana et moi formions un vrai et beau couple était un supplice et un plaisir à la fois. Les mots libéraient des souvenirs qui, à leur tour, réveillaient les sentiments d'alors. J'étais telle une maison longtemps abandonnée dont on venait d'ouvrir les portes et les fenêtres.

Jim ne s'est pas manifesté durant les trois jours passés à écrire ces pages. Mais je le sais de l'autre côté de l'écran, jugeant l'évolution de mon texte. Cette présence discrète me perturbe. Quand je reviens sur une phrase pour la travailler, je l'imagine se moquant de mes hésitations, raillant ce qu'il appelle la « pauvreté de mon style » et cela m'indispose.

Puis, aujourd'hui, alors que je déjeunais, il a fait une nouvelle apparition.

— Je suis assez déçu, annonça-t-il. Tu ne t'étends guère sur ces années de jeunesse.

— J'en dis suffisamment pour qu'on me comprenne.

— Peut-être... mais tu fais totalement abstraction de ton enfance, de tes années au collège puis à l'université.

— Cela n'a aucun intérêt. Je suis réellement né quand j'ai rencontré Dana.

— Oh, comme c'est joli... ironisa-t-il. Et tu as fini par la quitter. Quelle ingratitude quand on sait à quel point elle a compté dans ta réussite littéraire !

— Oui, j'étais redevenu un petit con.

— En effet. Mais je reste sur ma faim.

— J'ai confié ce qui me paraissait essentiel. Mais toi, maintenant, tu peux me dire comment tu me voyais et, par là même, révéler les origines de la haine que tu me voues.

Il considéra silencieusement ma proposition puis se lança.

— Tu étais un élève moyen. Mais tu étais aimé parce que tu étais beau, bien foutu, sportif. Je te détestais pour ces mêmes raisons. Parce que le monde est ainsi fait que le savoir, la connaissance n'attirent pas la sympathie. Tout ce que l'homme ne doit qu'à son travail, à sa volonté, ne vaut rien aux yeux de ces imbéciles. En revanche, on sacralise ce qui lui a été donné par la nature et pour lequel il n'a aucun mérite. Je bossais sans cesse, je me donnais du mal pour m'extraire de mon milieu, j'avais les meilleures notes. Mais, hormis le respect des profs, personne ne me regardait, personne ne m'admirait.

— Tu te trompes ! Ce n'était en rien du mépris envers ton intelligence. Tu n'étais pas sympathique, voilà tout ! Tu étais sombre, renfermé, prétentieux ! Certains, peu gâtés par la nature, avaient des amis car ils étaient cool, avaient de l'esprit. Toi, ton attitude dédaigneuse n'incitait sans doute personne à t'approcher.

— Qu'est-ce que tu appelles sympathie ? Cette propension à dire ce que les autres veulent entendre ? Cette hypocrisie qui pousse à rire d'une plaisanterie même quand elle n'est pas drôle ? Cette comédie qui conduit chacun à faire semblant, à ne jamais être lui-même ? C'était ça être cool ? Tu dis que certains avaient de l'esprit : sais-tu au moins ce que ça signifie ? Aucun d'entre vous n'en avait ! Vos blagues étaient graveleuses. Vous étiez répugnants.

— Après tout, si tu nous méprisais tant, en quoi notre mode de vie te posait-il problème ?

— J'avançais avec la certitude qu'un jour mes efforts seraient récompensés. On m'aimerait pour ce que j'étais, pour mes connaissances et mon... esprit. Alors que vous tous rejoindriez la masse des anonymes incultes. Vous vous enfonceriez dans cette fange de la population tout juste bonne à accumuler les crédits pour consommer et continuer à paraître, à n'exister qu'à travers la petite maison, la petite voiture, les petits objets. Moi j'étais promis à un autre destin.

— Quel destin ?

Il s'est mis à respirer bruyamment, le regard perdu, la bouche tordue par le dégoût que paraissaient susciter ces souvenirs.

Puis, soudain, alors que j'attendais la suite, il mit fin à la conversation.

6ᵉ jour

— C'est encore pire que je ne le pensais, a déclaré Jim, ce soir, alors que je venais de finir le troisième chapitre.
— De quoi parles-tu ? De mon style ?
— Non, à ce sujet il y a longtemps que je ne me fais plus d'illusions. Je parlais de la facilité avec laquelle tu as pu trouver un éditeur.
— Parfois cela se passe ainsi, lâchai-je. Des premiers romans sont édités chaque année.
— C'est vrai, marmonna-t-il, amer.
— En quoi cela t'ennuie-t-il ? Parce que tu me croyais voué à un avenir médiocre ? Lors de notre précédente conversation, ta dernière phrase a été : « Moi j'étais promis à un autre destin. » À quel destin étais-tu promis selon toi ?

Il a détourné son regard de la caméra pour le plonger dans ses souvenirs.

— Je voulais devenir écrivain, lança-t-il, avec une pointe de mélancolie dans la voix.

La jalousie ! Son mobile pouvait-il être aussi puéril ? Il était jaloux du petit frimeur qu'il avait connu, ce jeune homme qu'il méprisait plus que quiconque. Il n'avait pas accepté que je réussisse là où lui avait échoué.

— J'avais lu tous les classiques, continua-t-il. J'étais premier en littérature. Mes compositions étaient lues par les professeurs, citées en exemple. Alors… je suis entré à la fac et j'ai entrepris des études de lettres. Là j'ai rencontré des étudiants brillants, j'avais une véritable concurrence et cela m'excitait, me poussait à travailler plus encore. Et j'obtenais toujours les meilleures notes. Il fallait voir le regard admiratif de mes professeurs et celui, envieux, de mes camarades de cours. J'étais certain de ma destinée. J'allais écrire un magnifique roman et les critiques me désigneraient comme l'écrivain le plus talentueux du pays.

Ses mots rouvraient ses blessures. Le passé était là, tout proche, suppurant encore.

— As-tu écrit ? ai-je relancé.

— À la fin de mes études, j'ai obtenu un poste d'assistant dans une prestigieuse université. J'étais censé préparer ma thèse. Mais me mesurer à mes pairs, leur faire la démonstration de mon savoir, ne m'importaient plus. Je voulais conquérir le monde. J'ai donc commencé à écrire le roman qui devait m'apporter la gloire. J'ai pris mon temps. Cinq ans. J'y ai passé tout mon temps libre, toutes mes nuits. Tu ne sauras jamais ce qu'écrire veut vraiment dire. Tes mots sur le sujet sont plats, creux, convenus. Écrire c'est autre chose. C'est un combat permanent. Alors, j'ai combattu vaillamment et quand je l'ai terminé, j'avais la conviction qu'il s'agissait d'un chef-d'œuvre. C'en était un.

— Et tu l'as envoyé aux éditeurs, ai-je anticipé.

Son visage s'est assombri plus encore et sa respiration est devenue courte.

— Toutes les maisons d'édition l'ont refusé. Oh bien sûr elles me disaient le trouver brillant, très bien écrit ! Mais... l'histoire ne les intéressait pas.

Il a tapé sur la table devant lui et l'image s'est brouillée quelques secondes.

— Qui se soucie de l'histoire ? hurla-t-il. Elle n'est qu'un prétexte pour organiser la langue de la manière la plus belle, la plus fine qui soit ! Toutes les histoires ont déjà été écrites ! Depuis la Bible, qui peut dire avoir inventé de nouvelles intrigues, de nouveaux sentiments ? Et puis j'ai compris... les maisons d'édition ne sont plus dirigées par des passionnés de la langue mais par des spécialistes du marketing. Il faut du suspense, des sujets dont le cinéma s'emparera. Il faut des produits qui seront vendus à grand renfort de publicité et distribués dans des supermarchés entre la lessive et les boissons.

Je n'étais qu'un fou

Je connaissais ces arguments pour les avoir employés à d'autres fins. Aujourd'hui, ils étaient utilisés contre moi car je représentais la victoire du commerce sur les lettres.

— Ça ne peut pas être la seule raison, lançai-je. Certaines maisons d'édition cherchent de beaux textes, au-delà des histoires.

— Toutes l'ont refusé, répéta-t-il. Celles que tu évoques ont dit que mon écriture était trop technique, pas assez... humaine.

Il s'est tu, comme s'il était occupé à extraire du chaos de ses pensées une logique qui lui aurait échappé.

— Tu as écrit d'autres romans depuis ?

— J'avais perdu la flamme. À quoi bon se donner du mal pour, en fin de compte, devoir proposer un texte à des ignares ? J'ai terminé ma thèse. Sans conviction. Je suis devenu professeur dans une université de province. Quelques années plus tard, tu as fait ton apparition.

— Moi ?

— Oui. Tu étais partout. Dans les journaux, les magazines, sur les panneaux publicitaires... Tu étais devenu écrivain !

Il a laissé échapper un rire démentiel.

— L'inconséquent Samuel Sanderson, le beau et musclé sous-doué avait écrit un roman et, en quelques semaines, était devenu une star. Je n'en revenais pas. C'était impensable. Impensable et injustifié. J'ai acheté ton roman... un tissu de clichés, une intrigue sentimentale digne des pires séries télévisées, une maîtrise de la langue hasardeuse. Et pourtant... tu avais trouvé un éditeur et tu goûtais maintenant aux délices de la gloire. J'ai lu tout ce que la presse écrivait à ton sujet. Bien entendu les critiques les plus pertinents moquaient ton style mais la meute des journalistes incultes et admiratifs du succès te louait. Et j'ai appris que tu avais une femme délicieuse et une petite fille. Tu avais réussi partout où j'avais échoué. C'était profondément injuste. Je t'ai haï pour ce que tu étais, ce que tu représentais. Chacune de tes apparitions constituait une insulte à mon égard. Alors, j'ai arrêté de lire la presse, de regarder la télévision. Mais il y avait toujours des affiches de toi dans la rue ou des femmes qui, ici et là, lisaient tes romans. J'étais fasciné par cette manière qu'elles avaient de se retrancher du monde pour entrer dans le tien, de se placer sous la coupe de ton écriture, de larmoyer, de sourire en oubliant où elles se trouvaient. Et, tout cela me renvoyait à mon échec. J'ai cru devenir fou. Et puis il y a eu...

Il s'est arrêté de parler pour puiser d'autres souvenirs. Son visage s'est agité, comme si les images qu'il entrevoyait le surprenaient, le contrariaient. Il revivait des moments dramatiques.

— Qu'est-ce qui est arrivé ? ai-je relancé d'une voix douce.

— J'ai rencontré une femme. Elle ne paraissait pas appartenir à ce monde. Elle était délicieuse, généreuse, gentille... Elle était également naïve. Une proie pour tous les salauds qui n'ont d'autres objectifs que de se moquer des femmes, d'abuser d'elles. Elle m'admirait. Le fait que je sois professeur de littérature, que j'aie écrit un roman... la rendait fière d'être avec moi. Pour elle, peu importait que l'université dans laquelle j'enseignais soit modeste ou que mon manuscrit ait été refusé... elle posait sur moi un regard empli d'amour. Elle m'a demandé de me remettre à l'écriture, m'a redonné confiance. Et je l'ai écoutée. De son côté, elle s'est mise à lire tous les romans que je lui conseillais. Mais, un jour, je l'ai surprise avec l'un des tiens. Elle était allongée sur le canapé et sanglotait en lisant. Sa nature romantique, sa candeur pour ainsi dire, la trahissait. J'étais tellement déçu. Ce fut notre première dispute. Puis il y en eut d'autres, de plus en plus fréquentes. Mais il faut comprendre : elle avait de si belles qualités... je ne pouvais pas la laisser se gâcher ainsi. Il fallait que je lui serve de guide, que je lui apprenne à exercer son sens critique...

Il n'a pas terminé son propos et j'ai su qu'il en resterait là.
— Qu'est-il arrivé ? ai-je tenté.
Il a eu un petit rire, comme un hoquet de mépris.
— À toi de raconter. Écris. Le temps passe et je doute parfois que tu puisses terminer ce récit.
— Je terminerai.

8ᵉ jour

Ces derniers jours j'ai écrit ma dérive dans le monde interlope des réseaux sociaux. J'ai relaté mon aventure avec Jessica puis ma déception de l'avoir perdue. Après avoir lu ces pages, ce matin, Jim est enfin venu me livrer les véritables raisons de sa haine.
— Ainsi, tu attribues ta perdition aux occasions faciles qu'offrent les réseaux sociaux ? a-t-il dit.
— Non, pas vraiment. Si tu as bien lu, je dis que les problèmes étaient en moi et qu'Internet a seulement servi d'accélérateur. Je me serais perdu de toute façon un jour. Sans Dana, je n'étais plus moi-même.
— Et tu as cru le redevenir avec… Jessica ?
— J'éprouvais enfin quelque chose d'autre qu'un simple attrait sexuel.
— Tu l'as pourtant baisée dès votre première rencontre ! s'emporta-t-il.
— Non. Nous avons fait l'amour.
J'ai cru qu'il allait couper la connexion, aussi me suis-je précipité pour lui poser la question qui, depuis ses dernières confidences, me tourmentait.
— Et toi, que s'est-il passé avec cette femme ?
— Tu ne t'en doutes pas ? questionna-t-il, le regard diabolique.
— Non.
— Elle est tombée amoureuse de toi.
— Pardon ?

— Jessica, ma Jessica, est tombée amoureuse de toi.
Et il a interrompu la communication.

*

Je suis resté abasourdi. Jessica était sa femme. La seule femme qu'il avait aimée ! Et je la lui avait prise. J'appréhende maintenant le véritable mobile de sa haine. Est-ce le hasard qui l'a mise sur ma route ou lui avait-il parlé de moi ? Non, il n'avait pas dû lui révéler qu'il me connaissait. Jessica m'en aurait fait part. Qu'est-elle devenue ? L'a-t-il tuée pour se venger d'avoir été trompé ?

Mon émotion est telle que je suis incapable de tenir en place. J'ai marché toute l'après-midi de long en large à travers ma petite cellule, me demandant si j'étais également responsable de la mort de Jessica.

J'ai appelé Jim plusieurs fois, en vain. Sur une page blanche de l'écran je lui ai annoncé que je ne reprendrais l'écriture que lorsqu'il accepterait de répondre à mes questions.

9ᵉ *jour*

Il s'est connecté cet après-midi.

— Ne crois pas que je cède à ton chantage. J'ai de toute façon prévu de tout te dire.

— Je veux que nous parlions de Jessica. Tu dois comprendre que si je t'ai fait du mal c'était involontaire ! Je ne savais pas que tu étais son compagnon. Elle ne m'a jamais parlé de toi ! Sinon, je t'assure, il ne se serait rien passé.

Il a laissé échapper un petit rire aigu.

— Tu savais qu'elle vivait avec un homme mais cela ne t'a pas empêché de la séduire.

— C'est vrai, reconnus-je. Mais ce n'était pas qu'une conquête. J'éprouvais des sentiments pour elle.

— Faux. Si tu avais vraiment eu des sentiments, tu aurais tout fait pour la retrouver.

— J'ai tout fait ! Mais elle ne m'a plus jamais répondu. Elle a fini par m'envoyer un message de rupture. J'ai alors décidé de respecter son choix. Mais j'en ai souffert !

Il s'est avancé, l'air mauvais, comme s'il s'apprêtait à m'agresser.

— Tu en as souffert ? Vraiment. Si tu étais amoureux d'elle tu n'aurais pas renoncé si vite. Et tu ne te serais pas si vite consolé dans les bras d'autres femmes.

— Mais que me reproches-tu en fait ? Je ne l'ai pas dupée ! Je ne l'ai pas violée ! Elle était adulte et consentante !

Il a eu un petit rictus de désolation.

— C'est là que tu te trompes. Jessica n'était pas adulte ! Elle était immature et tu en as profité !

— Non, tu veux me rendre responsable de toute cette histoire. Mais tu l'es autant que moi ! Elle m'avait dit qu'elle n'était pas vraiment heureuse avec celui qui partageait sa vie ! me défendis-je.

À la manière dont il s'est figé, j'ai compris que j'étais allé trop loin.

— Elle était heureuse avec moi avant que tu n'entres dans notre vie ! hurla-t-il. Tout allait bien entre nous.

— Et c'est moi qui aurais tout fait foirer ? Simplement en lui parlant sur Facebook et au téléphone ? C'est ce que tu préfères croire ?

— Non ! Tu as bouleversé notre existence d'une manière plus pernicieuse.

— Je ne comprends pas.

— Tes romans ! Tes putains de romans ! a-t-il crié, le visage chaviré de haine. Elle les a lus... et elle s'est mise à douter ! À douter de nous, de notre relation. Nous avions défini un rapport sain, exempt de toutes ces bêtises sentimentales. Mais elle a dévoré tes romans et commencé à envisager l'amour à travers ces niaiseries que tu sais si bien mettre en mots. Des déclarations, des regards doux, des cadeaux, des coups de folie, des preuves d'amour ! Toutes ces choses dont je suis incapable car elles sont l'expression du mensonge et de la fourberie du monde auquel tu appartiens et que tu contribues à entretenir. Puis vous vous êtes mis à échanger et elle est tombée amoureuse de toi, de cette image d'auteur romantique. Et elle a cédé.

Les yeux exorbités, il écumait de rage.

— Et elle ne m'a plus aimé. À cause de toi.

Sa voix s'est cassée et sa dernière phrase s'est étiolée dans un murmure.

— Elle comptait tellement pour moi.

— Que lui as-tu fait ?

Il est resté absent, perdu dans sa tristesse.

— Dis-moi ce que tu lui as fait, ai-je hurlé. Tu l'as tuée salaud ? Tu l'as tuée parce qu'elle ne t'aimait plus ? Parce que nous avions fait l'amour ?

Mes cris l'ont sorti de ses pensées.

— Écris et je te le dirai.

— Non, réponds-moi maintenant !

Il s'est mis à rire. Un rire démoniaque qui m'a glacé le sang.

— Tu veux jouer au plus malin avec moi, Samuel ? O.K. je vais te répondre.

Il a éteint la caméra. Quelques minutes plus tard l'image est réapparue.

Et ce que j'ai vu m'a terrifié.

*

Jessica était face à la caméra. Pas celle que j'avais connue. Une version cauchemardesque de Jessica : amaigrie, les yeux cernés, le regard vide, les traits fatigués.

— Jessica, ai-je murmuré.

Elle a paru ne pas m'entendre. Jim est alors venu s'asseoir près d'elle et Jessica s'est montrée craintive de le savoir si près.

— Jessica est redevenue une épouse docile et fidèle.

— Salaud… Que lui as-tu fait ? ai-je demandé, les larmes aux yeux.

— Je lui ai lavé le cerveau de toutes les conneries que toi et les gens de ton espèce y avaient déversées. Et je lui ai tout réappris. C'est une bonne élève. Et une bonne cuisinière. C'est d'ailleurs elle qui prépare tes repas chaque jour.

Il a caressé les cheveux de Jessica comme il l'aurait fait à un animal domestique.

— Dis bonjour à Samuel, Jessica.

— Bonjour, a-t-elle dit, docile, d'une voix à peine audible.

— Dis-lui que tu es heureuse maintenant.

— Je suis heureuse, a-t-elle répété en articulant mécaniquement les mots.

La scène était insupportable. J'avais tant envie de la défendre, de la rassurer, de la consoler.

— Enfoiré ! ai-je crié. Tu es malade ! Complètement fou !

— Moi fou ? s'est-il emporté. C'est toi le fou ! Tu avais tout pour être heureux et tu as tout perdu ! Tu écris des romans dans lesquels tu prônes des sentiments que tu n'es pas capable d'éprouver. Tu joues les romantiques et tu te comportes comme un pervers dans la vie. Tu parles de morale et tu as une vie déviante. Tu bois, tu te drogues… Et c'est moi le fou ? Parce que je reste fidèle à mes principes ? Parce que j'ai sauvé Jessica de tes griffes ? Mais bientôt le monde saura que tout ça n'était que mensonges et mystifications.

Il avait lancé chaque mot avec force pour m'atteindre. Et j'étais atteint. Alors, j'ai laissé éclater ma rage sans vraiment considérer ce que je disais.

— C'est pour ça que tu veux que j'écrive ce roman, n'est-ce pas ? Pour te venger et faire triompher ce que tu appelles ta vérité.

— Oui, mais aussi parce que tu vas ainsi m'aider à réaliser mon œuvre.

— C'est-à-dire ?

— Tu sais comment organiser une intrigue, la structurer. Moi je sais écrire. J'ai donc prévu d'utiliser ton texte pour élaborer un grand roman. Imagine : j'aurai l'histoire, la structure, le style et... ton public !

Il avait dit ça sur un mode extatique, tel un illuminé sur le point d'atteindre le but de sa vie, le bout de sa folie.

— Je n'écrirai plus, espèce de taré ! Tu entends ? Je n'écrirai plus ! Tu peux me tuer maintenant si tu le veux !

Il a retrouvé son aplomb, son air mesuré, son sourire dédaigneux.

— Si, tu écriras.

Il a caressé les cheveux de Jessica puis soudain les a saisis fermement pour les tirer en arrière. Jessica, effrayée mais soumise, a laissé échapper une plainte.

— N'est-ce pas que tu écriras, Samuel ?

— Lâche-la, pourriture, ai-je hurlé en me levant.

Il a accentué sa pression et Jessica s'est mise à sangloter. Elle le guettait du coin de l'œil, craignant que sa colère se déchaîne plus encore.

— Oui, je vais le faire ! ai-je crié, la gorge serrée. Je ferai ce que tu me demanderas, je te le promets ! Mais je t'en supplie lâche-la, ne lui fais pas de mal !

— Il te reste donc encore quelques bons sentiments, Samuel, c'est bien.

Il a maintenu sa pression. Je ne pouvais détacher mes yeux du visage de Jessica. Le masque d'épouvante qui l'avait transfigurée exprimait tant de choses sur les souffrances endurées par ma faute.

— Je veux deux nouveaux chapitres pour demain.

— Tu les auras, répondis-je, vaincu... mais laisse-la.

Il l'a lâchée et a coupé la connexion. Je me suis alors mis à pleurer, sans retenue. Au moment où j'écris, je pleure encore. Je ne pourrai pas trouver le sommeil cette nuit. Je ne cesse de penser à l'enfer qu'a dû connaître Jessica depuis notre nuit.

10ᵉ jour

J'écris désormais sans passion. Les phrases s'enchaînent avec facilité. Je me contente de dérouler les faits et laisse mon imagination vaguer au gré de mes peurs, de mes regrets aussi. Des images reviennent : ma jeunesse, de beaux instants avec Dana, des scènes tendres avec Mayane, mais aussi, quand la peur ressurgit, d'horribles séquences durant lesquelles Jessica souffre, d'autres où Dana et Mayane sont les proies des délires sadiques de Jim. À la fin de la journée, je me trouve épuisé et désespéré à la fois.

Si, les premiers temps, je m'étais résigné à écrire et mourir, je suis maintenant persuadé qu'il me faut trouver un moyen de sortir d'ici. Je ne peux pas laisser Mayane, Dana et Jessica avec ce déséquilibré. L'unique issue est de renouer le contact avec Jessica. Elle seule a la possibilité de joindre mes proches. Mais dans quel état est-elle ? A-t-elle encore suffisamment de lucidité et de force pour braver la vigilance de son tortionnaire ? Me déteste-t-elle de l'avoir entraînée dans cet enfer ? Peut-être n'est-elle plus qu'une peur ? Il faut pourtant que je tente de communiquer avec elle. C'est mon unique chance de m'en sortir.

J'ai en tête de profiter des absences de Jim pour essayer de la convaincre de me venir en aide ou d'avertir mes proches. En recoupant les jours où il n'était pas présent au bord du lac et ceux où il ne s'est pas adressé à moi depuis mon enfermement, j'en ai déduit qu'il doit quitter son lieu de résidence pour aller enseigner deux fois par semaine : le mercredi et le vendredi. Mais il s'agit d'hypothèses qu'il me faut vérifier. À cette fin, je compte lui demander de venir me parler ces jours-là afin de voir s'il répond.

*

Ce soir, je terminais mon repas en pensant à celle qui l'avait préparé quand, au moment de reposer le plateau dans le monte-charge, j'ai eu une idée. J'ai étalé un reste de purée au fond de mon assiette et, avec ma fourchette, j'ai dessiné cinq lettres : MERCI.

J'ai pris un risque en présumant que c'est elle qui réceptionne le plateau. Si je me trompe, Jim ne manquera pas de relever cette tentative de communiquer avec Jessica et les représailles pourraient être terribles. Mais il me faut ignorer mes craintes et essayer. Je n'ai pas le choix.

Mon plateau est remonté et, durant quelques minutes, j'ai redouté la réaction de Jim. Mais rien n'est arrivé.

Je vais continuer à adresser des messages à Jessica en attendant d'être sûr qu'il s'absente bien de la maison.

15e jour

La semaine se termine et, en effet, Jim ne s'est pas connecté mercredi et vendredi. Je tenterai donc quelque chose la semaine prochaine.

À chaque repas, j'ai adressé un petit mot à Jessica. Sur des pelures de fruits, sur des couvercles de yaourts, dans le fond de mon assiette. Les premières fois, juste des mots anodins pour la remercier ou la saluer. Puis des messages plus personnels, griffonnés sur des bouts de papier glissés sous mon assiette.

Je suis désolé.

Je n'étais qu'un fou

Pardonne-moi.

J'étais sincère.

J'espérais un signe de sa part mais elle ne s'est pas manifestée. À quel point l'a-t-il mentalement démolie ? Au point d'être indifférente à ce qu'il m'arrive ? Et si elle a conservé un peu de lucidité, sa crainte des représailles l'empêche sans doute d'agir ?

16ᵉ jour

Nous sommes le lundi de la troisième semaine et je suis parvenu à la moitié de mon récit.

Je tiens donc le rythme et Jim a l'air satisfait de me voir écrire docilement. Il se confie plus facilement et éprouve même un malin plaisir à guetter sur mon visage l'expression de mon étonnement face à ses révélations.

— Vous habitiez Philadelphie. As-tu déménagé seulement pour… te venger ?

— En effet. Je devais être près de toi et des tiens. J'ai obtenu un poste à New York. Quand on poursuit un but, il faut se donner tous les moyens de l'atteindre, n'est-ce pas ?

— Et… comment as-tu eu accès à toutes les informations que tu as utilisées contre moi ?

— Rien de plus simple. J'ai installé des logiciels espions sur ton ordinateur. J'ai commencé par un Keylogger.

— Un quoi ?

— Un petit logiciel qui enregistrait tout ce que tu tapais sur ton clavier et me le transmettait. C'est comme ça que j'ai obtenu tes mots de passe. Il m'était alors facile de me connecter sur ton profil Facebook, de lire tes échanges, puis d'effacer ce que je voulais. Ensuite, j'ai pu introduire un programme qui m'a permis de prendre le contrôle de ton système à distance. Quand tu n'étais pas là, j'ouvrais tes dossiers, les copiais. J'ai également pris le contrôle de la webcam et du micro de ton ordinateur pour voir et entendre tout ce qui se passait chez toi.

— C'est comme ça que tu as écrit le message de dénigrement destiné à mes lecteurs et lu tous mes e-mails, le début de mon roman autobiographique...

— Oui.

— Et les photos ?

— Je les ai trouvées sur l'ordinateur de ton ex-femme. Ce fut très simple, elle n'était pas toujours là quand je donnais des cours à Mayane. Et il suffisait de laisser celle-ci préparer une collation ou répondre au téléphone à ses amis pour avoir le temps d'explorer le disque dur.

— Mais tu n'avais pas prévu que Denis intervienne.

— Pour un féru d'informatique comme lui, il était facile de repérer les *spywares*. Il fallait donc que je nettoie l'ordinateur.

Denis était mort à cause de l'aide qu'il m'avait apportée. Tant qu'elle n'était qu'une hypothèse, l'idée m'était supportable. Devenue vérité, elle me bouleverse et me renvoie à ma culpabilité. Combien de personnes ai-je entraînées dans ma chute ? Certes, je peux attribuer la pleine responsabilité de ces actes à la folie de Jim, mais impossible de nier que ma propre dérive est à l'origine de cette haine. La théorie du chaos prend une forme nouvelle. Je suis le papillon, lui la tempête.

— Comment l'as-tu tué ?

— Je me suis rendu en bas de chez toi et j'ai utilisé ton profil pour lui envoyer un message disant que j'allais venir lui rendre visite. Quand j'ai sonné à sa porte, il a ouvert sans faire attention. Je l'ai menacé avec un pistolet et l'ai forcé à avaler un somnifère en lui promettant que je ne lui ferais rien, que je voulais simplement récupérer ton ordinateur. Puis, je lui ai demandé de se déshabiller et de s'allonger sur son lit. Il s'est endormi. J'ai fait couler un bain et je l'ai porté. Je lui ai ensuite maintenu la tête sous l'eau. Il ne me restait plus qu'à effacer toutes les preuves sur ton ordinateur.

Je vivais la scène à travers ses propos et les larmes me sont montées aux yeux.

— Comment as-tu fait pour mettre en place ces programmes ?

— J'ai parié que tu ouvrirais tous les fichiers que t'enverrait Jessica. Et j'ai eu raison. En cliquant dessus tu lançais leur installation.

— Tu as donc également piraté l'ordinateur de Jessica.

— Bien entendu.

— Tu suivais donc l'évolution de notre relation.

— En effet.

— Pourquoi n'es-tu pas intervenu avant que nous nous rencontrions ?

— Jusqu'au dernier moment j'ai espéré qu'elle se raviserait, qu'elle comprendrait qu'elle se trompait. Il s'agissait d'un combat contre toi, à distance. Mais tu as été le plus fort et elle a cédé.

— Tu as donc prétexté un déplacement pour vérifier si elle me rencontrerait...

— Oui. Et j'ai été écœuré de la voir se précipiter pour te proposer un rendez-vous.

— Mais tu ne l'as pas empêchée de se rendre à ce rendez-vous.

— Je voulais découvrir jusqu'où elle irait. J'escomptais qu'une fois face à toi, elle réaliserait son erreur. Mais le lendemain, en lisant vos échanges j'ai compris qu'elle s'était vautrée dans la débauche. Tu avais encore une fois gagné.

— Et tu l'as... punie.

— Disons que je l'ai reprise en mains.

— Que lui as-tu fait ?

— Je peux juste te dire qu'au début elle s'est défendue. Elle prétendait que tu l'aimais. Alors, je lui ai fait lire tes correspondances lubriques avec ces lectrices prêtes à tout pour passer quelques heures avec toi. C'est à ce moment qu'elle a commencé à lâcher prise.

La déception de Jessica avait dû être terrible : la douleur morale ajoutée à la torture physique.

— Mais tu n'en es pas resté là.

— La suite ne te concerne pas.

La suite, je l'imaginais aisément et ces idées me retournaient le cœur.

— Encore une question... Quand je me suis battu à cette soirée de remise de prix...

— J'avais versé de la drogue dans ton verre.

— Tu m'avais donc approché ?

— Oui.

Les pièces du puzzle commençaient à me présenter un tableau plus cohérent d'une histoire qui ne l'était pas.

— Que dois-je maintenant raconter ? demandai-je.

— L'émission de télévision ? proposa-t-il. Tu ne peux pas savoir à quel point j'ai aimé te voir sombrer en direct devant tous ces téléspectateurs après l'envoi des accusations à la presse. J'ai même cru pouvoir me contenter de cette victoire. Mais ton agent a su gérer la situation et tu t'en es tiré une fois de plus.

— C'est toi qui as recruté Carla pour me séduire à Cagliari ?

— En effet.

— Et tu as envoyé les photos à la presse.

— Quel esprit de déduction ! se moqua-t-il.

— Qu'est-il arrivé à Carla ?

— Je te le confierai quand tu auras un peu plus avancé.

*

Les explications de mon geôlier ayant éclairé quelques espaces sombres, je retrouve le sens de certaines de mes dérives. Mais la lumière a également révélé des scènes cauchemardesques qui ne cessent de hanter mon esprit tourmenté et me font craindre le pire. Cet homme est fou et dangereux et aucun raisonnement ne peut me laisser espérer que sa folie s'évanouira dès qu'il aura atteint son objectif. J'en sais assez sur les psychopathes pour comprendre que sa fureur se focalisera à terme sur d'autres personnes. Sur Jessica, dont il est déjà le bourreau. Sur Dana, qu'il sera peut-être tenté de soumettre à sa loi afin de réussir là où j'ai échoué. Sur Mayane, mon plus grand bonheur.

Il me faut agir, prendre des risques, tenter l'impossible.

18ᵉ jour

Nous sommes le mercredi de la troisième semaine. Tremblant, plein d'espoir, j'ai ce matin saisi une feuille et un stylo et je me suis adressé à Jessica.

> Jessica,
> Je suis profondément désolé. Il n'y a pas de mots pour décrire ce que j'ai ressenti en te voyant apparaître à l'écran. J'en suis encore et pour longtemps meurtri. J'ose à peine imaginer le calvaire que tu as dû subir à cause de moi.
> Mais je veux que tu saches que, contrairement à ce que t'a dit Jim, je ne me suis jamais moqué de toi. J'avais de vrais sentiments. Certes j'étais un coureur. Je séduisais mes lectrices sans vergogne. Mais tu connaissais ma fragilité, tu avais saisi ma difficulté à jouer le rôle que l'on m'avait assigné, aussi comprendras-tu sans doute que, dans mon naufrage, je tentais de me raccrocher aux regards énamourés, admiratifs, de ces femmes. J'avais tant besoin d'exister, de me sentir aimé.

Je t'en conjure, crois-moi: l'homme que tu as rencontré était sincère. Depuis ma séparation avec Dana je n'avais jamais rien éprouvé de profond pour les femmes que je fréquentais. Je vivais dans l'instant et ne fréquentais que des êtres aussi inconséquents et vides que moi.

Mais quand je t'ai connue, j'ai cru revivre. Ta personnalité, ta droiture, m'ont subjugué. Et quand tu m'as quitté, j'ai été malheureux. J'ai essayé de te recontacter. Je t'ai écrit, t'ai téléphoné sans cesse. Je ne sais pas si tu l'as su ou si Jim interceptait tous ces messages. Mais tu ne répondais pas. J'ai reçu un mot de rupture. Peut-être est-ce lui qui me l'a envoyé? J'ai pensé que tu regrettais ce qui était arrivé entre nous, que tu aimais vraiment ton mari, que tu culpabilisais. Et je me suis résigné. Mais sache qu'il m'a été difficile de renoncer à toi. Je ne t'ai jamais oubliée.

Il ne faut pas que tu acceptes la situation, Jessica. Il n'est pas normal de vivre l'enfer sous la coupe de cet homme. Il ne t'aime pas! Il est simplement fou. Je ne sais pas si tu as la possibilité de sortir, de téléphoner... Si c'est le cas, appelle la police ou mes proches. Il va me tuer Jessica! Il me l'a dit. Dès que j'aurais terminé le texte qu'il m'a demandé d'écrire, il me supprimera. Dans moins de deux semaines Jessica! Et il finira par te tuer aussi, tu le sais. Il s'en prendra aussi à ma fille et mon ex-femme. Je t'en prie, Jessica, aide-moi.

J'ai glissé le mot sous l'assiette, partagé entre l'espoir d'être compris par elle et la crainte d'être découvert par Jim.

19ᵉ jour

Quand Jim s'est connecté ce soir, j'ai craint qu'il me révèle avoir intercepté mon message. Mais l'expression coutumièrement froide de son visage m'a rassuré.

Sans que je l'interroge il a repris sa confession là où il l'avait laissée.

— Sache que j'ai été fort contrarié de constater que tu élaborais le sujet de ton prochain roman en t'inspirant du personnage que j'avais créé.

— Tu aurais également pu en être flatté.

— Flatté ? Voir une si piètre histoire naître du génie avec lequel je te manipulais ? s'offusqua-t-il. Elle m'appartenait ! J'en étais l'instigateur, le réalisateur ! J'ai donc décidé d'aller plus loin encore, de te piéger, te faire perdre la face afin de te priver de ton lectorat. Quand j'ai vu sur ton ordinateur que tu partais quelques jours en Sardaigne j'ai eu cette magnifique idée...

— Et tu as recruté Carla...

— Oui, je l'ai trouvée sur un site Internet clandestin spécialisé dans les rencontres avec des escort-girls mineures. Après une petite conversation, j'ai compris qu'elle était suffisamment intelligente pour mener à bien cette mission. De plus, elle était d'origine italienne donc n'aurait aucun mal à te faire croire qu'elle travaillait là-bas. J'ai tout négocié par mails. Je lui ai versé un tiers de la somme convenue pour qu'elle sache que je n'étais pas un plaisantin. Elle devait toucher le reste si elle réussissait sa mission.

— Grâce à tes logiciels espions, tu savais dans quel hôtel je me rendrais. Elle m'a donc épié quelque temps avant de provoquer la rencontre.

— Exact. Ensuite, je comptais sur ta lubricité et ça a marché. Elle a pris quelques photos de toi pendant que tu dormais et l'affaire était jouée.

— Mais Carla t'a échappé.

— En effet. Elle était bien trop maligne et ambitieuse pour se cantonner au rôle que je lui avais assigné. Elle a voulu profiter de la situation et a commencé à parler à la presse, à se montrer...

— Et tu n'avais pas prévu qu'elle céderait à ma fille.

— Non. Tu as une fille fantastique, Samuel. Je la côtoie assez pour savoir à quel point elle est remarquable. Elle est intelligente, volontaire et maligne.

Ses compliments à l'égard de Mayane me firent froid dans le dos. Il l'évoquait comme il l'avait fait de Jessica.

— Bien entendu, j'avais également piraté son ordinateur. Je connaissais donc son emploi du temps, ses projets... Et j'ai su ce qu'elle allait entreprendre concernant Carla puis appris qu'elle avait de bons espoirs de l'avoir convaincue.

— Tu as donc... tué Carla ? ai-je alors demandé bien que la réponse fût évidente.

— Il le fallait. Elle allait tout déballer aux flics, dire qu'elle avait été payée pour ce job, donc valider ton hypothèse qu'un fan dérangé cherchait à te nuire.

— Or, tu voulais que je doute de ma santé mentale. Et que mon entourage et les flics envisagent cette possibilité.

— Je savais tout au sujet de ta mère. J'avais lu le début du roman que tu consacrais à ton enfance, dans lequel tu livrais tes failles... un bon texte d'ailleurs. Enfin, meilleur que ce que tu as pu produire et vendre. Et j'ai utilisé ta boîte e-mail pour réclamer son dossier.

— Qu'as-tu fait du corps de Carla ?

— Je l'ai fait disparaître.

Un rictus démoniaque embrasa son visage.

— La chair humaine peut faire un très bon appât pour les poissons carnassiers, murmura-t-il en se penchant, comme s'il me livrait un secret.

Horrifié, je repensai à ce sachet qu'il m'avait confié sur la barque.

— Non, ce n'est pas possible. Tu mens pour me tourmenter encore.

— Peut-être...

Satisfait de son effet, il éclata de rire et coupa la caméra.

20ᵉ jour

Vendredi. Jim absent, j'ai de nouveau tenté de communiquer avec Jessica. J'avais cette fois une idée plus précise sur la manière de la convaincre.

> Jessica,
> Jim a tué mon ami Denis. Il a également éliminé cette jeune fille qu'il avait envoyée pour me séduire... Je n'ose même pas te dire ce qu'il dit avoir fait de son corps. Mais peut-être le sais-tu déjà.
> Je sais qu'il a semé le doute dans ton esprit puis t'a convaincue que je m'étais moqué de toi. Mais il y a un moyen pour toi de vérifier si ce que je dis est vrai. Ce texte que j'écris à la demande de Jim est censé révéler toute la vérité à mon sujet. Si tu en as la possibilité, lis-le. Tu comprendras ce que j'ai vécu. Je parle aussi de notre rencontre, de mes sentiments pour toi. Et Jim veille à la véracité de mes propos. Lis-le, Jessica !
> Puis, je t'en prie, contacte mon ex-femme ou la police. Ce n'est pas seulement parce que j'ai peur de mourir que je t'adresse cette supplique, c'est parce que je sais ce qu'il pourrait vous faire à toi, Mayane et Dana une fois que j'aurai disparu.
> Il donne des cours particuliers à ma fille, passe plusieurs heures à ses côtés. Tu sais comme moi de quoi il est capable.
> Je t'en supplie Jessica, préviens-les.

J'ai ensuite passé l'après-midi à imaginer le parcours de mon message, à espérer que Jessica ait accès à mon texte, à envisager ses réactions.

21ᵉ jour

Jessica m'a répondu !

Comme chaque matin, le petit déjeuner m'a été envoyé à sept heures trente. J'ai saisi le plateau, l'ai déposé sur le bureau et j'ai fait ma toilette avant de m'attabler.

J'ai pris la tasse, j'ai bu quelques gorgées de café chaud et mes yeux se sont posés sur les toasts. J'ai alors vu sur l'un d'eux le dessin d'un smiley tracé dans la fine couche de beurre qui le recouvrait.

Ce petit signe m'a transporté de joie. Jessica reçoit mes messages et me fait savoir que je dois garder espoir. C'est en tout cas ainsi que j'ai souhaité interpréter son geste. Cela veut également dire que la tentative de Jim de la briser n'a pas totalement réussi.

Je sais désormais que j'ai une alliée à l'extérieur. Tout devient donc possible.

23ᵉ jour

Jessica continue à m'adresser quelques signes. Pas systématiquement. Je présume donc qu'il est parfois près d'elle. Pourtant, je ne vis plus que dans l'attente de ces infimes manifestations d'attachement, d'amitié qui, dans mes moments les plus optimistes, me laissent penser qu'elle agira pour me sauver.

Mais le temps passe. Mon texte avance. Et il ne me reste plus que quelques jours à vivre. Je sombre parfois dans le plus profond désarroi et, dans ces moments-là, je ne crois plus en la capacité de Jessica de faire quoi que ce soit pour me sauver. Pour nous sauver.

25ᵉ jour

Jessica m'a écrit un petit mot ! En découvrant le bout de papier plié sous mon assiette, j'ai éprouvé un vrai bonheur.

> Samuel,
> Je ne sais pas quoi faire. Je n'ai aucun moyen de communiquer avec l'extérieur. Il est toujours là, il me surveille et... j'ai peur. Quand il s'absente, il m'enferme. La maison est une véritable forteresse. Je ne peux ni sortir ni téléphoner. Mais je ne désespère pas de trouver un moyen de te libérer. Continue à lui donner satisfaction.
> Détruis ce papier. Il s'éloigne rarement de la maison. Et, quand il est là, il contrôle ce que je te donne à manger et parfois il est près de moi quand le plateau remonte. Alors cesse d'être imprudent. C'est moi qui t'écrirai quand j'aurai trouvé une idée.

J'ai relu plusieurs fois ces quelques lignes, hésitant à céder à la joie d'avoir une alliée au-delà de ces murs et au dépit de la savoir si désarmée face à la situation.

Il reste si peu de temps. Mais je dois garder espoir. Je sais qu'elle fera tout ce qui est en son pouvoir pour me sortir de là. Et si elle ne peut pas intervenir pour me sauver, elle tentera de prévenir Dana et Mayane des menaces qui pèsent sur elles une fois que j'aurai disparu.

*

27ᵉ jour

C'est fini. Je n'ai plus de raison d'espérer. Je suis abattu, encore sous le choc de la conversation que j'ai eue avec mon tortionnaire en fin d'après-midi. Il ne s'était pas connecté depuis plusieurs jours et son absence m'avait alerté. Pourtant, je refusais de renoncer à mon dernier espoir.

— Tu peines à achever ton texte ? a demandé Jim ce matin.
— En effet. J'aurais besoin d'un peu plus de temps.
— Impossible. Je t'ai donné un délai, tu dois t'y tenir.
— Mais je suis épuisé ! Tu peux comprendre qu'il y a parfois des moments où les mots ne viennent pas si facilement.
— Je peux le comprendre lorsqu'il s'agit réellement d'écriture. L'inspiration peut manquer et les doutes assaillir l'esprit d'un perfectionniste. Ce qui n'est pas ton cas. Alors, termine ce texte.
— Juste quelques jours, implorai-je.
— Le temps d'espérer un peu plus ?
— Espérer ?

Il a eu un mauvais sourire.

— Espérer que Jessica te vienne en aide.

À ces mots, j'ai senti mon cœur imploser.

— Je... ne saisis pas.
— Tu te crois malin Samuel ? Tu crois que tu peux me berner ?
— De quoi parles-tu ? balbutiai-je.
— Des mots que tu échanges avec Jessica, lâcha-t-il.

J'ai alors eu l'impression de chuter dans un précipice, les yeux ouverts sur l'horreur.

Je l'ai vu sourire, se réjouissant de l'effet de sa révélation.

— Où est-elle ? ai-je alors demandé.
— Tu la verras bientôt.

Il a coupé la connexion et m'a laissé au plus profond de mon désarroi.

28e jour

Je pensais avoir atteint les sommets de l'abjection. Il n'en était rien.

Je n'étais qu'un fou

Durant la nuit, j'ai perçu un bruit métallique puis j'ai vu un rayon de lumière. Dans l'encadrement de la porte se tenaient des silhouettes. J'ai alors compris ce qui allait se passer.

— Tiens, voilà ton amoureuse, Samuel, a crié Jim avant de lancer le corps inanimé de Jessica dans le vide.

Tel un pantin désarticulé, elle a roulé dans l'escalier et j'ai entendu le bruit mat de son crâne contre le sol.

Je me suis élancé vers elle. La porte s'était déjà refermée et j'étais dans l'obscurité totale.

J'ai porté Jessica sur le lit. Elle respirait encore. J'ai passé mes mains sur son visage et j'ai pu deviner son calvaire. Je suis allé chercher de l'eau et j'ai tenté de la faire boire mais elle était inconsciente. J'ai senti son sang couler là où son crâne avait dû heurter le sol. Je l'ai veillée toute la nuit et, quand au matin la lumière s'est allumée, l'horreur était bien plus grande que je ne l'avais pensé.

Jessica avait le visage tuméfié. Ses lèvres étaient ouvertes, une de ses arcades avait éclaté et la plaie sur son crâne continuait à saigner. Son corps aussi était recouvert d'hématomes et de plaies.

Elle respirait avec difficulté.

J'ai sangloté en répétant son nom, en m'excusant.

Elle a ouvert les yeux en fin de matinée et je me suis précipité pour la faire boire.

— Je suis désolé, Jessica, lui ai-je murmuré en lui embrassant les mains.

Elle a eu un petit sourire triste, a tenté de me dire quelque chose, puis a de nouveau perdu connaissance.

Sur le plateau-repas que m'a envoyé Jim, j'ai trouvé un mot.

Je te laisse t'occuper de cette pute. Elle ne m'intéresse plus. Achève ton texte. Il te reste deux jours. Sinon, c'est, au mieux, dans cet état que finiront ta femme et ta fille. Et sois heureux, je t'offre une fin digne de tes romans. Toi et elle allez mourir ensemble...

*

Je ne sais pas si Jessica va survivre. Je me sens désemparé. J'ai tenté de lui faire avaler un peu de nourriture mais elle a tout recraché.

Elle est là, contre moi. Je ne cesse de lui parler à l'oreille, d'embrasser ses joues, avec le stupide espoir que mon affection la console un peu de tout le mal qu'elle a subi par ma faute.

29ᵉ *jour*

J'ai terminé mon texte. J'ai écrit rapidement, pour abréger ma fin et celle de Jessica.

Je me retrouve dans la situation de ces condamnés à mort qui attendent dans leur cellule qu'on vienne les chercher. J'analyse ma vie, mes erreurs, je demande pardon en pensée. Et j'ai peur. Une peur horrible, incomparable à celles que j'ai pu connaître ou décrire dans mes romans. La peur de ne plus exister, de partir sans savoir ce qui m'attend. La peur de souffrir aussi. Car se contentera-t-il de m'abattre ou choisira-t-il de se délecter des douleurs qu'il me fera endurer ? Ce que je sais de lui ne me laisse espérer aucune mansuétude.

J'aurais aimé avoir la foi, me réfugier dans la chaleur de la miséricorde divine. Quand l'ai-je perdue ?

À mes côtés, Jessica agonise. Elle reprend parfois conscience mais, fiévreuse, elle articule des mots incohérents que ses lèvres tuméfiées rendent incompréhensibles. Elle a réussi à avaler un peu d'eau et quelques bouchées de nourriture.

Et j'en viens à me demander s'il n'est pas préférable de la laisser partir plutôt que de la contraindre une nouvelle fois à affronter l'horreur.

30ᵉ jour

Jim ne s'est pas manifesté. Il ne m'a pas non plus fait parvenir de plateau-repas. L'attente est infernale. Je guette les bruits. Je m'assoupis parfois et me réveille en sursaut, persuadé de l'avoir entendu pénétrer dans la cellule.
Jessica est au plus mal.

33ᵉ jour

Cela fait trois jours maintenant qu'il n'a pas réapparu. Et j'ai compris. Il a choisi une des morts les plus horribles, si tant est qu'il y ait des degrés dans l'ignominie et la barbarie. Il nous a abandonnés là et attend que nous mourions de faim.
À coup sûr il tire plaisir de nos souffrances et notre agonie doit constituer pour lui un spectacle réjouissant.
La faim et la peur se confondent dans la torture infligée.
Jessica est toujours fiévreuse. Elle se réveille de temps en temps. Enfin, tout au moins, ouvre-t-elle les yeux. Elle me regarde et murmure des mots inaudibles. Je tente de la rassurer et lui donne à boire. Puis elle sombre dans un sommeil comateux. Elle tremble, transpire. Je ne sais plus quoi faire, je suis désemparé. Son état s'aggrave d'heure en heure.

38ᵉ jour

Jessica ne se réveille plus. Il me semble qu'elle n'est plus aussi brûlante. Ou suis-je moi-même trop fiévreux pour juger de son état. Je passe mes journées allongé contre elle. Je lui parle, lui caresse les cheveux. Mais je sais ces gestes d'affection vains. Elle a besoin de véritables soins.

*

…
Je ne sais plus depuis combien de jours nous sommes dans cette cellule. Je ne cesse de m'assoupir et les heures échappent au temps pour s'étendre sans fin. Je réussis parfois à ramper jusqu'au robinet chercher un peu d'eau que je bois par petites gorgées et verse ensuite entre les lèvres sèches et purulentes de Jessica. Son souffle est à peine perceptible. Elle partira sans doute avant moi.

*

…
Je crois que Jessica est partie ce matin.
Je ne sens plus sa respiration, n'entends pas son cœur battre.
Je me suis mis à pleurer. Sur elle, son calvaire. Sur moi. Sur le sort qui attend sans doute Mayane et Dana.
Puis, je me suis mis à espérer. Peut-être a-t-il dit vrai et les laissera-t-il tranquilles ? Il a eu ce qu'il voulait.
Je n'ai plus la force d'écrire. Alors je veux que mes derniers mots soient pour vous, Dana et Mayane. Pour vous dire que je vous ai aimées et que cet amour est la seule richesse que j'emporte avec moi. Ne gardez de moi que le souvenir de l'homme que je fus quand j'étais parmi vous. Quand j'étais un mari aimant et un père attentionné. Quand j'étais un mec bien.
Je vous demande pardon pour le mal que je vous ai fait.
Je n'étais qu'un fou.

Partie 3

INVESTIGATIONS

Chapitre 48

8ᵉ jour

Robinson s'assit en face de Mayane et Dana. La disparition de Samuel Sanderson avait été signalée six jours auparavant et il ne disposait toujours d'aucun élément susceptible de le mettre sur une piste. Dans son élégant tailleur, parfaitement coiffée et maquillée, Dana paraissait plus se soucier de l'état de sa fille que de ce qui était advenu de son ex-mari. Elle avait appris à se préserver des nuisances occasionnées par le mode de vie de ce dernier et à protéger Mayane. À ses côtés, sa fille ne dissimulait pas son inquiétude. Pâle, les cheveux pris dans une queue-de-cheval, habillée sans préoccupation esthétique, elle se rongeait les ongles, suspendue aux lèvres de Kyle Robinson.

— Nous n'avons rien trouvé sur place. Dans la maison louée au bord du lac, ses affaires ne sont pas rangées et il n'a semble-t-il rien emporté. Il s'était donc sans doute absenté temporairement. Par ailleurs... les plongeurs ont exploré le fond des abords du lac... rien non plus.

— Il ne s'est pas suicidé, je vous l'ai dit ! clama Mayane. Il ne m'aurait jamais fait ça.

— Je sais. Mais il nous fallait tout de même prendre en compte cette éventualité. Son état ces derniers temps...

— Il allait mieux ! l'interrompit Mayane. Sa retraite à Candlewood Lake l'avait apaisé.

— Mais, comme tu le sais... sa mère... bafouilla Dana.

Elle ne croyait pas non plus au suicide de son ex-mari. Mais elle craignait qu'il ait été tué et tentait de préparer sa fille à affronter l'idée de la mort de son père.

— Et alors ? Le suicide est-il héréditaire ? Au contraire, il avait cet acte en horreur ! Et il attendait que je le rejoigne. Il allait très bien, je vous dis !

Dana baissa les yeux.

— Il faut chercher du côté de l'homme qu'il a rencontré en pêchant. Papa devait dîner chez lui. Il m'a envoyé un SMS juste avant puis plus rien...

— En effet. Il pourrait s'agir de la personne qui s'est acharnée sur M. Sanderson ces derniers temps. Elle lui aurait tendu un piège. Mais nous n'avons rien trouvé sur place. Nous ne savons toujours pas qui est cet individu. Cependant nous allons continuer nos investigations. Je vous tiendrai au courant. Et n'hésitez pas à me téléphoner si quelque chose vous semblait suspect.

Pour le policier, les espoirs de retrouver Samuel Sanderson vivant étaient faibles. Le profil de celui qui l'avait harcelé durant ces derniers mois laissait penser qu'il l'avait tué et s'était débarrassé du corps. Comme avec la jeune Carla.

24ᵉ jour

Les médias ne cessaient de parler de la disparition de Samuel Sanderson. N'ayant aucune connaissance du harcèlement qu'avait subi le romancier ni des recherches de l'homme avec qui il avait passé un peu de temps sur le lac, la plupart prônaient la thèse du suicide. Elle paraissait logique en regard des événements qu'ils avaient relatés et avait l'avantage d'offrir une tension dramatique captivante pour les lecteurs et les téléspectateurs avides d'histoires troubles et d'émotions faciles.

Mayane éteignit la télévision au moment où Lukas pénétrait dans sa chambre.

— L'inspecteur est là.

— Il y a du nouveau ? demanda-t-elle, pleine d'espoir.

— Non. Mais il a des questions à vous poser à ta mère et toi.

Elle se rendit au salon en traînant les pieds. Les précédentes entrevues n'avaient mené à rien et elle avait l'impression que ces rencontres n'avaient d'autre but que de les assurer que la police faisait bien son travail.

— Bonjour Mayane.

La jeune fille salua l'inspecteur et s'assit près de sa mère. Elle appréciait ce trentenaire au comportement sûr, à l'allure élégante. Il avait de beaux traits mais l'inexpressivité de son visage lui ôtait toute capacité de séduction.

— Toujours rien, donc ? demanda-t-elle, presque agressive.

— Non. Je suis désolé, nos recherches n'ont encore rien donné. Les analyses effectuées dans la cabane louée près de celle de votre père ont révélé des traces d'ADN. Celle de M. Sanderson et celle d'un inconnu. Mais aucun autre indice ne permet de nous mettre sur une piste. La maison a été réservée sous un nom d'emprunt, par Internet à partir d'un cybercafé et payée par mandat. Nous avons donc maintenant la quasi-certitude qu'il a été enlevé par cet homme.

— Aucune trace de sang ?

— Non.

— Alors... qu'êtes-vous venu nous dire ? s'agaça Mayane.

— Reste calme, s'il te plaît, lui demanda sa mère. L'inspecteur fait ce qu'il peut pour retrouver ton père.

— Ou son corps, compléta Mayane.

D'un regard Dana demanda à Robinson d'excuser sa fille.

— Je suis venu car je pense qu'il nous faut prendre les choses autrement. Mayane, vous m'avez dit être la seule à qui votre père avait confié son adresse à Candlewood Lake.

— C'est ce qu'il m'avait dit.

— Très bien. Où l'avez-vous inscrite ?

— Il me l'a envoyée par SMS.

— O.K., mais l'avez-vous recopiée ailleurs ou transmise à quelqu'un d'autre ?

— Non. Elle est uniquement sur mon téléphone.

— Et nous avons vérifié : il ne comporte aucun virus.

— Ce qui veut dire ?

— Qu'il nous faut envisager la possibilité que l'inconnu... soit un de vos proches. Quelqu'un qui ait pu vous approcher et subtiliser votre téléphone un instant.

Les deux femmes affichèrent leur stupeur.

— Un de nos proches ? s'exclama Dana. Mais enfin... personne dans notre entourage ne veut de mal à Samuel !

— J'aimerais que vous oubliiez ce genre de considérations, madame, dit l'inspecteur. La difficulté dans cette affaire est justement d'essayer d'identifier une personne qui est sans doute au-dessus de tout soupçon. Donc, Mayane, j'aimerais que vous vous concentriez un moment sur tous ceux qui auraient pu avoir accès à votre mobile.

— Mais plein de monde ! Mon téléphone traîne un peu partout. Mes amies ont pu le consulter pendant un moment d'inattention. Et je ne suis pas très précautionneuse, donc dans un café, en boîte, un individu a pu jeter un coup d'œil sans que je ne m'en rende compte... que sais-je !

— Je croyais que vous n'étiez pas sortie depuis l'histoire des Hamptons ? intervint Kyle Robinson.

Mayane haussa les épaules.

— Tu es sortie ? relança sa mère.

— Oui... deux ou trois fois.

— Mais... quand ?

— Quand je te disais aller chez Pernile.

— Non, mais tu te rends compte des risques que tu as pris ? cria Dana. Cet inconnu aurait pu…

— Oh, ça va… nous n'en sommes plus là ! rétorqua Mayane. C'est papa la victime.

Robinson leva les mains pour réclamer le silence. La jeune fille était à bout de nerfs. Envisager que la disparition de son père puisse être la conséquence d'une imprudence la rendait plus irritable encore.

— De toute façon, je ne pense pas que cette personne ait pris le risque de vous subtiliser votre téléphone dans un lieu public. Alors imaginons plutôt qu'il s'agisse de quelqu'un en qui vous avez confiance.

Mayane prit sa tête dans ses mains, fatiguée.

— Nos profilers ont dressé un portrait de cet individu. C'est un homme qui est à peu près de la même génération que votre père, sinon celui-ci, dans le message qu'il vous a adressé, vous aurait sûrement précisé que le pêcheur était jeune ou vieux. C'est le genre d'indication que l'on donne. Il doit être assez costaud : il a porté le corps de Denis Simon du lit à la salle de bains. Il est intelligent : sa manière d'opérer le montre. Il doit être doux, raffiné même. Ces personnages tendent souvent à opposer à leurs instincts meurtriers une personnalité sophistiquée. Il est peut-être même précieux, imbu de lui-même… et il peut accéder à vous facilement, à vos affaires, à votre chambre peut-être.

— Non, je ne vois pas… répondit Mayane, désolée.

Dana, elle, était absorbée par ses pensées.

— Je sais ce que nous allons faire, dit-elle. Si c'est un proche, son nom doit figurer dans notre répertoire téléphonique, n'est-ce pas ? Je propose donc que Mayane et moi le consultions, fiche par fiche…

— Excellente idée ! s'exclama Robinson. La personne que nous recherchons est peut-être un proche sans être un intime. C'est pourquoi son nom ne vous vient pas à l'esprit. Regarder votre répertoire vous aidera sans doute.

Les deux femmes prirent leur téléphone et commencèrent leur exploration.

— Citez-moi les noms et prénoms de ceux envers qui vous auriez le moindre doute.

Elles passèrent sur certains contacts, s'arrêtèrent sur d'autres, hésitèrent quand, soudain Dana se figea.

— Oh non... pourquoi n'y ai-je pas pensé avant ! murmura-t-elle.

Mayane et l'inspecteur étaient suspendus à ses lèvres mais elle semblait valider son idée en explorant ses souvenirs.

— Qui est-ce, Madame ? questionna Robinson.

Elle s'adressa à sa fille :

— Ton professeur de lettres...

Mayane voulut contester cette option mais ses mots furent empêchés par ses idées. Comme sa mère, elle fouillait sa mémoire et vérifiait les événements. Oui, il correspondait exactement au profil ; il s'asseyait toujours près d'elle pour travailler et aurait pu consulter son téléphone sans problème ; les dates concordaient également puisqu'il avait été embauché quelque temps avant que toute cette histoire ne commence. Et il était l'un des rares à être entré chez eux après l'épisode des Hamptons. Mais, à cette idée, elle opposa l'image douce et chaleureuse de l'homme. Elle planta ses yeux dans ceux de sa mère et hocha la tête, effarée.

— Oui, Jim... Jim Edwards, confirma Dana.

Pourquoi n'y avait-elle pas pensé avant ? Parce que Samuel l'avait interrogé au sujet des intimes qui auraient pu s'approcher de l'ordinateur et qu'elle ne le considérait pas comme tel ? Il était pourtant souvent chez eux et son air concentré sur les leçons qu'il donnait à Mayane ne l'empêchait pas d'entendre ce qui se disait alentour. Il était comme ces gens de maison que l'on finit par oublier parce qu'ils savent se faire discrets. Il avait accès au portable de sa fille, à ses papiers et pouvait tout à loisir se promener dans la maison quand Mayane faisait une pause. Et elle l'avait trouvé étrange ces derniers temps. Plus souriant, plus volubile, comme s'il cherchait à masquer sa nervosité. Elle confia tout cela à l'inspecteur.

Toujours placide, Robinson prit des notes.

— Quand est-il venu chez vous la dernière fois ?

— Il venait deux fois par semaine, répondit Mayane. La dernière fois c'était trois jours après la disparition de papa. Nous avons annulé les cours.

— Ça colle ! s'exclama Robinson.

Oui, tout collait. Même cette manière d'agir, de s'immiscer dans l'existence des proches de Sanderson pour les étudier, recueillir les informations dont il avait besoin afin de persécuter le romancier. La démarche était celle du psychopathe qu'ils recherchaient.

— Mais... pourquoi en aurait-il voulu à mon père ? questionna Mayane. Ils ne se connaissent pas.

— Si c'est lui, nous le découvrirons bientôt. Avez-vous son adresse ?

— Non, j'ai son numéro de téléphone. Et je sais où il enseigne.

— Très bien. N'en parlez à personne. Il faut que nous puissions le surprendre.

L'inspecteur s'isola pour joindre ses coéquipiers.

26ᵉ jour

Robinson réunit son équipe.

— Qu'avons-nous de nouveau ?

Ses hommes se regardèrent, dépités.

— Rien, annonça Rodriguez qui secondait son patron sur l'affaire. Il ne s'est pas présenté en cours cette semaine. Il a téléphoné pour dire qu'il était malade. Nous sommes allés à son adresse, il n'y était pas. Nous avons interrogé son entourage mais il semble ne pas avoir mis les pieds chez lui ces derniers temps. Et sa ligne est muette.

— Je vais demander un mandat de perquisition. A-t-il un autre lieu de résidence ?

— Rien à son nom. Et ses relevés de banque n'indiquent aucun retrait. C'est comme s'il s'était évanoui dans la nature.

— A-t-il une compagne ? Des amis ?

— Rien de ce côté-là non plus. Il était marié avec Jessica Evans. Mais, selon ses collègues, ils se sont séparés.

— Qu'est-elle devenue ?

— Nous la cherchons. Elle a quitté son poste il y a pas mal de temps déjà et personne n'a plus entendu parler d'elle.

L'inspecteur ne laissa rien paraître de sa déception. Les traits de son visage restèrent figés. Il se passa la main dans les cheveux.

— Rodriguez, cherche de ce côté-là, dit-il à son adjoint. Elle ne peut pas avoir disparu comme ça. Ou alors… c'est qu'il l'a également tuée.

Les hommes rejoignirent leurs postes de travail.

Kyle Robinson resta un instant seul. Il y avait un élément qui semblait lui échapper. Ou, plus justement, qui tentait de percer sa conscience. Il connaissait ce sentiment d'approcher une vérité sans pouvoir la saisir. Il fallait qu'il se concentre. Jessica Evans. Il répéta ce nom-là plusieurs fois. Puis, soudain, l'information frappa son esprit.

— Rodriguez ! appela-t-il. Ressors-moi le dossier concernant les conversations que nous avions relevées sur l'ordinateur de Sanderson.

Oui, c'est là qu'il avait lu ce nom, il en était certain maintenant.

Il ne mit pas longtemps à trouver ce qu'il cherchait.

— J'ai le mobile ! cria-t-il à son équipe.

Ils se groupèrent autour de lui, attendant une explication.

— Jessica Evans était la maîtresse de Sanderson ! Les dates concordent. Jim Edwards l'a appris. Et il a commencé à harceler son rival. Sa femme a quitté son poste juste après son premier rendez-vous avec le romancier. Ce qui confirme le profil établi : nous avons affaire à un véritable psychopathe, capable d'échafauder méticuleusement sa vengeance, d'entrer au service de la fille de sa victime, d'utiliser son intelligence pour déstabiliser celle-ci, puis de lui tendre un piège. L'homme est dangereux : il a sans doute éliminé sa femme parce qu'elle l'avait trompé puis Denis Simon, parce qu'il risquait d'empêcher le bon déroulement de son plan et Carla Ancelotti parce qu'elle allait parler.

L'excitation s'empara des policiers. Ils avaient une piste sérieuse et un véritable mobile.

— Je veux que vous fouilliez la vie de Jessica Evans et celle de Jim Edwards, que vous interrogiez toutes les personnes qu'ils ont connues et connaissent encore. Je vais demander au procureur un mandat.

Il était sans doute trop tard pour sauver Sanderson. Le profil psychologique de son persécuteur ne laissait aucun doute : il appliquait un plan soigneusement préparé avec une implacable détermination, dans l'objectif de le tuer après l'avoir tourmenté. Mais Kyle Robinson se promit d'arrêter ce meurtrier et de le faire passer aux aveux.

Chapitre 49

30ᵉ jour

Juan Rodriguez et Tony Bladi, son coéquipier, étaient en planque devant le domicile d'Edwards depuis déjà deux heures. Ce n'était pas la meilleure partie de ce job mais tout le monde devait s'y coller. Le chef lui-même donnait l'exemple en prenant son tour quand ses obligations le lui permettaient. À l'extérieur le soleil semblait vouloir faire fondre les buildings et brûler les passants. La climatisation de la voiture les préservait de la chaleur mais son incessant bourdonnement était parvenu à l'irriter au plus haut point. Il décida de faire réviser le véhicule dès qu'ils rentreraient au poste. Le piège, dans ce genre de situation, était de perdre son acuité visuelle à force de lassitude ou de se laisser distraire par les jolies femmes en tenues légères qui, malgré la touffeur, arpentaient les rues. Mais Rodriguez était pugnace. La peur de manquer une mission, de décevoir son chef, le tenait en éveil permanent. Aussi, dès que la silhouette d'Edwards surgit au coin de la rue, il la repéra. Il alerta Tony d'un léger coup de coude.

— Le voilà, dit-il à voix basse, comme s'il craignait d'être entendu de l'extérieur.

— On l'interpelle ou on appelle le patron ? demanda celui-ci.

— On le chope.

Il sentit l'adrénaline lui monter au cerveau, accélérer son rythme cardiaque. Voilà pourquoi il aimait son boulot. Pour toutes les sensations physiques éprouvées à ces occasions.

Ils attendirent que le suspect pénètre dans l'allée et sortirent de la voiture. Ils se précipitèrent et ouvrirent la porte. L'homme patientait devant l'ascenseur. Rodriguez sortit son insigne et son pistolet. Au moment où Edwards leva la tête vers eux, il était trop tard.

— Jim Edwards, vous êtes en état d'arrestation. Vous avez le droit de garder le silence. Tout ce que vous direz pourra être utilisé contre vous. Vous avez le droit de faire appel à un avocat pour vous représenter.

Jim resta stoïque. Il paraissait réfléchir calmement à la situation.

Ils lui passèrent les menottes et l'emmenèrent, se lançant des œillades de satisfaction. Leur retour au poste allait être remarqué.

*

— Où est Samuel Sanderson ? Qu'avez-vous fait de lui ? demanda à nouveau Robinson.

— Je vous ai déjà répondu. Je ne le sais pas. Je n'ai rien à voir avec tout ça.

L'inspecteur arpentait la salle d'interrogatoire, répétant inlassablement les mêmes questions. Il était face à un suspect coriace. L'homme ne manifestait aucune émotion et répondait d'une voix morne, comme s'il se foutait complètement de ce qui lui arrivait.

— Où étiez-vous ces quatre dernières semaines ?

— J'ai pris quelques jours de congé et je me suis baladé.

— Où avez-vous dormi ?

— Ici et là. Dans des hôtels ?

— Donnez-nous le nom de ces établissements.

Investigations

— Je les ai oubliés. Les hôtels ont tous les mêmes noms et se ressemblent.

— Vos relevés ne mentionnent aucun paiement par carte.

— J'ai payé en espèces.

Robinson perdait patience. Voilà deux heures qu'il l'interrogeait mais il n'avait rien réussi à obtenir de lui. L'homme mentait de manière éhontée, ce qu'il trouvait étrange pour un être aussi intelligent.

— Où est votre femme ?

— Nous sommes séparés. Je n'ai plus aucune nouvelle d'elle.

— Vous saviez qu'elle était la maîtresse de Samuel Sanderson, n'est-ce pas ?

— Elle a été la maîtresse de pas mal d'hommes. C'est pour ça que je l'ai quittée.

— Mais vous saviez pour Sanderson et vous vous êtes fait embaucher par son ex-femme pour donner des cours à sa fille.

— Le hasard a voulu que cela se passe comme ça.

— Le hasard ? Vous vous moquez de moi ?

— Je n'oserai pas, inspecteur.

Kyle Robinson ne se laissa pas désarmer.

— Vous êtes-vous rendu à Candlewood Lake ?

— Je ne connais pas cet endroit.

La défense d'Edwards était incohérente. Ses mensonges le désignaient coupable et il le savait. Pourtant il s'évertuait à fournir des réponses vides de sens.

— Je vais de nouveau vous expliquer la situation monsieur Edwards. Nous pensons que vous êtes celui qui a harcelé Samuel Sanderson durant de longs mois pour lui faire regretter d'avoir séduit votre femme. Nous pensons également que vous êtes responsable de la mort de Denis Simon et vraisemblablement de la disparition de Carla Ancelotti. Et nous sommes persuadés que vous êtes allé pêcher à Candlewood Lake pour entrer en contact avec Sanderson. Vous l'avez invité à dîner et vous l'avez tué.

— Joli scénario. Vous devriez le proposer à un romancier ou un réalisateur.

Robinson fit signe à un de ses hommes de le relayer et sortit de la salle d'interrogatoire.

Il aurait voulu téléphoner à la fille du romancier et à son ex-femme pour leur apprendre que l'affaire était résolue. Mais il allait seulement leur dire que l'homme avait été arrêté et leur laisser espérer qu'il parlerait dans les prochaines heures.

32ᵉ jour

Dana et Mayane étaient derrière la glace sans tain. Elles assistaient à l'interrogatoire, anxieuses. Jim Edwards n'avait toujours rien avoué et conservait cet aplomb qui lui conférait une attitude hautaine et détestable.

— J'ai la preuve que vous étiez avec Samuel Sanderson le soir où il a disparu, annonça Robinson.

Le professeur de lettres ne sourcilla pas.

— Nous avons comparé votre ADN avec celui retrouvé dans la maison dans laquelle Sanderson a passé sa dernière soirée. Ils sont identiques. C'est donc bien vous qui avez pêché avec lui et l'avez invité à dîner.

Jim Edwards ne parut pas concerné par ce que lui disait l'inspecteur.

— Qu'avez-vous à me répondre ? relança Robinson.

— Je ne m'en souviens pas.

— Vous ne vous en souvenez pas ? hurla le policier, en tapant sur la table.

Le prisonnier posa un regard indifférent sur son interlocuteur.

— En effet.

— Mais vous ne pouvez pas nier les faits aussi facilement ! Alors, quel est votre objectif ? Vous protégez quelqu'un c'est ça ?

L'homme resta muet.

— Écoutez, avec ce que j'ai contre vous, j'ai de quoi vous faire passer toute votre vie en prison. Alors peut-être que vous devriez reconsidérer votre position et vous montrer plus coopératif. Le juge appréciera sans doute.

— Je ne me souviens de rien.

Robinson sortit de la salle et alla rejoindre Dana et Mayane.

— Pourquoi ne veut-il rien dire ? questionna la mère de famille.

— Je ne comprends pas. Sa défense est ridicule. Elle n'est pas digne d'un homme aussi intelligent que lui. Il y a quelque chose qui cloche dans tout ça.

— C'est-à-dire ?

— Il cherche peut-être à couvrir un complice, murmura l'inspecteur, comme s'il réfléchissait à haute voix.

— Un complice ?

— Je ne sais pas. Cela ne colle pas avec son profil psychologique. Ce genre de personnage travaille seul. Mais je ne vois que ça.

Il prit un verre, le remplit à la fontaine d'eau, le but. Puis, soudain, son visage s'éclaira.

— Ou alors... s'exclama-t-il.

— Ou alors quoi ? demanda Dana.

Robinson songea à la pertinence de leur révéler son idée. Il risquait de leur donner de faux espoirs.

— Ou alors quoi, inspecteur ? relança Mayane.

Il était trop tard pour reculer.

— Ou il cherche à gagner du temps parce que... votre père est encore en vie, déclara-t-il.

— Vous pensez que...

— C'est juste une supposition, tempéra-t-il. Mais il est coincé et le sait. Pourtant, il persiste dans une défense ridicule. C'est donc qu'il cache quelque chose ou joue la montre.

— Pour laisser à son complice le temps d'éliminer mon père ? proposa Mayane.

— Ou de se débarrasser du corps, s'il l'a déjà tué ? continua Dana.

— Je ne crois plus vraiment qu'il ait un complice. Ce genre de psychopathe agit seul.

— Avez-vous une autre hypothèse ?

— Oui. Mais je vais vous demander de prendre cette... supposition avec pondération : peut-être que votre père est enfermé quelque part et qu'il compte le laisser mourir.

— Le laisser mourir de faim ? s'étonna Mayane.

— Ça ne tient pas debout, s'exclama Dana. S'il ne l'a pas tué jusqu'à maintenant pourquoi voudrait-il désormais qu'il meure ?

— Je ne sais pas. Mais, dans son schéma mental, c'est lui qui doit décider où et quand votre père doit mourir. Nous avons dû l'arrêter avant qu'il ne passe à l'acte. Et maintenant, si son prisonnier est enfermé dans un lieu sans nourriture, Edwards n'a plus que cette solution pour le tuer. Je ne vois que cette possibilité pour le moment.

Kyle Robinson vit briller dans les yeux de la jeune fille l'éclat d'un espoir et s'en voulut de s'être si vite avancé.

— Mais je préfère que vous continuiez à croire au pire, dit-il maladroitement. Je ne veux pas que vous ayez à subir de nouvelles et atroces désillusions.

Mayane lui sourit tristement. Elle comprenait les réserves que le policier émettait. Mais il lui fallait cependant s'arrimer à la moindre lueur d'optimisme pour avoir la force d'avancer encore.

38ᵉ jour

Dana et Mayane arrivèrent précipitamment au poste de police.

— Il a enfin parlé ? questionna Mayane, avant même de saluer Robinson.

— Oui... et ce que j'ai à vous dire est...

Les deux femmes se figèrent. Elles avaient pensé à ce moment où elles apprendraient la terrible nouvelle ; elles avaient cauchemardé sur leurs possibles réactions... pour se préparer, pour ne pas se laisser surprendre par l'horreur. Mais toutes ces suppositions, ces scènes, ces répétitions venaient maintenant se dissiper pour faire place à la réalité.

— Il l'a tué ? demanda Mayane, tremblante.

L'inspecteur hocha la tête.

Voilà... la vérité apparaissait dans sa plus cruelle forme et elle ne ressemblait à rien de ce qu'elles avaient envisagé. Mais Mayane refusa de sombrer. Elle aurait le temps plus tard. Elle aurait toute la vie pour ressasser ce drame.

— Selon ses dires... il n'a pas souffert.

Mayane tenta de trouver du réconfort dans cette affirmation. Il avait dû avoir peur, bien sûr, mais au moins la douleur physique lui avait-elle été épargnée.

Dana aurait voulu pleurer mais l'attitude digne de sa fille lui intima de se maîtriser.

— Où est son corps ?

— Il dit l'avoir enterré dans la forêt. Mais le problème est qu'il ne sait pas où. Nous allons lancer des recherches. Et nous ferons une reconstitution également.

Mayane prit la main de sa mère, la serra et elles quittèrent le poste de police. Il leur fallait se retrouver seules pour s'effondrer.

Chapitre 50

48ᵉ jour

Les battues n'avaient rien donné. Les chiens policiers n'avaient flairé aucune piste. Et si durant la reconstitution Edwards s'était montré persuasif sur la manière dont il avait abattu Sanderson, il l'avait beaucoup moins été quant au lieu où était enterré le corps.

— Je ne sais pas. Je l'ai mis dans le coffre et j'ai roulé dans la forêt, au hasard.

— Nous n'avons relevé aucune trace de sang dans sa voiture.

— Je l'avais enroulé dans une bâche.

Ses propos étaient sensés : des cheveux appartenant à la victime avaient en effet été retrouvés dans le coffre.

*

50ᵉ jour

— Toujours rien ! annonça Rodriguez en entrant dans le bureau de son supérieur.

Robinson remua la tête.

— Il se fout de notre gueule ! s'exclama-t-il. Je suis persuadé qu'il nous ment. Il sait parfaitement où est le corps et nous mène en bateau.

Un homme entra.

— Patron, Mayane Sanderson voudrait vous parler.

L'inspecteur, surpris par cette visite impromptue, se leva pour aller l'accueillir. Il la trouva fatiguée, amaigrie. Sa jeunesse semblait s'être subitement fanée pour laisser place au masque d'infinie tristesse propre aux femmes mûres ayant affronté le malheur. Il la fit entrer dans son bureau, lui servit un café.

— Je pense que mon père est vivant, déclara-t-elle d'emblée.

— C'est-à-dire ?

— Si je vous dis que je le sens, vous allez sans doute me prendre pour une folle. Pourtant, c'est vrai.

Robinson resta impassible. Il avait l'habitude d'entendre ce genre de propos incohérents. Les morts par homicide étaient d'une telle violence que les proches des disparus basculaient dans un univers parallèle. En bouleversant la logique sur laquelle leur vie avait été établie, la mort ouvrait le champ des possibles.

— Tous ceux qui perdent un parent sentent encore sa présence durant quelques jours ou quelques semaines.

— Je savais que vous me feriez une réponse de ce genre. Mais j'ai des arguments beaucoup plus rationnels à vous opposer.

— Je vous en prie.

— Vous avez un moment envisagé l'hypothèse qu'Edwards vous mentait pour gagner du temps. Pour couvrir un complice ou parce que mon père était encore vivant.

— En effet.

— Pourquoi avez-vous laissé tomber cette idée ?

— Je ne comprends pas.

— Vous avez laissé tomber parce qu'il a avoué, n'est-ce pas ?

— En effet.

— Mais le fait d'avouer ne participe-t-il pas de la même stratégie : gagner du temps ?

Robinson reconnut ces arguments. Il les avait lui-même mentalement formulés. Mais il n'avait pas voulu s'en ouvrir à Dana et Mayane afin de ne leur donner aucun vain espoir. Car, en définitive, il était persuadé que, de toute façon, Sanderson était mort.

— Réfléchissez à ça, continua Mayane. Jim Edwards ne cherche à couvrir personne. Comme vous l'avez vous-même dit, son profil est celui d'un solitaire. Donc, il a kidnappé mon père et, pour je ne sais quelle raison, il ne l'a pas tué tout de suite. Il l'a enfermé quelque part. Pour le torturer ? Pour lui extorquer des informations sur ses comptes bancaires ? Peu importe la raison. Il avait l'intention ensuite de l'éliminer. Mais vous l'avez arrêté. En confessant son meurtre et en vous faisant perdre du temps à rechercher son corps, il joue encore la montre.

Robinson détourna le regard, reprit tous les indices, tenta de les faire entrer dans cette théorie qui avait été la sienne à un moment mais qu'il avait ensuite abandonnée. Oui, ça collait. Les cheveux relevés dans le coffre dataient sans doute du kidnapping et s'ils n'avaient pas décelé de traces de sang c'est parce que la dépouille de Sanderson n'y avait jamais été placée. Et les atermoiements d'Edwards concernant le lieu où il avait enterré le corps pouvaient en effet dissimuler un autre dessein.

— Je sais qu'il est vivant, inspecteur, déclara Mayane, persuasive.

— O.K., votre raisonnement est sensé. Mais, quoi qu'il en soit, Jim Edwards ne dira rien.

— Laissez-moi lui parler ! demanda alors Mayane.

— Pardon ?

— Nous avions d'excellentes relations ! Peut-être que je pourrais le convaincre ! J'ai bien réussi avec Carla !

— Je comprends... Mais il est très différent de Carla. La jeune fille n'était qu'une opportuniste. Lui présente une pathologie psychologique qui lui ôte toute capacité à éprouver de l'empathie. Et s'il s'entendait bien avec vous c'est parce qu'il jouait un rôle.

— Non. Je suis sûre qu'il m'appréciait vraiment.

Robinson n'eut pas besoin de considérer la proposition bien longtemps. Même s'il n'y croyait pas, il n'avait rien à perdre à tenter le coup.

— D'accord, mais laissez-moi le temps d'organiser cette entrevue à ma manière, déclara-t-il.

Chapitre 51

52ᵉ jour

Robinson serra la main de Bradley Delilo. Il le conduisit dans la salle jouxtant celle où aurait lieu la confrontation entre Jim Edwards et Mayane Sanderson. La fille du romancier était déjà sur place, dos courbé, bras croisés contre son corps. Elle se redressa dès qu'ils entrèrent et l'inspecteur les présenta.

— Votre matériel est déjà installé, déclara Robinson. Si vous souhaitez le vérifier...

Delilo jeta un coup d'œil sur les écrans.

— C'est parfait, constata-t-il.

— Comme je vous l'ai rapidement expliqué, M. Delilo est synergologue, commença l'inspecteur. Il étudie le langage des gestes, des comportements, des plus petites expressions du visage.

— Des caméras ont été dissimulées derrière le miroir sans tain, commenta l'expert. Elles vont filmer ses réactions en gros plan. Une est focalisée sur ses yeux. Elle enregistre les mouvements de ses iris et des muscles qui contrôlent ses paupières et ses sourcils. Une autre capte les expressions du visage en entier. Une troisième sera orientée sur ses mains. Chacune me confiera les trahisons de son inconscient sur son comportement quand vous lui parlerez et toutes ensemble constitueront un discours silencieux sur la vérité.

— Et qu'attendez-vous de moi ?

— Je veux que vous lui parliez gentiment et naturellement au début. Puis, il faudra de temps en temps le brusquer, lui asséner des vérités difficiles ou mêmes des mensonges aptes à le surprendre, le choquer ou l'émouvoir.

— Pourquoi ?

— Il s'attend à la plupart des arguments qui lui sont présentés et s'est conditionné pour annihiler toutes ses réactions. Il sera donc compliqué de les identifier. Mais si vous lui exprimez des faits ou sentiments auxquels il ne s'attend pas, les signaux seront plus francs. Et ils constitueront une grille de lecture pour décoder ceux, beaucoup plus discrets, que nous aurons enregistrés.

— Je comprends.

— Vous êtes prête ? demanda l'inspecteur.

— Oui.

— Alors allez-y.

Quand elle entra dans la salle d'interrogatoire, Jim Edwards resta impassible. Sans doute s'attendait-il à ce genre de confrontation à un moment ou un autre.

— Bonjour Jim, dit-elle, d'une voix neutre, en prenant place face à lui.

Elle lui tendit un verre d'eau qu'il fit mine de ne pas remarquer.

— Bonjour Mayane, répondit-il, comme s'il s'agissait d'une banale rencontre.

Elle tenta d'oublier le monstre qui lui faisait face pour ne voir que son professeur de lettres et continua.

— Vous savez pourquoi je suis là ?

— Pour m'interroger.

— En effet.

— Je ne me souviens plus où est le corps, Mayane.

Investigations

— Nous n'en sommes plus là, lança-t-elle, provoquant une légère réaction de surprise chez son interlocuteur.

Elle attendit un instant afin de laisser les questions forer un peu la carapace derrière laquelle il se dissimulait.

— Je veux comprendre pourquoi vous avez fait ça, Jim. Je sais à quel point vous avez dû souffrir à cause de mon père. Il a pris votre femme comme il a pris celles de nombreux autres maris fidèles et dévoués. Et vous savez que je le détestais de mener cette vie. Mais je lui avais pardonné, parce qu'il ne savait pas ce qu'il faisait. Mais vous, pourquoi avez-vous nourri une telle haine envers lui ?

— Il était pleinement conscient de ses actes, dit alors Jim, en pensant au texte écrit par Samuel et à leur discussion à ce sujet.

— Le fait que mon père ait disparu est, en soit, une horreur pour moi. Mais que vous soyez l'assassin rajoute à ma douleur. Mon père ne m'a pas donné une belle image des hommes. Pour moi, ils étaient tous aussi vils que lui et cela m'a incitée à être cruelle envers certains garçons avec lesquels je suis sortie. Puis, vous êtes entré dans ma vie et... Vous m'avez donné une autre vision de ce que pouvait être un homme. Votre intelligence, votre immense culture, votre douceur... Vous représentiez l'homme idéal pour moi. Vous m'avez redonné de l'espoir. Nous nous entendions si bien, étions si complices. Mais non... vous aussi étiez un menteur ! Vous jouiez la complicité pour poursuivre votre objectif !

— C'est faux... répondit Jim, perturbé. Je vous aimais bien Mayane... Je ne simulais pas, j'étais sincère.

— Menteur ! hurla-t-elle. Vous êtes comme les autres ! Vil et manipulateur !

— Non... ce n'est pas vrai, bafouilla-t-il. J'avais une véritable admiration pour vous, pour votre intelligence et votre droiture. Je voulais votre bien.

— Et pour me rendre heureuse vous avez assassiné mon père ?

— Ça n'a rien à voir... c'était déconnecté... vous comprenez ? Ce que je ressentais pour vous et la haine que j'éprouvais pour lui... ça n'a rien à voir.

— Où est-il ? demanda Mayane d'une voix plus neutre.

— Je ne sais pas. Je ne me souviens pas où j'ai enterré le corps.

Il saisit le verre d'eau, le but. Elle attendit un instant en dardant son regard dans celui du prisonnier.

— Vous êtes doué, subtil, ingénieux. Vous saviez ce que vous faisiez. Tout était préparé. Je doute donc que vous ayez pu oublier le lieu où vous l'auriez laissé.

— C'est pourtant vrai.

— Vous mentez encore ! Et ça me déçoit tellement !

Il essuya une goutte de transpiration sur son front et ses mains s'agitèrent autour du gobelet.

— N'est-ce pas ? Soit vous mentez, soit vous êtes un parfait imbécile. Dans les deux cas, vous êtes décevant. Terriblement décevant.

Edwards emplit ses poumons pour éteindre les émotions provoquées par les propos de son ancienne élève.

— Or, je sais à quel point vous êtes intelligent, Jim. Je suis donc convaincue... que mon père est vivant.

Le visage de Jim se referma aussitôt.

— Il l'était quand vous avez été arrêté et l'est peut-être encore. Et vous cherchez à gagner du temps afin de le laisser mourir là où vous l'avez abandonné.

— C'est faux.

— Vous aviez sans doute l'intention de le tuer mais vous ne l'avez pas fait. Peut-être avez-vous été rattrapé par vos valeurs...

— Je l'ai tué, déclara Jim, d'une voix mécanique.

— Je sais que ce n'est pas vrai. Alors, je vous en supplie, quoi que vous ressentiez envers lui, dites-moi où vous l'avez enfermé. Oubliez votre douleur, votre haine et ne pensez qu'à la considération que vous m'avez dit avoir pour moi. Je vous en prie Jim.

Jim Edwards essuya son front du dos de sa main et tenta de maîtriser les expressions de son visage mais n'y parvint pas.

— Je l'ai tué, répéta-t-il, hésitant.

— Je vous en prie... demanda Mayane d'une voix plaintive.

— Je vous l'ai dit : je l'ai tué, affirma-t-il, obtus.

— Très bien, dit-elle, résignée.

Elle se leva et se dirigea vers la porte, puis avant de sortir, s'adressa à lui.

— Vous ne valez pas mieux que les autres hommes, déclara-t-elle. Vous êtes menteur et insensible. Votre intelligence ne vous sert à rien, vos belles manières non plus.

*

Mayane et Robinson rejoignirent Bradley Delilo.

— Bravo ! lança celui-ci à Mayane. Vous avez été parfaite !

Il paraissait surexcité, pressé de donner ses conclusions.

— Alors ? questionna l'inspecteur.

— Compte tenu des indices recueillis et de mon expérience, je tiens avant tout à préciser que la fiabilité de ce que je vais vous confier avoisine les soixante-quinze pour cent, commença-t-il par déclarer. Approchez-vous, je vais vous montrer les enregistrements.

— Ce ne sera pas nécessaire, l'interrompit Robinson. Dites-nous seulement à quel moment il a menti et à quel moment il a dit la vérité selon vous.

Delilo, un instant frustré de ne pouvoir faire étalage de sa science, se reprit rapidement.

— Il a dit la vérité au sujet de l'affection qu'il vous porte, expliqua-t-il en s'adressant à Mayane. Il a été réellement touché par vos propos quand vous lui avez expliqué qu'il était une sorte de modèle pour vous.

— Très bien... mais concernant le meurtre.

— Je dirai... qu'il n'a pas tué Samuel Sanderson, lâcha-t-il enfin.

Mayane tressaillit.

— Vous en êtes sûr ?

— Oui. Les observations démontrent qu'il ferme l'expression de ses émotions quand il s'exprime là-dessus. Et tout porte à croire qu'il est persuadé que votre père est encore vivant.

La jeune fille lui sauta dans les bras et éclata en sanglots. Embarrassé, le spécialiste adressa un sourire à l'inspecteur. Ce dernier espérait ne pas s'être trompé en faisant appel à cet homme. Dans le cas contraire, il aurait tout simplement contribué à détruire une jeune fille admirable.

*

Mayane et l'inspecteur étaient maintenant dans le bureau de ce dernier.

— Que comptez-vous faire ? questionna Mayane.

— Je ne sais pas... nos interrogatoires ne l'amèneront pas à parler. Il attend que le temps passe et que votre père meure de faim.

— Combien de temps peut tenir un homme sans manger ?

— On parle de la règle des trois : trois minutes sans respirer, trois jours sans boire, trente jours sans manger. Mais cela dépend des personnes. Le corps s'adapte aux situations de manque. Certains, dans des conditions favorables, peuvent tenir plus longtemps.

— Et mon père est seul depuis maintenant plus de vingt jours. Peut-être même ne l'a-t-il pas nourri depuis plus longtemps... marmonna-t-elle profondément inquiète.

— En tout cas, si Jim Edwards pense que votre père est encore vivant, c'est qu'il peut étancher sa soif.

— En effet. Mais les jours sont comptés... Il faut absolument trouver une solution, supplia la jeune fille.

Kyle Robinson s'assit, prit sa tête dans ses mains. Quand il la releva, un rictus tordait sa bouche.

— J'en ai bien une mais...

— Mais quoi ? Je vous en prie Kyle !

Mayane lui prit les mains, les serra dans les siennes. Le policier posa son regard dans celui de cette si jolie jeune fille.

— Elle n'est pas très légale, avoua-t-il. Je risque ma place si on découvre que j'ai outrepassé mes droits.

— Et mon père risque sa vie !

Elle avait raison, pensa-t-il. La vie de Sanderson au regard de sa carrière... le compte était vite fait. Et, de toute façon, s'il ne tentait pas le coup, il ne pourrait plus se regarder en face.

— O.K. Est-ce que je peux avoir confiance en Nathan Sanchez ?

— Oui. C'est un homme d'honneur.

— Alors téléphonez-lui et donnons-nous rendez-vous dans son bureau ce soir à vingt heures. Et, je compte sur vous, personne ne doit être au courant de ce rendez-vous ni des décisions que nous prendrons. Pas même votre mère.

— Je vous le promets, s'exclama Mayane, éperdue de reconnaissance.

Chapitre 52

Nathan fumait cigarette sur cigarette, incommodant sans vergogne Mayane et l'inspecteur. Ce dernier avait exposé son idée avec calme. Mais Mayane, attentive et silencieuse, avait perçu la tension qu'il retenait à sa manière de se passer sans cesse une main dans les cheveux.

— C'est ingénieux, conclut Nathan, méditatif. Oui, bon sang… c'est vraiment une sacrée belle idée ! Digne d'un roman !

— Ça peut marcher, affirma Robinson. Êtes-vous sûr de pouvoir me fournir ce que je vous ai demandé sans rien révéler de l'opération ?

— Vous les aurez demain. Je connais suffisamment de monde pour les obtenir sans soulever de questions.

— Merci Kyle, dit la jeune fille, en le couvant d'un regard admiratif. Je sais ce qu'il vous en coûte de braver la légalité. Et je sais aussi les risques que vous prenez.

Il lui adressa un sourire timide. Elle réalisa que c'était la première fois que son beau visage, habituellement figé dans une expression professionnelle, était traversé par une émotion. Et cela lui allait bien.

— Bon, il faut que j'y aille si je veux réussir l'exploit de jouer mon rôle, s'exclama Nathan en se levant. Et sachez que si vous perdez votre place, Kyle, je vous embaucherai en tant que scénariste.

53ᵉ jour

Robinson entra dans la salle d'interrogatoire avec deux tasses de café. Il en posa une devant Jim Edwards et commença l'entretien. Fidèle à sa ligne de conduite, Jim Edwards répétait les mêmes réponses sur un ton détaché. Derrière le miroir semi-réfléchissant, Mayane observait la scène, anxieuse. Quand Jim tendit la main pour saisir la tasse, elle s'avança un peu plus et retint sa respiration le temps qu'il boive le contenu. Puis, elle regarda Kyle. Il avait conservé son air professionnel et, comme prévu, réorienta ses questions.

— Je sais que ce que vous a dit Mlle Sanderson hier vous a perturbé. Je suis certain que vous n'avez pas cessé d'y penser. Comment pouvez-vous rester insensible à sa douleur ? Elle vous appréciait. Elle n'a cessé de nous le répéter. Vous brisez sa vie, vous le savez.

Jim parut un instant flotter. Il se massa les yeux, se racla la gorge. Robinson fit mine de ne rien remarquer.

— Vous brisez sa vie car vous lui enlevez son père mais également parce que vous représentiez l'image réconfortante d'un homme accompli, équilibré et bienveillant.

De la sueur perla sur son front. Les mêmes causes créaient les mêmes conséquences, pensa-t-il et il se détesta, cette fois encore, de laisser paraître son trouble.

— Elle était en pleurs quand elle est sortie de cette salle. Inconsolable.

Jim sentit des bouffées de chaleur l'asphyxier puis une douleur pointer dans la région du cœur. Il porta la main à sa poitrine, la serra.

— Que vous arrive-t-il ? demanda l'inspecteur. Vous êtes tout blanc et vous transpirez. L'évocation de cette jeune fille vous émeut ?

— Non... mon cœur, articula Edwards en s'affolant.

Investigations

Il ne voulait pas mourir maintenant. Pas comme ça. Pas avant de savoir si Sanderson était mort. Pas avant de révéler à la presse où était le manuscrit.

— Edwards ! Que vous arrive-t-il ? cria l'inspecteur.

À ce moment-là, Mayane sortit dans le couloir et appela de l'aide. Deux hommes apparurent.

— Vite ! Edwards fait un malaise ! leur cria-t-elle.

Ils entrèrent dans la salle d'interrogatoire et elle les suivit.

— Que se passe-t-il ? demanda l'un d'eux.

— Il fait un malaise.

— Il ne va pas mourir, n'est-ce pas ? questionna Mayane. Il faut qu'il parle !

— Il a perdu connaissance, constata Robinson en se relevant. J'appelle une ambulance.

*

Les ambulanciers emportèrent le corps inerte à travers les couloirs de l'hôpital. Le médecin avait diagnostiqué un malaise cardiaque.

— Rodriguez, je l'escorte jusqu'à l'hôpital. Je monte dans l'ambulance avec lui.

— Je vous accompagne.

— Non, ce ne sera pas nécessaire. Dans l'état où il est, il ne risque pas de s'enfuir. Je te tiens au courant.

Mayane resta sur place. Elle et l'inspecteur avaient évité de croiser leurs regards.

— À quel hôpital le conduisez-vous ? demanda Juan Rodriguez.

— Mount Sinai.

*

Sur place, le docteur Farrel les attendait. Il remercia son collègue urgentiste et s'adressa à Robinson.

— La chambre est prête.
— Est-elle isolée ?
— Oui, comme prévu. Elle est dans une aile désaffectée de l'hôpital.
— Et votre collègue ?
— Un ami. Ne vous inquiétez pas.

Ils passèrent par le sous-sol et utilisèrent un monte-charge destiné aux marchandises. Puis ils empruntèrent une aire en réfection et pénétrèrent dans la chambre indiquée par le médecin. Celle-ci, bien que vieillotte, avait été équipée du mobilier adéquat et d'appareils destinés à surveiller l'état du patient.

Une infirmière entra et commença à dévêtir le prisonnier. Kyle Robinson leva un regard interrogateur sur Farrel.

— Mon épouse, dit-il.

Celle-ci adressa un clin d'œil complice à l'inspecteur et passa une blouse au patient. Elle installa alors des appareils tout autour du lit et les relia au corps du prisonnier.

Kyle sortit de la chambre. Nathan l'attendait. Il lui tendit un sac que l'inspecteur ouvrit.

— C'est parfait, dit-il. J'irai me changer tout à l'heure.

Le docteur Farrel sortit à son tour.

— Merci, lui dit Nathan.
— Tu n'as pas à me remercier. La cause est noble.
— Dans combien de temps se réveillera-t-il ? questionna l'inspecteur.
— Je ne sais pas. La dose de drogue qu'il a ingurgitée était suffisamment forte pour lui faire croire à un malaise cardiaque et lui faire perdre connaissance. Mais ses effets se dissipent de manière variable en fonction des personnes.

Il regarda sa montre.

— Pas avant quatre heures... mais ça peut durer jusqu'à dix-huit heures.
— Il ne faut pas que ça dure plus de quatre heures, marmonna Kyle. Son avocat pourrait débarquer et tout foutre en l'air.

— O.K., si ça dure plus, je lui ferai une injection pour le réveiller.

— Sera-t-il pleinement conscient au réveil ? demanda Nathan.

— Il en aura l'impression en tout cas. Mais il sera tout de même toujours sous l'emprise de cette substance, comme un peu ivre. Il sera donc moins alerte intellectuellement, donc plus influençable.

— Se peut-il... qu'il ne se réveille pas ?

Le médecin esquissa un geste exprimant son incertitude.

— C'est possible. Le cocktail que nous lui avons administré n'est pas sans danger. Mais j'ai consulté son dossier médical et il semble en parfaite santé.

Nathan adressa une prière à ce Dieu qu'il négligeait trop souvent. L'aventure était périlleuse mais, si elle se révélait efficace, elle constituerait sans doute l'un des plus beaux chapitres de sa vie.

Chapitre 53

Quand Jim Edwards ouvrit les yeux, il se sentit nauséeux. Il avait la gorge sèche et l'esprit brumeux. Il mit quelques secondes à se souvenir de ce qui était arrivé. Autour de lui, des appareils surveillaient son rythme cardiaque. Il entendit un bruit de papier froissé et tourna la tête. L'inspecteur Robinson lisait le journal, assis sur une chaise. Ce dernier posa un regard sur lui et, le voyant conscient, se redressa avant de sortir.
Il revint quelques minutes après, accompagné d'un médecin.
— Il s'est réveillé à l'instant, dit-il à ce dernier.
Le docteur Farrel s'approcha et commença à ausculter le patient.
— Comment vous sentez-vous ? demanda-t-il.
— J'ai mal à la tête.
— Normal.
Le médecin continua son examen.
— Que m'est-il arrivé ? bredouilla Edwards.
— Vous avez fait un arrêt cardiaque suivi de complications assez importantes.
— Des complications ?
— Oui, vous êtes tombé dans le coma, expliqua-t-il, concentré sur ses gestes.

— Depuis combien de temps suis-je ici ?

— Vingt jours, répondit le docteur, d'un air détaché.

Jim Edwards encaissa la nouvelle, abasourdi. Il lui semblait que son accident cardiaque s'était passé il y a quelques heures seulement. Mais sans doute était-ce toujours comme ça pour ceux qui revenaient du coma. Vingt jours... il avait réussi ! Même s'il ne préfigurait rien de bon quant à sa santé, cet accident cardiaque lui avait permis de traverser ces semaines sans avoir à subir les assauts des policiers. Il n'aurait de toute façon rien dit mais il avait échappé à ces stupides rituels qui lui réclamaient tant d'énergie et de concentration. Il allait maintenant pouvoir goûter sa revanche. Il allait reprendre le texte de Samuel, le réécrire à sa manière. Les éditeurs voulaient de grandes histoires ? Ils en auraient une.

— Où sommes-nous ?

— Dans l'unité de cardiologie du Mount Sinai Hospital. Je suis le docteur Lambert.

Un coup d'œil sur sa blouse suffit à Edwards pour le vérifier.

Robinson lui avait suggéré de changer de nom. Edwards, qui avait surveillé toute la correspondance de Sanderson, avait peut-être su que celui-ci avait consulté un médecin nommé Farrel.

— Puis-je l'interroger ? demanda l'inspecteur.

Le docteur Farrel eut un mouvement d'humeur.

— Non. Il vient de se réveiller d'un coma, inspecteur !

— Ça ne durera pas longtemps, insista le policier.

— Je vous laisse cinq minutes, pas une de plus.

L'infirmière entra, contrôla le cathéter, la tubulure et le contenu de la poche.

— Mais auparavant, veuillez sortir un instant.

Robinson obtempéra.

L'infirmière lui fit une toilette rapide pendant que le médecin lui donnait ses instructions.

Investigations

Les yeux d'Edwards se posèrent sur le journal abandonné par l'inspecteur.

— Pouvez-vous me le passer, s'il vous plaît ? demanda-t-il en pointant son doigt sur le *New York Times*.

— Non, vous n'êtes pas en état de lire.

— Je veux juste vérifier une chose.

Farrel, de mauvaise grâce, le lui tendit. Il le saisit et lut la date. Vingt jours s'étaient en effet écoulés. Et les nouvelles à la une présentaient une actualité qu'il ne connaissait pas. Il esquissa un sourire.

— Bon, tout semble parfait.

— Je n'aurai pas de séquelles ?

— Je ne pense pas.

Quand le médecin et l'infirmière sortirent, Robinson réapparut. Il s'assit près du lit et posa un regard vaincu sur son prisonnier.

— Vous devez être satisfait, n'est-ce pas ?

— En effet.

Edwards esquissa son premier sourire face à celui qui avait passé tant d'heures à le questionner.

— Le destin parfois s'associe aux crapules. C'est une des raisons pour lesquelles il m'arrive de douter de l'existence de Dieu.

— Vous avez raison d'en douter.

Kyle Robinson étendit ses jambes et croisa les bras.

— Pourquoi avez-vous agi de la sorte, Edwards ? demanda-t-il d'un ton las, comme si la réponse n'avait plus tant d'importance.

— Je n'ai pas la force de vous l'expliquer. Pas aujourd'hui.

L'inspecteur se leva.

— Très bien. Nous verrons donc ça plus tard. Mais... si vous faites une autre attaque ce soir nous ne le saurons jamais.

— Je n'ai pas la force de tout vous révéler mais je vais faire mieux que ça, continua le prisonnier. Sanderson se

trouve dans la cave d'une maison que j'ai louée à Mamaroneck, à quarante minutes de New York.
— Quelle est l'adresse ?
— À l'angle de Fenimore Road et de Prospective Avenue.
Le visage de Kyle Robinson s'éclaira. Il saisit son téléphone.
— Rodriguez ! Tu envoies immédiatement une voiture à Mamaroneck, à l'angle de Fenimore Road et de Prospective Avenue. Envoie aussi une ambulance et tu demandes à une équipe de venir chercher Edwards. Le plus vite possible. Oui, oui... il va bien.
Le visage de Jim Edwards se rembrunit. Kyle Robinson arracha le cathéter du bras d'Edwards et, sans ménagement, le menotta au barreau du lit.
— Je ne comprends pas... bafouilla-t-il.
— Nathan ! Mayane ! hurla Robinson, ignorant les plaintes du prisonnier.
Nathan apparut, suivi de Mayane et du docteur Farrel.
— Ça a marché ! exulta-t-il.
Mayane sauta dans les bras de l'inspecteur.
— Que se passe-t-il ? cria Jim.
— On t'a baisé, espèce de salaud, répondit Nathan.
Kyle Robinson saisit son carnet, inscrivit l'adresse sur une feuille qu'il arracha et donna à Mayane.
— Allez-y vite. Je vais rester ici en attendant qu'une équipe vienne l'embarquer. Et je vais faire disparaître tout ça.
— Vous m'avez... ?
— Oui, on t'a berné. Tu as simplement eu un malaise il y a quelques heures.
Alors, Jim Edwards réalisa que son plan venait de tomber à l'eau et fut pris de tics convulsifs qui le défigurèrent.
— Vous n'avez pas le droit ! Vous m'avez drogué n'est-ce pas ? Ce que vous avez fait est illégal ! hurla-t-il.
— Il gueule fort pour un gars qui se réveille de vingt jours de coma, s'exclama Nathan.

Investigations

— Qu'est-ce qui est illégal ? demanda Robinson. D'avoir utilisé une ruse pour te faire parler et sauver un homme ? Nous n'avons fait que notre devoir. Nous t'avons porté assistance et, dans ton état de fatigue, tu as fini par parler.

— C'est vrai, je suis témoin, déclara le médecin.

Mayane et Nathan se ruèrent dans le couloir. Derrière eux la voix d'Edwards éclatait en invectives rageuses.

Chapitre 54

Samuel était serré contre Jessica. D'une voix faible, il murmurait dans son oreille.

— Je t'en prie, reviens. Reste avec moi. Je t'aime Jessica. Je t'aime.

Toujours les mêmes mots. Pourquoi s'évertuait-il à tenter de lui insuffler un peu d'espoir ? Ne valait-il pas mieux la laisser partir ? Non, il avait beau savoir sa situation désespérée, ne plus percevoir la respiration de Jessica, une infime voix lui intimait de tenir encore, de garder espoir.

Il entendit alors des bruits et eut l'impression qu'ils émanaient de l'intérieur de son corps, orchestrés par un organe défaillant. Durant ses longues journées d'isolement, il avait guetté chaque signe de dégradation de son état, avait écouté les sons de sa déchéance physique, senti la mort s'étendre à travers ses muscles, ses tissus. Il n'était plus qu'une conscience. Ses réflexions se résumaient à de brèves images, toujours réconfortantes, puisées dans ses souvenirs.

Les bruits se firent plus intenses et il comprit qu'ils provenaient de l'extérieur. Quelqu'un tentait d'ouvrir la porte. Jim revenait. Il voulait sans doute en finir. C'était mieux ainsi. Ils ne souffriraient plus.

Je n'étais qu'un fou

Il se serra un peu plus contre le corps de Jessica voulant profiter encore un peu de son contact, adressa un dernier message silencieux à sa fille, à son ex-femme.

*

La porte s'ouvrit et les policiers avancèrent dans l'escalier.

— Il est là ! s'exclama l'un d'entre eux. Il y a une femme également !

Mayane les bouscula. Elle vit les deux corps enlacés. Ils ne bougeaient pas. Était-il... ?

— Papa ! cria-t-elle, en dévalant les escaliers.

Samuel reconnut la voix de sa fille. Il redressa la tête, la vit fondre sur lui. Des hommes la suivaient.

— Il est vivant, hurla-t-elle en se jetant contre lui.

— Mayane ?

Il douta un instant que tout cela fût vrai. Il devait délirer. Ou alors, il était mort et son âme lui jouait des tours.

Elle passa ses mains sur le visage amaigri et blafard de son père. À ses côtés, elle découvrit le visage horriblement abîmé de la femme qu'il tenait dans ses bras. Elle éclata en sanglots, heureuse de trouver son père en vie, horrifiée par ce qu'elle découvrait.

Samuel comprit qu'il ne rêvait pas. Mayane était là.

— Ma fille... ma fille... murmura-t-il.

Les médecins arrivèrent, se penchèrent sur le corps inerte de Jessica.

— Est-elle... morte ? demanda Mayane, terrifiée.

Le médecin ne répondit pas immédiatement. Il se concentra un instant.

— J'ai un pouls ! cria-t-il soudain. Vite, on l'emmène !

— Elle est vivante ? s'exclama Samuel, incrédule.

Un autre urgentiste se pencha sur lui, bienveillant.

— Elle est dans un sale état, mais son cœur bat encore faiblement.

— Vous allez la sauver, n'est-ce pas ?
— On va faire tout ce qui est en notre pouvoir, comptez sur nous.

Alors, il serra sa fille contre lui et laissa jaillir toutes les larmes qu'il avait contenues pour ne pas croire que tout était fini. Pour ne pas effrayer Jessica aussi.

Épilogue

Je ne suis pas mort à la fin de ce roman.

Mais j'ai laissé ma vie au fond de cette cave.

Celui qui en est sorti est un inconnu avec lequel je fais chaque jour connaissance. Un peu comme un nouveau personnage dont on tente de cerner le potentiel afin de lui inventer une histoire, un avenir.

Je sais déjà que cet homme n'est plus romancier. Il ne perdra plus de temps à inventer des vies à défaut d'avoir le courage d'entreprendre la sienne. Je sais aussi qu'il donnera à chaque jour la consistance d'une existence, heureux de naître chaque matin, conscient de pouvoir s'éteindre avant la nuit.

Il sera plus attentif au monde qui l'entoure, à ceux qu'il aime parce qu'il a compris une chose : nous passons notre vie à tenter de nous faire une place dans la société quand nous devrions consacrer tous nos efforts à nous en faire une dans le cœur de nos proches.

*

Nous dansons tous au même rythme, croyant nous réjouir, persuadés que nos mouvements possèdent du génie. Mais quand la fatigue nous gagne ou, plus rarement, à la faveur d'un éclair de lucidité, nos gesticulations nous paraissent insensées. Nous nous découvrons pantins au cœur d'une chorégraphie dont le sens nous échappe. Quel choix avons-nous dès lors ? Cesser de danser et battre le rythme, pour ne plus faire partie de la masse des anonymes et nous croire différents, importants ? Sortir de la scène, échapper à la lumière et sombrer ? Nous rassurer en regardant les autres remuer et rentrer à nouveau dans la danse pour atteindre la transe ?

C'était la manière dont Jim concevait le monde. Je la partage.

Mais je me suis plié à la fatalité quand lui souhaitait redéfinir les règles. C'est ce qu'il a expliqué après son inculpation. Je représentais l'une des plus immondes expressions des travers de la société. Je leurrais mes lecteurs, j'appartenais au clan de ceux qui faisaient danser la masse des naïfs sur une musique destinée à annihiler leur sens critique pour mieux les manipuler. Il avait prévu d'utiliser mon texte pour écrire son grand roman. Il avait proposé le scénario, défini le rôle des personnages, prévu leur fin. J'avais construit la trame de cette intrigue sur laquelle il n'aurait alors qu'à tisser une grande œuvre capable de marquer son époque en éclairant les âmes. Il l'aurait fait paraître sous mon nom puis, quelque temps après, aurait révélé la manœuvre. Bien entendu, il aurait fini en prison mais peu lui importait. Son objectif atteint, il n'aurait alors eu qu'à écrire du fond de sa cellule pour fédérer ceux qui auraient compris son génie et auraient souhaité le suivre.

Ma mort, celle de Jessica, de Denis, de Carla étaient le prix à payer pour parvenir un jour à enrayer la matrice.

*

Jessica est venue vivre chez moi. Nous n'avons rien décidé nous concernant. Elle est là parce que c'est sa place, parce que l'évidence nous a conduits à imaginer qu'il nous fallait avancer ensemble en nous tenant par la main. Un jour, puis un autre, sans parler d'avenir. Notre passé, trop lourd, nous empêche de nous élever au-dessus du présent pour envisager le futur. Je n'écrirai plus. J'ai tenu à terminer ce texte pour croire qu'en mettant un point final à cette histoire je pourrais la laisser derrière moi.

Et qu'à la fin de ce roman, je serais enfin vivant.

Je le ferai pour toi

Pour son fils assassiné, un père élabore un projet insensé. Pour une femme, un homme fait tout pour « devenir quelqu'un ». Par amitié, une bande d'anciens voyous retrouve ses instincts guerriers… Tous ont un point commun : une vie qui bascule. Par amour, devoir ou amitié, ils auront à prouver leur véritable valeur.

J'ai lu, N° 9202, 512 p., 8,20 €.
Flammarion, 444 p., 19,90 €.

Longtemps, j'ai rêvé d'elle

Jonas est un ancien écrivain devenu libraire. Lior est infirmière. Les deux sont seuls. Lui, parce qu'il attend la femme de sa vie. Elle, parce que, trop souvent déçue par les hommes, elle ne croit plus en l'amour. Cachant leur vérité, parviendront-ils à tomber amoureux ? Quels rôles joueront l'original M. Edimberg, libraire et marieur, et l'étrange Serena, malade en fin de vie ? Parfois l'amour est à trouver au-delà des logiques du monde.

J'ai lu, N° 9801, 506 p., 7,90 €.
Flammarion, 448 p., 19,90 €.

Si tu existes ailleurs

« Tu vas mourir du cœur en même temps que cinq autres personnes. » Telle est l'étrange phrase que prononce un jour Anna, la nièce de trois ans de Noam Beaumont. Célibataire de trente-cinq ans torturé par un drame d'enfance, Noam cherche à comprendre cette prédiction. Car, selon sa psychologue, l'enfant a peut-être révélé une vérité. Dès lors une course contre la montre s'ouvre pour Noam : trouver les cinq autres personnes et découvrir ce qui les lie dans ce funeste destin. Une aventure qui le conduira là où la vie peut prendre fin... et où l'amour peut renaître.

J'ai lu, N° 10369, 384 p., 7,90 €.
Flammarion, 334 p., 19,90 €.

Si un jour la vie t'arrache à moi

Gabriel est un homme d'affaires brillant issu d'un milieu aisé, Clara, une simple danseuse née d'une famille modeste. Ils n'étaient pas faits pour se rencontrer, pourtant ils tombent fous amoureux. Contre l'avis de leurs parents et de certains amis, ils vivent leur histoire comme si le bonheur pouvait durer toujours.

Jusqu'à ce qu'un terrible accident amorce un compte à rebours au suspense insoutenable. Gabriel a une semaine pour sauver la vie de celle qu'il aime. Mais comment faire s'il est déjà mort ?

J'ai lu, N° 10691, 384 p., 6,90 €.
Flammarion, 336 p., 19,90 €.

Cet ouvrage a été achevé d'imprimer en mars 2014
sur les presses de Normandie Roto Impression s.a.s.
61250 Lonrai
N° d'édition : L.01ELIN000366.N001
N° d'impression : 1401000
Dépôt légal : avril 2014

Imprimé en France